一步步踏在泥土上，打上
深深的脚印。

朱自清

朱自清

名作欣赏

目　录

名作欣赏

朱自清

名家析名著丛书

林非 主编

中国和平出版社

图书在版编目（CIP）数据

朱自清名作欣赏 / 朱自清著 ；林非主编. -- 北京：
中国和平出版社，2010.9
（名家析名著丛书）
ISBN 978-7-5137-0001-6

Ⅰ. ①朱… Ⅱ. ①朱… ②林… Ⅲ. ①朱自清
（1898～1948）－文学欣赏 Ⅳ. ①I206.6

中国版本图书馆CIP数据核字(2010)第174193号

《朱自清名作欣赏》
朱自清 著 林非 主编
出 版 人：肖 斌
责任编辑：庞 旸
美术编辑：杨 都 谢 颖
责任校对：王秀玲 邸 洁
责任印务：宋小仓 曲利华

出版发行：中国和平出版社
社 址：北京市西城区鼓楼西大街154号 （100009）
发 行 部：(010) 84026164 84026019（传真）
网 址：www.hpbook.com
E－mail：hpbook@hpbook.com
经 销：新华书店
印 刷：三河市东方印刷有限公司

开 本：720毫米×980毫米 1/16
印 张：19.5
字 数：185千字
版 次：2010年9月北京第1版 2010年9月河北第 1 次印刷
（版权所有 侵权必究）

ISBN 978-7-5137-0001-6 定价：29.80元

朱自清

名作欣赏

但得夕陽無限好

何須惆悵近

黃昏

近人句

朱自清手迹

朱自清（1898.11.22 ～ 1948.8.12）

原名自华，号秋实，后改名自清，字佩弦。原籍浙江绍兴，生于江苏东海，后随祖父、父亲定居扬州。幼年在私塾读书，受中国传统文化的熏陶。1912 年入高等小学，1916 年中学毕业后考入北京大学预科。1912 年 2 月写的《睡罢，小小的人》是他的新诗处女作。他是五四爱国运动的参加者，受五四浪潮的影响走上文学道路。

1920 北京大学哲学系毕业后，在江苏、浙江一带教中学，积极参加新文学运动。1922 年和俞平伯等人创办的《诗》月刊，是新诗诞生时期最早的诗刊。他是早期文学研究会会员。1923 年发表长诗《毁灭》，这时还写过《桨声灯影里的秦淮河》等优美散文。

1925 年 8 月到清华大学任教，开始研究中国古典文学，创作则以散文为主。1927 年写的《背影》、《荷塘月色》都是脍炙人口的名篇。1931 年留学美国，漫游欧洲，回国后写成《欧游杂记》。1932 年 9 月任清华大学中文系主任。1937 年抗日战争爆发，随校南迁至昆明，任西南联大教授，讲授《宋词》、《文辞研究》等课程。这一时期曾写过散文《语义影》。1946 年由昆明返回北京，任清华大学中文系主任。北京解放前夕，患胃病辞世。

鉴赏文撰稿人

丁亚平　中国艺术研究院电影研究所所长

丁　洋　中国传媒大学文学院教授

王兆胜　《中国社会科学》杂志编审

王保生　中国社会科学院文学研究所研究员

王景山　北京首都师范大学中文系教授

文成英　渝州大学教授

叶　子　中国传媒大学文学院教授

朱文衡　北京东城职工大学讲师

孙　郁　鲁迅博物馆馆长，中国人民大学文学院院长

杨占升　北京师范大学教授

苏　冰　日本西北大学副教授

宋遂良　山东师范大学中文系教授

张大明　中国社会科学院文学研究所研究员

张白山　中国社会科学院文学研究所研究员

张永泉　河北社会科学院文学研究所所长

张　华　西北大学文学院教授

张恩和　中国社会科学院研究生院教授

朱自清
名作欣赏

沈斯亨	中国社会科学院文学研究所研究员
饭塚容	日本汉学家
卓　如	中国社会科学院文学研究所研究员
赵存茂	中国社会科学院文学研究所研究员
姜　燕	加拿大哥伦比亚国际学院院长助理
耿光怡	中央戏剧学院副教授
贾焕亭	中国散文学会秘书长
夏传才	河北师范大学中文系教授
梁　军	北京东城区职工大学讲师
蒋心焕	山东师范大学中文系教授
渡边新一	日本明治大学教授
蔡清富	中国社会科学院文学研究所研究员
黎湘萍	中国社会科学院文学研究所研究员

○ 朱自清塑像。

序言

林非

　　熟悉和喜爱朱自清散文的读者，肯定是相当多的。其中也许会有不少的朋友读到过他最为出名的《背影》，而大凡浏览了这篇散文的人，也总会多少触动过自己感情的弦索，并且留下难忘的印象。

　　为什么一篇短小得只有千余字的散文，会产生出这样的艺术魅力？它的奥秘究竟在什么地方呢？这是因为它折射出一种强烈的打动读者的感情。正因为对父亲的这种回忆，首先就使作者自己万分激动，所以才有可能感染和震撼很多读者的心灵。

　　《背影》所以能够感动读者之处，恰巧是因为朱自清善于运用朴质、鲜明和细腻的文字，洋溢出一股诚挚而又深沉的情感。我们常说散文最要紧的是应该抒发真情实感，《背影》就相当出色地表现了这一点。朱自清着力刻画出体魄衰颓的老父，执意要送他前往通向北方的浦口火车站，到达后又留心着他的行李，再三嘱咐他一路平安。最感人的一笔是为了替他购买路上食用的橘子，竟在月台旁边支撑着身子上下攀援，正是这个行动很艰难和迟缓的背影，活泼地写出了父亲对儿子的挚爱。

只要是写出了诚挚的情感，就一定容易打动读者的心。《背影》取得成功的这个关键之处，是很值得我们注意的。曾见到过不少的散文，有的也确乎惊涛骇浪般地倾泻了自己的感情，有的也确乎细致精密和纤徐委婉地诉说着自己的感情，却都因为表达的并不是真情实感，而是一种虚情或矫情，所以这些作品当然就不可能打动读者的心。尽管作品在一段时间之内也许会受到推崇，却无法长久地活在读者的心里，很快就消失了自己的影响。然而像《背影》这样充满了真情实感的篇章，却在问世之后的将近七十年之内，始终被广大的读者所钟爱和传诵，这就决不是偶然的了。

《背影》不但在中国有广大的读者，它还通向了世界。去年8月下旬，我应邀前往汉城，参加在那里举行的"国际散文研讨会"时，听说韩国的著名散文家许世旭，曾将《背影》译成朝鲜语发表，而且也获得了那里许多读者的喜爱，连中学教科书里都收录了这篇散文。这就可见只要是抒发出真情实感的散文，不仅能够感动自己国家的读者，同样也能够感动异邦的读者，人类所追求的纯真感情，是相通的啊！

散文还应该尽可能地写得优美，从单纯和明朗的美，直至绮丽和纤秾的美，都会引起具有各种不同审美情趣的读者的欣赏，更重要的还在于它能够进一步升华广大读者审美的才智，这对于丰富和提高整个民族的精神生活来说，确实具有无法估计的意义。

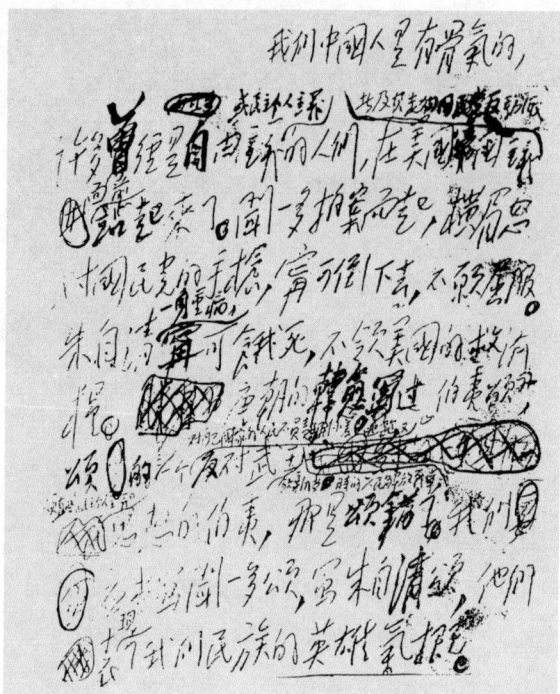

◎ 毛泽东同志《别了，司徒雷登》手迹。

说起绮丽和纤秾的美来，朱自清的《桨声灯影里的秦淮河》、《荷塘月色》和《绿》这些篇什，确实是堪称典范的。他将自己对于山水风光的精确印象，和内心深处充满诗情的感受汇合在一起，收到情景交融的效果，显出一种十分丰盈和渺远的意境。

《〈背影〉序》认为，在那个时期之中"就散文论散文"，在艺术风格方面往往表现得"或委曲，或缜密，或劲健，或绮丽，或洗炼，或流动，或含蓄"，它的"发展确是绚烂极了"。其实他自己的不少散文，就在不同程度上显露出了这些缤纷的艺术风貌。

朱自清还写出过一些具有强烈社会意义的散文，像《生命的价格——七毛钱》，对穷困的善良人民，充满了强烈的同情心；《白种人——上帝的骄子》，则抒发了被压迫民族的愤懑；《执政府大屠杀记》，更是愤怒地控诉北洋军阀政府屠杀爱国学生的血腥罪行，甚至还将揭露的锋芒，直指当时反动统治的魁首段祺瑞，洋溢着一种大义凛然的气概。这些篇章不仅写得充满了义愤的感情，而且在表达技巧上，也显出了作家刻画之生动细腻、淋漓尽致，剖析之层层深入、犀利非凡，想象之合情合理、丝丝入扣的艺术功力。然而探索人类心灵活动的文学艺术创作，可以说是世界上最为艰辛的事业之一，在主观与客观进行复杂的融合时，很难达到十全十美的程度，在多少文学艺术大师成功的作品中，也都还不能不存在着某些小疵。譬如托尔斯泰的《战争与和平》，无疑是千古杰作；不过如果仔细地挑剔起它的美中不足来，当然还是可以举出许多例子。从一个具有较高艺术涵养的旁观者的视角出发，就更容易察觉不少细微的差误。十分欣赏朱自清作品的另一位文学大师叶圣陶，曾对其作过客观和科学的评价，既认为"现在大学里如果开现代本国文学的课程，或者有人编本国文学史，谈到文体的完美，文字的会写口语，朱先生该是首先被提及的"；又很严格地指出，"他早期的散文如《匆匆》、《荷塘月色》、《桨声灯影里的秦淮河》都有点做作，太过于注意修辞，见得不怎么自然"（《朱佩弦先生》）。在真正称得上是艺术创作的复杂运转过程中，长处与不足确乎是这样紧密地联系在一起。

而朱自清之所以出现这样的长处和不足，又有着深刻的思想文化背景方面的原因。正像鲁迅在《小品文的危机》中所分析的那样，包括朱自清在内的"五四"散文创作道路，"本来明明是更分明的挣扎和战斗，因为这原是萌芽于'文学革命'以至'思想革命'的"，就是说它本身的素质决定了自己更应该走向宽阔和深沉；然而为了要在新旧文学交替的转型期内获得更为广大的读者，就得跟这些读者所熟悉的中国传统散文竞赛，"在表示旧文学之自以为特长者，白话文学也并非做不到"，因此就"特别提倡那和旧文章相合之点"。像这样在艺术上处于同一层次较量的结果，自然容易较多地趋向于艺术技巧的追求，却不自觉地淡化了对于思想冲力的追求；而离开了具有辐射性的思想冲力，艺术意识的更新也就不容易迸发和深化。鲁迅的这个见解实在是太准确和精辟了。

追求跟中国传统散文尽量接近和平行的艺术轨迹，既是不得不然的，又是出于不自觉的一种妥协，从而也就不能不削弱了艺术上新颖的追求和探索，同样也不能不由此而缩小了对生活触角和思想容量的追求与探索。朱自清正是这样在"文字的会写口语"的同时，多少还蕴含着一股古老的意蕴与情趣，往往摆脱不掉被陈旧传统凝固和净化的影响，这样自然也就不能不影响到思想深度的开拓，前面所引述的叶圣陶的评语，不啻是鲁迅对"五四"散文那种宏观判断的极为精确的注解。

朱自清的散文除了具有上述这些未能充分超越传统的不足之外，还表现于他虽然在思想追求方面，能够艰苦地走向切实和广阔的人生道路，可是在艺术表现上却又丢失了不少浓郁的个性和审美的追求。最典型的是《欧游杂记》和《伦敦杂记》这两本散文集，尽管还保持了认真揣摩和工笔勾勒的风采，文字也显得更为洗炼和成熟，更多地带上现代通行汉语的味道，却大大地减少

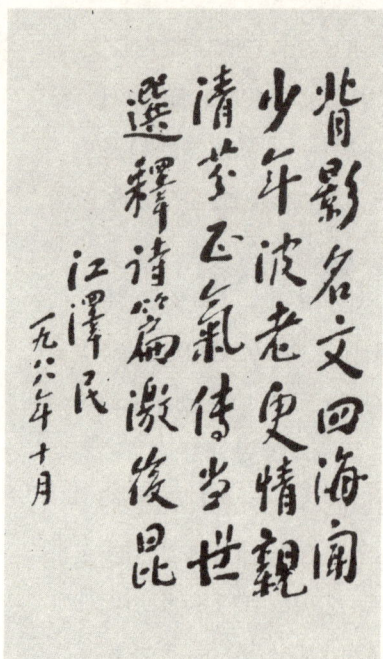

背影名文四海闻
少年波老更情亲
清芬正气传当世
选释诸篇激后昆

江泽民
一九八八年十月

◎ 江泽民同志为朱自清诞辰90周年题诗。

了前期散文中那种感情色彩和审美个性。如果追根寻源地说起来，也还是传统文化中禁锢人们充分表露个性的惯性力量，在潜藏地发挥着作用。

这部《朱自清名作鉴赏》的出版，就是想在前人研究工作的基础上，重新来进行一番鉴赏的巡礼，以便为广大读者朋友提供一部饶有趣味的读物，从而领会和揣摩他艺术上的种种特点和奥秘，并且进一步认识和理解他整个创作轮廓的含义，康德说："鉴赏乃是判断美的一种能力"（《判断力批判》），只有不断地培养这种鉴赏的能力，才可能全面地升华审美的情操和提高对于美的感知和分析能力，而鉴赏水平的提高，最好又是应该在不断受到艺术熏陶的氛围中，进行一种细致的辅导工作，唤醒、诱导、启发和升华大家内心之中感受艺术的天性。本书就想在这些方面作些贡献。

朱自清不仅是杰出的散文大师，也是很著名的诗人，他的诗歌创作的精致和谨严的风采，曾在当时产生了很大的影响。限于篇幅，本书只选其中的三首，便于读者斑窥的领略朱自清诗歌的风采。

撰写本书鉴赏文字的作者，包括了活跃于文艺和学术界的老中青三代学者，他们都以治学谨严和见解新颖著称。我在编辑此书的过程中，津津有味地读完了他们这些精彩的文字之后，真有一种醍醐灌顶、清凉万分之感。我深信广大的读者朋友们，一定也会产生这种跟我相同的体验。参加撰写本书鉴赏文字的，还有日本和韩国的汉学家，从他们这些生动有力的文字中间，更可以让我们领略外国汉学家的不同心态和欣赏趣味，这肯定也是非常有趣的，而且同样也会对我们有所启迪。

光明

　　风雨沉沉的夜里，
前面一片荒郊。
　　走尽荒郊，
便是人们底道。
　　呀！黑暗里歧路万千，
叫我怎样走好？
"上帝！快给我些光明吧，
让我好向前跑！"
　　上帝慌着说，"光明？
我没处给你找！
你要光明，
你自己去造！"

1919 年 11 月 22 日

○朱自清的第一部诗歌散文合集
《踪迹》于1942年12月出版,由
丰子恺设计封面和题写书名。

鲁迅在讲古人不及今人时,曾举《关雎》为例说:"它是《诗经》里的头一篇,所以吓得我们只好磕头佩服,假如先前未曾有过这样的一篇诗,现在的新诗人用这意思做一首白话诗,到无论什么副刊上去投稿试试罢,我看十分之九是要被编辑者塞进字纸篓去的。"(《且介亭杂文·门外文谈》)写于1919年的朱自清的《光明》这首诗,用今天的思想和艺术标准来看,当然也很幼稚,但它是中国新诗初创时期的作品,而且是其中较好的篇章之一,我们必须用科学的历史的观点来分析,才能认识它的思想意义和艺术价值。

"五四"新文化运动的暴风骤雨,激荡着中国青年知识分子的心灵,在黑暗沉沉的旧中国揭开新时代黎明的曙光。觉醒的青年一代,憧憬光明的社会,寻求新的人生道路,他们面对黎明前的现实,中国大地仍是风雨如磐的沉沉黑夜和无尽的荒凉旷野。这时北京大学哲学系学生朱自清,他唱自己的歌,也是他同时代人的心声。这首诗写出了这一代人对现实的认识,对光明的殷切呼唤和对前进道路的初步思考。

诗的第一节以"风雨沉沉的夜里,/前面一片荒郊",象征那内忧外患频仍的时代和黑暗、困苦、腐败的社会现实。"走尽荒郊,/便是人们底道",夜沉沉,路漫漫,出路究竟在哪里呢?这使我们想起鲁迅《彷徨》引《离骚》句作为题词:"路漫漫其修远兮，／吾将上下而求索。"朱自清比鲁迅年轻得多，没有达到鲁迅那般深沉的忧愤，但他们的苦闷和探索精神却是近似的，只是朱自清的诗的意象具有模糊性和浮泛性，多一层渺茫之感，是当时年轻一代的共同心态。

朱自清当时也是彷徨的。第二节写道："黑暗里歧路万千，／叫我怎样走好？""五四"前后曾出现五花八门的主义、学说、思潮，弥漫于知识界，诗人把它们称为"歧路万千"，可见是难于抉择，因而他向上帝呼唤："快给我些光明吧，／让我好向前跑！"在退潮以后浓重的黑暗中，他没有颓唐、落伍、转向或裹足不前，而依然执著地追求光明，准备着跑步前进。"上帝"，在这里不是一个确指的形象。在中国传统观念里，"上帝"与"天"是同义词，它是宇宙间万能的主宰；在西方宗族里，它是创世主和救世主。朱自清是无神论者，而所以虚构出这个形象，意在表达上天入地求索的心境，渴望寻找到奔向光明的道路。

第三段假借"上帝"的答问，说明光明必须靠自己去创造。世事听天由命的传统观念，向上帝祈祷的宗教虔诚，对圣君贤臣济世拯民的幻想，一一被扬弃了，依靠自己的力量来创造光明，是那一代追求者经过深刻的理性思考和无数次痛苦的实践所得出的新答案；这就是这首诗的主题。

像许多"五四"时代的新诗一样，在艺术上它也带着新诗草创时期的特征。它完全突破了古典格律诗的传统模式，实践了当时提出的诗体解放的主张，较胡适的《尝试集》还带着旧诗的痕迹，又前进了一步。朱自清完全抛弃了平仄、对仗以及传统的韵调和意趣，纯用白话乃至口语，只求节奏自然，意象更新。周作人的《小河》早于朱自清这首诗不到十个月，曾被称为新诗最早的成功之作，却几乎全是散文。这首诗并不那样散漫，它运用了韵脚，也适当地注意了节奏。它的内容有理性的思辨，却通过假设的与"上帝"的答问方式，运用象征和对比，把哲理熔铸于形象之中，避免了抽象与晦涩之感，而显得亲切、活泼。

（夏传才）

独 自

　　白云漫了太阳；

青山环拥着正睡的时候，

牛乳般雾露遮遮掩掩，

像轻纱似的，

幂了新嫁娘的面。

　　默然在窗儿口，

上不见只鸟儿，

下不见个影儿，

只剩飘飘的清风，

只剩悠悠的远钟。

眼底是靡人间了，

耳根是靡人间了；

故乡的她，独灵迹似的，

猛猛然涌上我的心头来了！

1922 年 2 月 22 日

赏析

　　一提到朱自清，就想起《背影》来，在我刚开始学习中国现代文学的学生时代，第一次读到的朱自清的作品就是《背影》。这篇散文不但写得简洁生动，而且富于抒情，那文字里充溢着恳切慈祥的情感，到现在我还记忆犹新。

　　朱自清是1920年在北京大学提前毕业的。那时候他已经成家，而且在扬州的朱家的经济状况不太好，所以他毕业后就应该找工作赚钱。

　　有一天，他在一个离故乡相当远的山城教书。他是单身来的，他觉得有点萧条、冷落。现在路上也不见熟人。白云渐渐地遮住了二月的不算强烈的阳光。而且周围青山也被好像牛乳似的雾露遮掩了，渐渐地模糊起来了。白云、青山、牛乳的白色都是原色。诗人一直看着这样的自然风景，就自然而然地想起来一个场面：一位新娘的脸前面悬挂下去一片轻纱。这是一个比喻。白云、太阳、青山和雾露都是诗人亲眼看到的，但是轻纱、新娘都是诗人个人联想起来的东西。我想，一直看着青山和雾露就联想起一位新娘的那样的场面，不是常有的。那，诗人为什么使用这个比喻？关键在于最后四行。

　　他一个人独自地靠着自己的房间的窗户看着外面的景色。连一只鸟儿、一个人影都没看见。我想，这时候诗人不愿意看到外边的景色。实际上，可能会有几只鸟儿和几个人影能看得见。但是他的意识已到别的地方去了。那时候，他感觉到飘飘的清风，听到悠悠的远钟。读到这里我就好像在哪里看过似的。一个人独自地看见自然风景，不知从哪里听到远钟悠悠。在中国原来就有一首脍炙人口的唐诗：月落

◎朱自清在北京大学期间，与友人在万寿山合影。

乌啼霜满天，江枫渔火对愁眠；姑苏城外寒山寺，夜半钟声到客船。当然张继的《枫桥夜泊》和民国诗人朱自清的《独自》不一样。一个是夜里的月亮，一个是白天的太阳，一个是霜满天，一个是雾露弥漫，一个是在客船中，一个是在房间里，但是，我想这两首诗里边都有一种能够沟通人们感情世界的意境。前一首诗大部分日本人都知道，而且能背诵的人也不少。

我想，朱自清是拿排比的手法来表现出人情味儿的诗人。"眼底是靡人间了，耳根是靡人间了"这排比的两行有一个效果，那就是，上述十行描写和述怀的世界能烘托着诗人在这首诗里愿意流露出来的感情。现在，诗人的意识里边没有一个现实上的东西。诗人的眼睛看到的是一个也没有，诗人的耳朵听到的是一个也没有。现在我们不必问这个诗人的故乡是哪里。现在我们可以而且必须想象诗人那时候心头上突然涌上来一个最爱的女性。

《独自》这首诗是 1922 年 2 月 22 日写的，同一天还有一首短诗《灯光》。（我想，那时候他一个人在台州）这首诗是这么写的："那泱泱的黑暗中熠耀着的，一颗熠黄黄的灯光呵，我将由你的熠耀里，凝视你明媚的双眼"（全文）。这也是一种爱情诗。我想，朱自清擅长状物写景。这首诗是以状物写景来抒情的爱情诗。

（日本　渡边新一）

挽一多先生

你是一团火，

照彻了深渊；

指示着青年，

失望中抓住自我。

你是一团火，

照明了古代；

歌舞和竞赛，

有力猛如虎。

你是一团火，

照见了魔鬼；

烧毁了自己！

遗烬里爆出个新中国！

1946 年 8 月 16 日

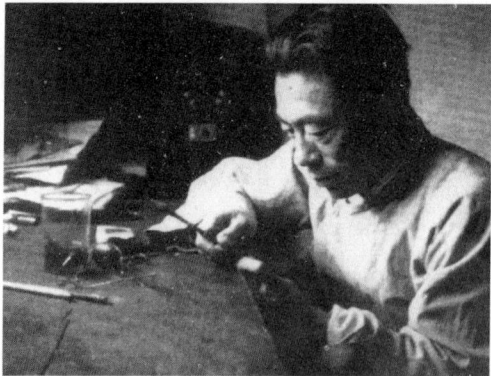

◯ 闻一多先生在治印，他为朱自清
刻了三方印章。

赏析

这是朱自清搁下诗笔20年后的第一首新诗,也是他创作生涯中较有代表性的一篇力作。是对抗战胜利后国民党反动派破坏和平、迫害进步人士的有力批判。

全诗共分三段,从三个不同角度颂扬闻先生是"一团火"。第一段里朱自清先把闻一多比成"一团火",而把国民党反动统治比成"深渊",在这黑暗中,闻先生英勇无畏、敢于牺牲的爱国精神给彷徨无路的青年以指路的灯火;第二段朱自清说闻一多这团火照明了古代,这是针对闻先生的学术研究而言的,从侧面表达了国民党残暴的专制统治。第三段朱自清把国民党反动派比成"魔鬼",正是闻先生的光辉才闪现魔鬼的丑恶、狰狞、无耻面目。全诗着眼两个方面,一是对国民党反动派"魔鬼"形象的抨击;二是对闻一多爱国英雄形象的讴歌,并且,朱先生看到黑暗残暴的现实是暂时的,一个新中国即将诞生。挽诗也就成为朱自清已由过去的"刹那主义"向民主主义者转化的标示,是朱自清思想发展变化的一个界碑。

《挽一多先生》一扫早期诗歌缠绵、伤感,甚至消沉的情调,而是充满悲愤、有力、高昂的乐观主义情绪。在形式上,它也自有面目。诗作既受古典诗歌简短、整齐、押韵的影响,又摆脱了传统诗歌的拘囿而有着现代诗歌的特点。如"着"、"了"、"里"、"和"、"如"等词的大量运用是古典诗歌少见的。第二,挽诗三段联缀很有特点,从每段立意看虽都服务于"批判与歌颂"的主题,但并非全用直笔,而是曲直并用。还有,三段起句都用"你是一团火",这种复沓句有一咏三唱的艺术效果,既强化闻一多"一团火"形象的独特意义,又加重了作品的风格,还渲染点浓了全诗

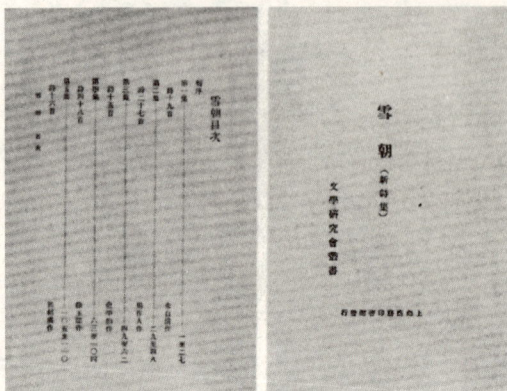

◎《雪朝》第一集，收入朱自清新诗19首，于1922年6月出版。

的悲剧气氛。第三，《挽一多先生》大量运用"比喻"，使形象更加鲜明。把闻一多先生比成"一团火"，通俗、准确而鲜明；把国民党反动派比成"魔鬼"，既突出反动派的丑恶、阴险、残暴、昏庸，又对比"火"的意象，使正面形象反而更加鲜明可感。最后谈谈挽诗的语言。朱自清的诗歌语言一向以精细、朴素、口语化见长，而《挽一多先生》中的语言则较为简明、准确、形象。全诗简短，语句也简短，有助于直接表现作者的爱憎。随之就是语言的准确、形象。比如诗中的"照彻"、"照明"、"照见"三词都是"使人看清"之意，但有细微差别，朱自清在用这三个词时是做到分毫不爽的。而形象性最突出的是第三段的"爆"字，"遗烬里爆出个新中国"形象、生动、可感性极强。

总之，《挽一多先生》是朱自清的不经意之作，它不像《毁灭》长诗那样经过了深思熟虑，但像《毁灭》一样，是朱自清思想、感情、艺术发展上的一个界碑。

（王兆胜）

歌声

此后只由歌独自唱着，听着，世界上便只有歌声了。

昨晚中西音乐歌舞大会里"中西丝竹和唱"的三曲清歌，真令我神迷心醉了。

仿佛一个暮春的早晨。霏霏的毛雨默然洒在我脸上，引起润泽，轻松的感觉。新鲜的微风吹动我的衣袂，像爱人的鼻息吹着我的手一样。我立的一条白矾石的甬道上，经了那细雨，正如涂了一层薄薄的乳油；踏着只觉越发滑腻可爱了。

这是在花园里。群花都还做她们的清梦。那微雨偷偷洗去她们的尘垢，她们的甜软的光泽便自焕发了。在那被洗去的浮艳下，我能看到她们在有日光时所深藏着的恬静的红，冷落的紫，和苦笑的白与绿。以前锦绣般在我眼前的，现在都带了黯淡的颜色，——是愁着芳春的销歇么？是感着芳春的困倦么？

大约也因那蒙蒙的雨，园里没了浓郁的香气。涓涓的东风只吹来一缕缕饿了似的花香；夹带着些潮湿的草丛的气息和泥土的滋味。园外田亩和沼泽里，又时时送过些新插的秧，少壮的麦，和成阴的柳树的清新的蒸气。这些虽非甜美，却能强烈地刺激我的鼻观，使我有愉快的倦怠之感。

看啊，那都是歌中所有的：我用耳，也用眼，鼻，舌，身，听着；也用心唱着。我终于被一种健康的麻痹袭取了，于是为歌所有。此后只由歌独自唱着，听着，世界上便只有歌声了。

1921 年 11 月 3 日　上海

赏析

  《歌声》作于1921年11月，是朱自清最早时期的散文。虽然是五百多字的小品，但他抒情散文的特点已显示在这里。

  当时，朱自清在上海吴淞中国公学中学部教书。不久，中国公学闹起风潮，他被学校保守派撵走了。但仅仅几个月的上海生活，对他来说，很有意义。他在中国公学结识到一直敬爱的叶圣陶，两人意气相投，以后来往非常密切。中国公学还有一位诗人、朱自清的好友刘延陵。他们三人一起商量，并和在北京的俞平伯联系，筹备创办中国现代文学史上第一个新诗杂志《诗》月刊（1922年1月创刊）。那时，朱自清是刚刚走上社会的二十三岁青年。他一方面确实感觉到反动派对他们的精神上的重压，一方面又因为遇到新文学运动上的知己朋友，心里洋溢着青春的热情。

  《歌声》描写的印象风光就是他向往的一个理想乡。到"中西音乐歌舞大会"去听"三曲清歌"的朱自清，暂时忘掉学校风潮等烦琐世事，心满意足地沉湎于幻想世界。他从"歌声"联想起"一个暮春的早晨"。同时，音乐变成雨点洒落到诗人的脸上，"引起润泽，轻松的感觉"。接着，他的手感觉到"新鲜的微风"，他的脚感觉到"滑腻可爱的甬道"。这一段文章都是诉诸触觉的。下一段描述，给人的视觉留下深刻的印象，诗人在"花园"看到五彩缤纷的"群花"。朱自清对颜色的感受能力极其丰富，与众不同。"恬静的红""冷落的紫""苦笑的白与绿"是什么样的颜色？读者不发挥诗的想象力，是不能了解这句话的含义的。最后是依靠嗅觉的一段描述。诗人闻到"一缕缕饿了似的花香""潮湿的草丛的气息和泥土的滋味"，还有"清新的

◎1921年秋,在扬州江苏省立第八中学任教务主任时与友人合影。二排右一为朱自清。

蒸气"。从听觉开始,依次唤起触觉、视觉、嗅觉,最后回到听觉,《歌声》的结构可以说是非常巧妙的。

另外,还有三个技巧上的特点。第一个特点是卓越的比喻。把"新鲜的微风"比作"爱人的鼻息",把"白矾石的甬道"喻为"正如涂了一层薄薄的乳油",这是直喻。上面已提到的"恬静的红""冷落的紫""苦笑的白与绿",可以说是一种隐喻。这些喻言有力地唤起读者的联想,产生了良好的艺术效果。第二个特点是拟人法,"花园"里的"群花"做着"清梦",她们像是"愁着芳春的销歇""感着芳春的困倦"似的。这几句话使人感到她们"甜软的光泽"中的生命,并且给我们留下了非常亲切的印象。第三个特点是精巧的措词。意思差不多一样的"像~一样""正如~""~般""~似的"等词语,他故意分别使用。"霏霏的""薄薄的""蒙蒙的""涓涓的"等叠词,故意多用。陈述句里,有时穿插着一些推测句和疑问句。这些修辞上的工夫,把这个小品接近于一篇诗。读起来,有节奏感,又和谐,又流畅。

(日本 饭塚容)

匆 匆

去的尽管去了，来的尽管来着；去来
的中间，又怎样地匆匆呢？

　　燕子去了，有再来的时候；杨柳枯了，有再青的时候；桃花谢了，有
再开的时候。但是，聪明的，你告诉我，我们的日子为什么一去不复返
呢？——是有人偷了他们罢：那是谁？又藏在何处呢？是他们自己逃走了
罢：现在又到了那里呢？

　　我不知道他们给了我多少日子；但我的手确乎是渐渐空虚了。在默默里
算着，八千多日子已经从我手中溜去；像针尖上一滴水滴在大海里，我的日
子滴在时间的流里，没有声音，也没有影子。我不禁头涔涔而泪潸潸了。

　　去的尽管去了，来的尽管来着；去来的中间，又怎样地匆匆呢？早上我
起来的时候，小屋里射进两三方斜斜的太阳。太阳他有脚啊，轻轻悄悄地挪
移了；我也茫茫然跟着旋转。于是——洗手的时候，日子从水盆里过去；吃
饭的时候，日子从饭碗里过去；默默时，便从凝然的双眼前过去。我觉察他
去的匆匆了，伸出手遮挽时，他又从遮挽着的手边过去，天黑时，我躺在床
上，他便伶伶俐俐地从我身上跨过，从我脚边飞去了。等我睁开眼和太阳再
见，这算又溜走了一日。我掩着面叹息。但是新来的日子的影儿又开始在叹
息里闪过了。

　　在逃去如飞的日子里，在千门万户的世界里的我能做些什么呢？只有徘
徊罢了，只有匆匆罢了；在八千多日的匆匆里，除徘徊外，又剩些什么呢？
过去的日子如轻烟，被微风吹散了，如薄雾，被初阳蒸融了；我留着些什么

◎1921 年冬，在第一师范任教时与友人合影。左一为朱自清。

痕迹呢？我何曾留着像游丝样的痕迹呢？我赤裸裸来到这世界，转眼间也将赤
裸裸的回去罢？但不能平的，为什么偏要白白走这一遭啊？

你聪明的，告诉我，我们的日子为什么一去不复返呢？

赏析

　　谈起朱自清的《匆匆》，不由使人想起高尔基咏物言志的名篇《时钟》。尽管格调各异，但两位作家不谋而合，抓住人们日常习见而又易于忽略的物象，或寄情述怀，或生发议论，感叹韶华易逝，人生短促，亟须珍惜时间，爱惜生命，有所作为。

　　《匆匆》写于1922年3月，时当五四运动落潮之际。朱自清面对令人失望的现实，心情苦闷，念旧、低回、惋惜和惆怅之情不能自已。但朱自清毕竟是一个狷介自守、认真处世、勤奋踏实的人，虽感伤而并不颓唐，虽彷徨而并不消沉。了解朱自清写作《匆匆》时的心态，有助于把握作者对光阴流逝而触发的独特审美感受。

　　时间，它既看不见，又摸不着，但却又实实在在地在人们身边无情而匆匆地流逝。朱自清以他丰富的想象力，形象地捕捉住时光逝去的踪迹。文章起首，作者描绘了燕子去了来，杨柳枯了青，桃花谢了开的画面，以自然物的荣枯现象、时序的变迁作渲染，暗示时光流逝的痕迹。

　　朱自清凭借对客观事物的精微观察和体验，以流动的传神的笔触，通过融情入景的写法，显示了绘画的美和诗意的美。譬如，他笔下的太阳，已非通常的自然景物，而是作者创造的一种艺术形象，是作者将主观感情和客观外物融合而成的主客观统一体，形神兼备，情韵独特。语言具有节奏感和旋律感，在朴素平淡中散发出浓郁的抒情气息，达到富于诗情画意的美学境界。全文以格调、辞藻、情意和风神的美，深深吸引着不同时代的读者。

　　朱自清以"匆匆"为题来抒写时间是难得而易失的感受，这题目本身既蕴含有

◎1936 年，与友人在北平合影，前排左为朱自清。

浓烈的情味，又潜隐着生活的理趣。他是大学哲学系毕业生，往往情不自禁地以哲
人的眼光观察和思索社会人生问题，在不少散文中以诗一般的抒情笔调描写日常生
活，蕴理于情，使作品带有哲理意味，意蕴趋于深厚。在本篇中，作者对时间问题
的思考，围绕着人生的意义和生命的价值进行探索，在其间流露的寂寥惆怅而又激
情难抑、苦恼彷徨而又切实追求的矛盾心情，固然代表了"五四"时期追求进步，一
时又找不到出路的青年知识分子较为普遍的心理状态，反映了时代情绪，但他那种
珍惜寸阴、热爱生活、励志向上的人生态度，更给广大读者以启迪，由此引发联想，
在生活和工作中只有捕捉住现在，才能把握住未来。由于朱自清努力追求生活的真
趣，萌生了新异的感受，作品就会富于理趣，警世醒人。

（沈斯亨）

桨声灯影里的秦淮河

◎1920年秋的朱自清。

我们的梦醒了，我们知道就要上岸了，我们心里充满了幻灭的情思。

一九二三年八月的一晚，我和平伯同游秦淮河；平伯是初泛，我是重来了。我们雇了一只"七板子"，在夕阳已去，皎月方来的时候，便下了船。于是桨声汩——汩，我们开始领略那晃荡着蔷薇色的历史的秦淮河的滋味了。

秦淮河里的船，比北京万生园、颐和园的船好，比西湖的船好，比扬州瘦西湖的船也好。这几处的船不是觉着笨，就是觉着简陋，局促；都不能引起乘客们的情韵，如秦淮河的船一样。秦淮河的船约略可分为两种：一是大船；一是小船，就是所谓"七板子"。大船舱口阔大，可容二三十人。里面陈设着字画和光洁的红木家具，桌上一律嵌着冰凉的大理石面。窗格雕镂颇细，使人起柔腻之感。窗格里映着红色蓝色的玻璃；玻璃上有精致的花纹，也颇悦人目。"七板子"规模虽不及大船，但那淡蓝色的栏杆，空敞的舱，也足系人情思。而最出色处却在它的舱前。舱前是甲板上的一部，上面有弧形的顶，两边用疏疏的栏杆支着。里面通常放着两张藤的躺椅。躺下，可以谈天，可以望远，可以顾盼两岸的河房。大船上也有这个，但在小船上更觉清隽罢了。舱前的顶下，一律悬着灯彩；灯的多少，明暗，彩苏的精粗，艳晦，是不一的，但好歹总还你一个灯彩。这灯彩实在是最能钩人的东西。夜幕垂垂地下来时，大小船上都点起灯火。从两重玻璃里映出那辐射着的黄黄的散光，反晕出一片朦胧的烟霭；透过这烟霭，在黯黯的水波里，又逗起缕缕的明漪。在这薄霭和微漪里，听着那悠然的间歇的桨声，谁能不被引入他的美梦去呢？只愁梦太多了，这些大小船儿如何载得起呀？我们这时模模糊糊地谈着明末的秦淮河的艳迹，如《桃花扇》及《板桥杂记》里所载的。我们真神往了。我们仿佛亲见那时华灯映水，画舫凌波的光景了。于是我们的船便成了历史的重载了。我们终于恍然秦淮河的船所以雅丽过于他处，而又有奇异的吸引力的，实在是许多历史的影像使然了。

秦淮河的水是碧阴阴的；看起来厚而不腻，或者是六朝金粉所凝么？我们初上船的时候，天色还未断黑，那漾漾的柔波是这样恬静，委婉，使我们一面有水阔天空之想，一面又憧憬着纸醉金迷之境了。等到灯火明时，阴阴的变为沉沉了：黯淡的水光，像梦一般；那偶然闪烁着的光芒，就是梦的眼睛了。我们坐在舱前，因了那隆起的顶棚，仿佛总是昂着首向前走着似的；于是飘飘然如御风而行的我们，看在那些自在的湾泊着的船，舱里走马灯般的人物，便像是下界一般，迢迢的远了，又像在雾里看花，尽朦朦胧胧的。这时我们已过了利涉桥，望见东关头了。沿路听见断续的歌声：有从沿河的妓楼飘来的，有从河上船里度来的。我们明知那些歌声，只是些因袭的言词，从生涩的歌喉里机械地发出来的；但它们经了夏夜的微风的吹漾和水波的摇拂，袅娜着到我们耳边的时候，已经不单是她们的歌声，而混着微风和河水的密语了。于是我们不得不被牵惹着，震撼着，相与浮沉于这歌声里了。从东关头转弯，不久就到大中桥。大中桥共有三个桥拱，都很阔大，俨然是三座门儿；使我们觉得我们的船和船里的我们，在桥下过去时，真是太无颜色了。桥砖是深褐色，表明它的历史的长久；但都完好无缺，令人太息于古昔工程的坚美。桥上两旁都是木壁的房子，中间应该有街路？这些房子都破旧了，多年烟熏的迹，遮没了当年的美丽。我想象秦淮河的极盛时，在这样宏阔的桥上，特地盖了房子，必然是髹漆得富富丽丽的；晚间必然是灯火通明的，现在却只剩下一片黑沉沉！但是桥上造着房子，毕竟使我们多少可以想见往日的繁华；这也慰情聊胜于无了。过了大中桥，便到了灯月交辉，笙歌彻夜的秦淮河，这才是秦淮河的真面目哩。

大中桥外，顿然空阔，和桥内两岸排着密密的人家的景象大异了。一眼望去，疏疏的林，淡淡的月，衬着蔚蓝的天，颇像荒江野渡光景；那边呢，郁丛丛的，阴森森的，又似乎藏着无边的黑暗：令人几乎不信那是繁华的秦淮河了。但是河中眩晕着的灯光，纵横着的画舫，悠扬着的笛韵，夹着那吱吱的胡琴声，终于使我们认识绿如茵陈酒的秦淮水了。此地天裸露着的多些，故觉夜来的独迟些；从清清的水影里，我们感到的只是薄薄的夜——这正是秦淮河的夜。大中桥外，本来还有一座复成桥，是船夫口中的我们的游迹尽处，或也是秦淮河繁华的尽处了。我的脚曾踏过复成桥的脊，在十三四岁的时候。但是两次游秦淮河，却都不曾见着复成桥的面；明知总在前途的，却常觉得有些虚无缥缈似的。我想，不见倒也好。这时正是盛夏。我们下船后，借着新生的晚凉和河上的微风，暑气已渐渐消散；到了此地，豁然开朗，身子顿然轻了——习习的清风荏苒在面上，手上，衣上，这便又感到了一缕新凉。南京的日光，大概没有杭州猛烈；西湖的夏夜老是热蓬蓬的，水像沸着一般，秦淮河的水却尽是这样冷冷地绿着。任你人影的憧憧，歌声的扰扰，总像隔着一层薄薄的绿纱面幂似的；它尽是这样静静的，冷冷的绿着。我们出了大中桥，走不上半里路，船夫便将船划到一旁，停了桨由它宕着。他以为那里正是繁华的极点，再过去就是荒凉了；所以让我们多多赏鉴一会儿。他自己却静静地蹲着。他是看惯这光景的了，大约只是一个无可无不可。这无可无不可，无论是升的沉的，总之，都比我们高了。

那时河里热闹极了；船大半泊着，小半在水上穿梭似的来往。停泊着的都在近市的那一边，我们的船自然也夹在其中。因为这边略略的挤，便觉得那边十分的疏了。在每一只船从那边过去时，我们能画出它的轻轻的影和曲曲的波，在我们的心上；这显着是空，且显着是静了。那时处处都是歌声和凄厉的胡琴声，圆润的喉咙，确乎是很少的。但那生涩的，尖脆的调子能使人有少年的，粗率不拘的感觉，也正可快我们的意。况且多少隔开些儿听着，因为想象与渴慕的作美，总觉更有滋味；而竞发的喧嚣，抑扬的不齐，远近的杂沓和乐器的嘈嘈切切，合成另一意味的谐音，也使我们无所适从，如随着大风而走，这实在因为我们的心枯涩久了，变为脆弱；故偶然润泽一下，便疯狂似的不能自主了。但秦淮河确也腻人。即如船里的人面，无论是和我们一堆儿泊着的，无论是从我们眼前过去的，总是模模糊糊的，甚至渺渺茫茫的；任你张圆了眼睛，揩净了眦垢，也是枉然。这真够人想呢。在我们停泊的地方，灯光原是纷然的；不过这些灯光都是黄而有晕的。黄已经不能明了，再加上了晕，便更不成了。灯愈多，晕就愈甚；在繁星般的黄的交错里，秦淮河仿佛笼上了一团光雾。光芒与雾气腾腾地晕着，什么都只剩了轮廓了；所以人面的详细的曲线，便消失于我们的眼底了。但灯光究竟夺不了那边的

◎南京秦淮河夫子庙风景。

月色；灯光是浑的，月色是清的。在混沌的灯光里，渗入一派清辉，却真是奇迹！那晚月儿已瘦削了两三分。她晚妆才罢，盈盈地上了柳梢头。天是蓝得可爱，仿佛一汪水似的；月儿便更出落得精神了。岸上原有三株两株的垂杨树，淡淡的影子，在水里摇曳着。它们那柔细的枝条浴着月光，就像一支支美人的臂膊，交互地缠着，挽着；又像是月儿披着的发。而月儿偶尔也从它们的交叉处偷偷窥看我们，大有小姑娘怕羞的样子。岸上另有几株不知名的老树，光光地立着；在月光里照起来，却又俨然是精神矍铄的老人。远处——快到天际线了，才有一两片白云，亮得现出异彩，像是美丽的贝壳一般。白云下便是黑黑的一带轮廓；是一条随意画的不规则的曲线。这一段光景，和河中的风味大异了。但灯与月竟能并存着，交融着，使月成了缠绵的月，灯射着渺渺的灵辉，这正是天之所以厚秦淮河，也正是天之所以厚我们了。

这时却遇着了难解的纠纷。秦淮河上原有一种歌妓，是以歌为业的。从前都在茶舫上，唱些大曲之类。每日午后一时起，什么时候止，却忘记了。晚上照样也有一回，也在黄晕的灯光里。我从前过南京时，曾随着朋友去听过两次。因为茶舫里的人脸太多了，觉得不大适意，终于听不出所以然。前年听说歌妓被取缔了，不知怎的，颇设想了几次——却想不出什么。这次到南京，先到茶舫上去看看，觉得颇是寂寥，令我无端地怅怅了。不料她们却仍在秦淮河里挣扎着，不料她们竟会纠缠到我们，我于是很张皇了，她们也乘着"七板子"，她们总是坐在舱前的。舱前点着石油汽灯，光亮炫人眼目：坐在下面的，自然是纤毫毕见了——引诱客人们的力量，也便在此了。舱里躲着乐工等人，映着汽灯的余辉蠕动着；他们是永远不被注意的。每船的歌妓大约都是二人；天色一黑，她们的船就在大中桥外往来不息地兜生意。无论行着的船，泊着的船，都是要来兜揽的。这都是我后来推想出来的。那晚不知怎样，忽然轮着我们的船了。我们的船好好的停着，一只歌舫划向我们来了；渐渐和我们的船并着了。烁烁的灯光逼得我们皱起了眉头；我们的风

尘色全给它托出来了，这使我踟蹰不安了。那时一个伙计跨过船来，拿着摊
开的歌折，就近塞向我的手里，说，"点几出吧！"他跨过来的时候，我们船
上似乎有许多眼光跟着.同时相近的别的船上也似乎有许多眼睛炯炯地向我
们船上看着。我真窘了！我也装出大方的样子，向歌妓们瞥了一眼，但究竟
是不成的！我勉强将那歌折翻了一翻，却不曾看清了几个字；便赶紧递还那
伙计，一面不好意思地说："不要。我们……不要。"他便塞给平伯，平伯掉
转头去，摇手说："不要。"那人还腻着不走。平伯又回过脸来，摇着头道，
"不要！"于是那人重到我处。我窘着再拒绝了他。他这才有所不屑似的走
了。我的心立刻放下，如释了重负一般。我们就开始自白了。

　　我说我受了道德律的压迫，拒绝了她们；心里似乎很抱歉的。这所谓抱
歉，一面对于她们，一面对于我自己。她们于我们虽然没有很奢的希望；但
总有些希望的。我们拒绝了她们，无论理由如何充足，却使她们的希望受了
伤；这总有几分不作美了。这是我觉得很怅怅的。至于我自己，更有一种不
足之感。我这时被四面的歌声诱惑了，降伏了；但是远远的，远远的歌声总
仿佛隔着重衣搔痒似的，越搔越搔不着痒处。我于是憧憬着贴耳的妙音了。
在歌舫划来时，我的憧憬，变为盼望；我固执地盼望着，有如饥渴。虽然从
浅薄的经验里，也能够推知，那贴耳的歌声，将剥去了一切的美妙；但一个
平常的人像我的，谁愿凭了理性之力去丑化未来呢？我宁愿自己骗着了。不
过我的社会感性是很敏锐的；我的思力能拆穿道德律的西洋镜，而我的感情
却终于被它压服着。我于是有所顾忌了，尤其是在众目昭彰的时候。道德律
的力，本来是民众赋予的；在民众的面前，自然更显出它的威严了。我这时
一面盼望，一面却感到了两重的禁制：一，在通俗的意义上，接近妓者总算
一种不正当的行为；二，妓是一种不健全的职业，我们对于她们，应有哀矜
勿喜之心，不应赏玩地去听她们的歌。在众目睽睽之下，这两种思想在我心
里最为旺盛。她们暂时压倒了我的听歌的盼望，这便成就了我的灰色的拒绝。
那时的心实在异常状态中，觉得颇是昏乱。歌舫去了，暂时宁靖之后，我的

思绪又如潮涌了。两个相反的意思在我心头往复：卖歌和卖淫不同，听歌和狎妓不同，又干道德甚事？——但是，但是，她们既被逼的以歌为业，她们的歌必无艺术味的；况她们的身世，我们究竟该同情的。所以拒绝倒也是正办。但这些意思终于不曾撇开我的听歌的盼望。它力量异常坚强；它总想将别的思绪踏在脚下。从这重重的争斗里，我感到了浓厚的不足之感。这不足之感使我的心盘旋不安，起坐都不安宁了。唉！我承认我是一个自私的人！平伯呢，却与我不同。他引周启明先生的诗，"因为我有妻子，所以我爱一切的女人；因为我有子女，所以我爱一切的孩子。"①他的意思可以见了。他因为推及的同情，爱着那些歌妓，并且尊重着她们，所以拒绝了她们。在这种情形下，他自然以为听歌是对于她们的一种侮辱。但他也是想听歌的，虽然不和我一样。所以在他的心中，当然也有一番小小的争斗；争斗的结果，是同情胜了。至于道德律，在他是没有什么的；因为他很有蔑视一切的倾向，民众的力量在他是不大觉着的。这时他的心意的活动比较简单，又比较松弱，故事后还怡然自若；我却不能了。这里平伯又比我高了。

在我们谈话中间，又来了两只歌舫。伙计照前一样地请我们点戏，我们照前一样地拒绝了。我受了三次窘，心里的不安更甚了。清艳的夜景也为之减色。船夫大约因为要赶第二趟生意，催着我们回去；我们无可无不可地答应了。我们渐渐和那些晕黄的灯光远了，只有些月色冷清清地随着我们的归舟。我们的船竟没个伴儿，秦淮河的夜正长哩！到大中桥近处，才遇着一只来船。这是一只载妓的板船，黑漆漆的没有一点光。船头上坐着一个妓女；暗里看出，白地小花的衫子，黑的下衣。她手里拉着胡琴，口里唱着青衫的调子。她唱得响亮而圆转；当她的船箭一般驶过去时，余音还袅袅地在我们耳际，使我们倾听而向往。想不到在弩末的游踪里，还能领略到这样的清歌！这时船过大中桥了，森森的水影，如黑暗张着巨口，要将我们的船吞了下去。我们回顾那渺渺的黄光，不胜依恋之情：我们感到了寂寞了！这一段地方夜

---

①原诗是，"我为了自己的儿女才爱小孩，为了自己的妻子才爱女人。"见《雪潮》四十八页。

色甚浓，又有两头的灯火招邀着；桥外的灯火不用说了，过了桥另有东关头疏疏的灯火。我们忽然仰头看见依人的素月，不觉深悔归来之早了！走过东关头，有一两只大船湾泊着，又有几只船向我们来着。嚣嚣的一阵歌声人语，仿佛笑我们无伴的孤舟哩。东关头转弯，河上的夜色更浓了；临水的妓楼上，时时从帘缝里射出一线一线的灯光；仿佛黑暗从酣睡里眨了一眨眼。我们默然地对着，静听那汩——汩的桨声，几乎要入睡了；朦胧里却温寻着适才的繁华的余味。我那不安的心在静里愈显活跃了！这时我们都有了不足之感，而我的更其浓厚。我们却又不愿回去，于是只能由懊悔而怅惘了。船里便满载着怅惘了。直到利涉桥下，微微嘈杂的人声，才使我豁然一惊；那光景却又不同。右岸的河房里，都大开了窗户，里面亮着晃晃的电灯，电灯的光射到水上，蜿蜒曲折，闪闪不息，正如跳舞着的仙女的臂膊。我们的船已在她的臂膊里了；如睡在摇篮里一样，倦了的我们便又入梦了。那电灯下的人物，只觉得像蚂蚁一般，更不去萦念。这是最后的梦；可惜的是最短的梦！黑暗重复落在我们面前，我们看见傍岸的空船上一星两星的，枯燥无力又摇摇不定的灯光。我们的梦醒了，我们知道就要上岸了，我们心里充满了幻灭的情思。

1923 年 10 月 11 日作完，于温州

赏析

"五四"以来的小品文，是在新文学与旧文学激烈的搏斗中产生的，它之所以出现，正是为了要显示新的文学创作，在思想上远非旧文学创作可以比拟，在艺术上也决不逊于唐宋八大家以及晚近的桐城派古文。从那时战斗过来的鲁迅，深深地理解这一点，他后来就曾明确地指出，"这是为了对于旧文学的示威，在表示旧文学自以为特长者，白话文也并非做不到"（《小品文的危机》）。

从这样的角度来说，朱自清的《桨声灯影里的秦淮河》，无疑是一篇出色的代表作，它相当突出地标志着"五四"散文创作所达到的艺术成就。

对于社会人生和自然景色，朱自清都善于精确和缜密的观察，作出细腻和深入的描写。他曾这样谈论过创作的奥秘，"于每事每物，必要剥开来看，拆穿来看"，"这样可以辨出许多新异的滋味，乃是他们独得的秘密"，只有这样"于人们忽略的地方，加倍地描写，使你于平常身历之境，也会有惊异之感"（《山野掇拾》）。《桨声灯影里的秦淮河》正是如此，"剥开来看，拆穿来看"，"于人们忽略的地方，加倍地描写"，才会使多少也曾游逛过秦淮河的读者，从中"辨出许多新异的滋味"，对作者的观察和描写产生"惊异之感"，而且更会使千万个无缘游览秦淮河的读者，犹如亲历其境地领略那旖旎迷人的风光。

朱自清这些委婉而富有韵味的描绘，在开始时似乎都是无关紧要的闲笔，你看他从各处名胜的游艇讲起，说到了秦淮河的小船（"七板子"），说到了这船上的"灯彩"，接着就扩展到多少条游船上的灯光，映出了河上的"薄霭和微漪"，然后又过渡到描写"碧阴阴的"、"厚而不腻"的河水，描写河上"薄薄的夜，淡淡的月"，描写清朗的月光和浑浊的灯光，及其相互交织在一起的影致。在这一束束五彩缤纷而又变幻莫测的光照底下，秦淮河的夜景显出"缠绵"和"渺渺"的丰富复杂的意境。

据说法国印象派的绘画大师们最善于捕捉光线，分布在自己明亮的画幅上。在表现光亮的这一点上，朱自清运用的并非形象的色彩，而是抽象的文字，因此他的任务显得更为艰巨，这当然是由于作为现代人的朱自清，接受了中外文学艺术创作的许多有益的经验，对于宇宙万物的观察和理解，要比古人来得更为深刻的缘故，因此才能够作出这种有效的"加倍地描写。"

在涂抹鲜明丰富和浑厚浓郁的色彩，描绘灯光、水光和月光时，朱自清将自己深沉的感情灌注了进去。他一开始就神往于秦淮河的历史陈迹，因而产生了"空"和"静"的感觉，然而当圆润的歌声，凄厉的琴声，微风的吹漾和水波的摇拂一起传来时，他"便疯狂似的不能自主了"，历史的引力和现实的纠缠，确实使他的感情动荡不止，剖析了这留在自己心中的强烈感受，他将自己的感情与思绪，融合在技巧十分高超的风景描写中间，因而当读者在领略他笔下的秦淮河夜景时，也就领略了他情感与思绪的波澜。做到了这样的情景交融，就起伏着绵密和蕴藉的情致，荡漾着丰满和邈远的想象，因而更能够洋溢出动人心弦的诗意，极耐咀嚼和寻味。郁达夫认为他的散文"满贮着那一种诗意"(《〈中国新文学大系〉散文二集·导言》)，这种审美的感受是十分准确的。

当朱自清在聆听秦淮河上妓女的歌声时，又进一步写出了内心中剧烈的思想冲突，正如他自己所说，孔尚任《桃花扇》和余澹《板桥杂记》所写的明末歌妓，对他产生了"奇异的吸引力"，早就想领略一番他们的声音，因为没有听到而觉得"寂寥"和"无端的怅怅"，可是当载着歌妓的轻舟出现在他面前，进行兜揽和纠缠时，却又十分窘迫起来，拒绝聆听她们卖唱的歌声。他此时既被妓女们的歌声所"诱惑"和"降服"，又因为拒绝她们的要求而感到内疚和抱歉。他的这两种情绪都受到"道德的压迫"所束缚的"自私的人"。与他同游的俞平伯，引用周作人洋溢着人道主义同情心的诗篇《小孩》①，表示因同情歌妓而尊重她们的人格，经过细微的思想斗

①据诗集《雪朝》，《小孩》中的诗应为"我为了自己的儿女才爱小孩，为了自己的妻子才爱女人。"

争后就决定不再听歌了，这使作者觉得俞平伯不像自己那样受到"道德律"的束缚，似乎比自己要来得高超。

其实对于一个正直的知识者来说，萌生人道主义的同情心并不是一桩困难的事情，倒是用道德观念来克制自己，无论这种观念合理与否，才并不那么容易。一个人在毕生迈步的过程中，如果能够长期坚持用合理和严肃的伦理原则，克服自己可能会出现的脆弱和晦暗的因子，而非任意地放纵和发泄自己的私欲，他就能够通向纯洁、崇高和至善，当然这是一条艰苦的路途，朱自清写出自己在这方面的内心搏战，可以说是坦率和诚挚地流露了自己的至情，这正是文学艺术创作中最可宝贵的东西。

俞平伯在与朱自清同游之后，也写了一篇《桨声灯影里的秦淮河》，他追求的是"朦胧"和"浑然"的境界，在柔婉细腻的笔墨中，显出了一种清幽和空灵的意境，却没有朱自清那种亢奋的情绪和执著的追求。至于他们在当时都很尊重的周作人，到后来连这种浮泛和肤浅的人道主义都摒弃了，一味地与世浮沉，甚至还贬抑和讽刺前进的潮流，最后竟堕落成为无耻的汉奸，这自然是他们当时所未曾料到的。

朱自清在灯光，水光和月光的交织之中，未能很好领略使人想起六代繁华的笙歌，因此再度产生了"寂寞"和"怅惘"之感，"心里充满了幻灭的情思"，这是很自然的事情。此时"五四"思想启蒙运动的高潮已经过去，他在文化思想界处于暂时沉寂的苦闷的氛围中间，依旧踏踏实实地进行着探索和思考，他这种多少有些颓废的"幻灭的情思"，不是来源于厌倦人生的遁世哲学，而是来源于思索黑暗现实之后的失望情绪，正如俞平伯评论他一首长诗时所说的那样，"虽然根底上不免有些颓废气息，而在行为上却始终是积极的，肯定的，呐喊的，挣扎着的"(《读〈毁灭〉》)，这些话儿说得相当中肯。

朱自清这些经过了千锤百炼的文字，尽管是够华丽和纤嫩的了，却又一点儿不显出斧凿之痕，在这些读起来朗朗上口，颇有情韵的文字底下，更显得是蕴藏了十分饱满的形象。问题还在于他华美的文采与朴素的风格、平常的构思紧密结合在一起，他一路描写过来的景色和人事，都是从平凡常见的境界中显出新颖的发现，从

◎1923年夏，朱自清与俞平伯同游秦淮河后，各以"桨声灯影里的秦淮河"为题，写了一篇散文。这两篇同题散文发表在1924年1月25日的《东方杂志》上。

朴素无华的构思中显出惊警的思想，杨振声说他的散文"风华从朴素出来"，"腴厚从平淡出来"（《朱自清先生与现代散文》），确实是讲出了这个散文大师取得成功的奥妙之处，极具艺术辩证法的见地。

朱自清的散文有着多样的风格，显出了华美与朴素相结合的多种间色，华美的极致是《桨声灯影里的秦淮河》，朴素的极致是《背影》，这些又都分别取得了很高的艺术成就，都可以当成是"五四"散文创作的成功的标本，后人通过对这些篇章的欣赏和理解，一定能够大大地提高自己的认识能力和审美水平。

（林非）

温州的踪迹（四篇）

一、"月朦胧，鸟朦胧，帘卷海棠红"①

咫尺天涯，教我如何耐得？我挣着千呼万唤；你能够出来么？

　　这是一张尺多宽的小小的横幅，马孟容君画的。上方的左角，斜着一卷绿色的帘子，稀疏而长；当纸的直处三分之一，横处三分之二。帘子中央，着一黄色的，茶壶嘴似的钩儿——就是所谓软金钩么？"钩弯"垂着双穗，石青色；丝缕微乱，若小曳于轻风中。纸右一圆月，淡淡的青光遍满纸上；月的纯净、柔软与平和，如一张睡美人的脸。从帘的上端向右斜伸而下，是一枝交缠的海棠花。花叶扶疏，上下错落着，共有五丛；或散或密，都玲珑有致。叶嫩绿色，仿佛掐得出水似的；在月光中掩映着，微微有浅深之别。花正盛开，红艳欲流；黄色的雄蕊历历的，闪闪的。衬托在丛绿之间，格外觉着娇娆了。枝欹斜而腾挪，如少女的一只臂膊。枝上歇着一对黑色的八哥，背着月光，向着帘里。一只歇得高些，小小的眼儿半睁半闭的，似乎在入梦之前，还有所留恋似的。那低些的一只别过脸来对着这一只，已缩着颈儿睡了。帘下是空空的，不着一些痕迹。

　　试想在圆月朦胧之夜，海棠是这样的妩媚而嫣润，枝头的好鸟为什么却双栖而各梦呢？在这夜深人静的当儿，那高踞着的一只八哥儿，又为何尽撑着眼皮儿不肯睡去呢？他到底等什么来着？舍不得那淡淡的月儿么？舍不得那疏疏的帘儿么？不，不，不，您得到帘下去找，您得向帘中去找——您该

———————
①画题，系旧句。

找着那卷帘人了？他的情韵风怀，原是这样这样的哟！朦胧的岂独月呢；岂独鸟呢？但是，咫尺天涯，教我如何耐得？我拼着千呼万唤；你能够出来么？

这页画布局那样经济，设色那样柔活，故精彩足以动人。虽是区区尺幅，而情韵之厚，已足沦肌浃髓而有余。我看了这画，霍然而惊；留恋之怀，不能自已。故将所感受的印象细细写出，以志这一段因缘。但我于中西的画都是门外汉，所说的话不免为内行所笑。——那也只好由他了。

二四，二，一，温州作

◎ 温州的故居——四莹堂巷34号。朱自清常与友人在此论文赋诗作画。

赏析

　　读这篇短文，虽未睹也不必睹所论画幅，只需随着文章作者的介绍评论，再闭目静思所论内容，一幅美妙动人的画面就能逼真地现于眼前，不但因画而倾倒，更为能随文章作者的神思获得美的享受，"霍然而惊"，"不能自已"。

　　我们不能不佩服文章作者那一支生花妙笔，他在描述画面几种形象时不仅十分注意它们的形状、颜色、位置、大小、数量，而且不放过每一点细节，用自己的观察印象具体而微地勾画、烘托它们，让它们充分地展现在读者面前。这样，一幅画的艺术就完全被作者"移译"（姑且用"移译"一词）成文学的艺术，作者用文笔取代了画家的画笔，将线条和颜色化作了文学的语言。如果说，一幅画还只是一种可视的艺术，则朱自清的这段散文就已经是一种可读、可听甚至可以让读者展开丰富想象的艺术。

　　这是一篇欣赏画、评论画的短文，也是一篇引人入胜的优美的散文。读完这篇散文，你会觉得不必再去看画，因为它已经为你提供了一次艺术享受。

（张恩和）

二、 绿

那醉人的绿呀！我若能裁你以为带，我将赠给那轻盈的舞女；她必能临风飘举了。

　　我第二次到仙岩①的时候，我惊诧于梅雨潭的绿了。

　　梅雨潭是一个瀑布潭。仙岩有三个瀑布，梅雨瀑最低。走到山边，便听见花花花花的声音；抬起头，镶在两条湿湿的黑边儿里的，一带白而发亮的水便呈现于眼前了。我们先到梅雨亭。梅雨亭正对着那条瀑布；坐在亭边，不必仰头，便可见它的全体了。亭下深深的便是梅雨潭。这个亭踞在突出的一角的岩石上，上下都空空儿的；仿佛一只苍鹰展着翼翅浮在天宇中一般。三面都是山，像半个环儿拥着；人如在井底了。这是一个秋季的薄阴的天气。微微的云在我们顶上流着；岩面与草丛都从润湿中透出几分油油的绿意。而瀑布也似乎分外的响了。那瀑布从上面冲下，仿佛已被扯成大小的几绺；不复是一幅整齐而平滑的布。岩上有许多棱角；瀑流经过时，作急剧的撞击，便飞花碎玉般乱溅着了。那溅着的水花，晶莹而多芒；远望去，像一朵朵小小的白梅，微雨似的纷纷落着。据说，这就是梅雨潭之所以得名了。但我觉得像杨花，格外确切些。轻风起来时，点点随风飘散，那更是杨花了。——这时偶然有几点送入我们温暖的怀里，便倏地钻了进去，再也寻它不着。

　　梅雨潭闪闪的绿色招引着我们；我们开始追捉她那离合的神光了。揪着草，攀着乱石，小心探身下去，又鞠躬过了一个石穹门，便到了汪汪一碧的潭边了。瀑布在襟袖之间；但我的心中已没有瀑布了。我的心随潭水的绿而

---

①山名，瑞安的胜迹。

◎温州仙岩梅雨潭。

摇荡。那醉人的绿呀！仿佛一张极大极大的荷叶铺着，满是奇异的绿呀。我想张开两臂抱住她；但这是怎样一个妄想呀。——站在水边，望到那面，居然觉着有些远呢！这平铺着，厚积着的绿，着实可爱。她松松地皱缬着，像少妇拖着的裙幅；她轻轻地摆弄着，像跳动的初恋的处女的心；她滑滑的明亮着，像涂了"明油"一般，有鸡蛋清那样软，那样嫩，令人想着所曾触过的最嫩的皮肤；她又不杂些凡尘滓，宛然一块温润的碧玉，只清清的一色——但你却看不透她！我曾见过北京什刹海拂地的绿杨，脱不了鹅黄的底子，似乎太淡了。我又曾见过杭州虎跑寺近旁高峻而深密的"绿壁"，丛叠着无穷的碧草与绿叶的，那又似乎太浓了。其余呢，西湖的波太明了，秦淮河的也太暗了。可爱的，我将什么来比拟你呢？我怎么比拟得出呢？大约潭是很深的，故能蕴蓄着这样奇异的绿；仿佛蔚蓝的天融了一块在里面似的，这才这般的鲜润呀。——那醉人的绿啊！我若能裁你以为带，我将赠给那轻盈的舞女；她必能临风飘举了。我若能挹你以为眼，我将赠给那善歌的盲妹；她必明眸善睐了。我舍不得你；我怎舍得你呢？我用手拍着你，抚摩着你，如同一个十二三岁的小姑娘。我又掬你入口，便是吻着她了。我送你一个名字，我从此叫你"女儿绿"，好么？

我第二次到仙岩的时候，我不禁惊诧于梅雨潭的绿了。

二，八，温州作

赏析

　　作者对景色的感受是细微的，文章的笔法也是细腻的。写梅雨潭，据说就因为飞瀑"那溅着的水花，晶莹而多芒；远望去，像一朵朵小小的白梅，微雨似的纷纷落着"，因而得名；但作者偏不甘躺在过去人们的观察和感受上，通过自己的细心观察更得出自己的体味——"我觉得像杨花，格外确切些。清风起来时，点点随风飘散，那更是杨花了。"不仅此，他更进一步写水花飞溅，沾湿衣襟——"这时偶然有几点送入我们温暖的怀里，便倏地钻了进去，再也寻它不着"，这样水花被拟人化了，好象有自己的生命，和作者的感情拼击着，融合着，不但形象生动，而且妙趣横生。

　　在这篇纪游的文章中，作者没有满足于仅仅是写景状物，而是尽情地抒发了自己的情怀。

　　梅雨潭的绿不仅使作者"惊诧"，也足以使所有读了这篇散文（不论是到过或未到过梅雨潭）的读者感到"惊诧"。人们读完这篇散文，会被这一潭奇妙的绿水深深地吸引住，由她的美丽动人而生出无尽的退思。

（张恩和）

三、白水漈

幻网里也许织着诱惑；我的依恋便是个老大的证据。

　　几个朋友伴我游白水漈。

　　这也是个瀑布；但是太薄了，又太细了。有时闪着些许的白光；等你定睛看去，却又没有——只剩一片飞烟而已。从前有所谓"雾縠"，大概就是这样了。所以如此，全由于岩石中间突然空了一段；水到那里，无可凭依，凌虚飞下，便扯得又薄又细了，当那空处，最是奇迹。白光嬗为飞烟，已是影子；有时却连影子也不见。有时微风过来，用纤手挽着那影子，它便袅袅地成了一个软弧；但她的手才松，它又像橡皮带儿似的，立刻伏伏贴贴地缩回来了。我所以猜疑，或者另有双不可知的巧手，要将这些影子织成一个幻网。——微风想夺了她的，她怎么肯呢？

　　幻网里也许织着诱惑；我的依恋便是个老大的证据。

　　　　　　　　　　三，一六，宁波作

○梅雨亭。

赏析

这篇散文只有短短的三百字,论篇幅不过是一则小小的札记,然而它以少胜多,以偏概全,突出了白水漈的特色。一般说来,写短文而有内容比写长文更难,抓住重点,力芟赘语,非大写家恐不易做到。这里,也就足以看出朱自清散文写作功底之厚,功夫之深。

(张恩和)

◎ 1924 年 2 月,朱自清离欧时与少年文学研究会同人在温州东山留影。右一为朱自清。

四、生命的价格——七毛钱

钱世界里的生命市场存在一日，都是我们孩子的危险！都是我们孩子的侮辱！您有孩子的人呀，想想看，这是谁之罪呢？这是谁之责呢？

◎木刻·朱自清像
　　作者：因其（作于1948年）

生命本来不应该有价格的；而竟有了价格！人贩子，老鸨，以至近来的绑票土匪，都就他们的所有物，标上参差的价格，出卖于人；我想将来许还有公开的人市场呢！在种种"人货"里，价格最高的，自然是土匪们的票了，少则成千，多则成万；大约是有历史以来，"人货"的最高的行情了。其次是老鸨们所有的妓女，由数百元到数千元，是常常听到的。最贱的要算是人贩子的货色！他们所有的，只是些男女小孩，只是些"生货"，所以便卖不起价钱了。

　　人贩子只是"仲买人"，他们还得取给于"厂家"，便是出卖孩子们的人家。"厂家"的价格才真是道地呢！《青光》里曾有一段记载，说三块钱买了一个丫头；那是移让过来的，但价格之低，也就够令人惊诧了！"厂家"的价格，却还有更低的！三百钱，五百钱买一个孩子，在灾荒时不算难事！但我不曾见过。我亲眼看见的一条最贱的生命，是七毛钱买来的！这是一个五岁的女孩子。一个五岁的"女孩子"卖七毛钱，也许不能算是最贱；但请您细看：将一条生命的自由和七枚小银元各放在天平的一个盘里，您将发现，正如九头牛与一根牛毛一样，两个盘儿的重量相差实在太远了！

我见这个女孩，是在房东家里。那时我正和孩子们吃饭；妻走来叫我看一件奇事，七毛钱买来的孩子！孩子端端正正地坐在条凳上；面孔黄黑色，但还丰润；衣帽也还整洁可看，我看了几眼，觉得和我们的孩子也没有什么差异；我看不出她的低贱的生命的符记——如我们看低贱的货色时所容易发见的符记。我回到自己的饭桌上，看看阿九和阿菜，始终觉得和那个女孩没有什么不同！但是，我毕竟发见真理了！我们的孩子所以高贵，正因为我们不曾出卖他们，而那个女孩所以低贱，正因为她是被出卖的；这就是她只值七毛钱的缘故了！呀，聪明的真理！

妻告诉我这孩子没有父母，她哥嫂将她卖给房东家姑爷开的银匠店里的伙计，便是带着她吃饭的那个人。他似乎没有老婆，手头很窘的，而且喜欢喝酒，是一个糊涂的人！我想这孩子父母若还在世，或者还舍不得卖她，至少也要迟几年卖她；因为她究竟是可怜可怜的小羔羊。到了哥嫂的手里，情形便不同了！家里总不宽裕，多一张嘴吃饭，多费些布做衣，是显而易见的。将来人大了，由哥嫂卖出，究竟是为难的；说不定还得找补些儿，才能送出去。这可多么冤呀！不如趁小的时候，谁也不注意，做个人情，送了干净！您想，温州不算十分穷苦的地方，也没碰着大荒年，干什么得了七个小毛钱，就心甘情愿地将自己的小妹子捧给人家呢？说等钱用？谁也不信！七毛钱了得什么急事！温州又不是没人买的！大约买卖两方本来相知；那边恰要个孩子顽儿，这边也乐得出脱，便半送半卖的含糊定了交易。我猜想那时伙计向袋里一摸，一股脑儿掏了出来，只有七毛钱！哥哥原也不指望着这笔钱用，也就大大方方收了完事。于是财货两交，那女孩便归伙计管业了！

这一笔交易的将来，自然是在运命手里；女儿本姓"碰"，由她去碰吧！但可知的，运命决不加惠于她！第一幕的戏已启示于我们了！照妻所说，那

◎ 铜像·朱自清像
胡乔木题名，1988年4月安在扬州中学校园内。

伙计必无这样耐心，抚养她成人长大！他将像豢养小猪一样，等到相当的肥壮的时候，便卖给屠户，任他宰割去；这其间他得了赚头，是理所当然的！但屠户是谁呢？在她卖做丫头的时候，便是主人！"仁慈的"主人只宰割她相当的劳力。如养羊而剪它的毛一样，到了相当的年纪，便将她配人，能够这样，她虽然被撅在丫头坯里，却还算不幸中之幸哩。但在目下这钱世界里，如此大方的人究竟是少的；我们所见的，十有六七是刻薄人！她若卖到这种人手里，他们必拶榨她过量的劳力。供不应求时，便骂也来了，打也来了！等她成熟时，却又好转卖给人家做妾；平常拶榨的不够，这儿又找补一个尾子！偏生这孩子模样儿又不好；入门不能得丈夫的欢心，容易遭大妇的凌虐，又是显然的！她的一生，将消磨于眼泪中了！也有些主人自己收婢做妾的；但红颜白发，也只空断送了她的一生！和前例相较，只是五十步与百步而已。——更可危的，她若被那伙计卖在妓院里，老鸨才真是个令人肉颤的屠户呢！我们可以想到：她怎样逼她学弹学唱，怎样驱遣她去做粗活！怎样用藤筋打她，用针刺她！怎样督责她承欢卖笑！她怎样吃残羹冷饭！怎样打熬着不得睡觉！怎样终于生了一身毒疮！她的相貌使她只能做下等的妓女；她的沦落风尘是终生的！她的悲剧也是终生的！——唉！七毛钱竟买了你的全生命——你的血肉之躯竟抵不上区区七个小银元么？生命真太贱了！生命真太贱了！

因此想到自己的孩子的运命，真有些胆寒！钱世界里的生命市场存在一日，都是我们孩子的危险！都是我们孩子的侮辱！您有孩子的人呀，想想看，这是谁之罪呢？这是谁之责呢？

四，九，宁波作

赏析

　　朱自清的散文多为记人叙事、写景状物，或写家人亲情友朋交往，或写疆内域外名地胜境，风格都温文尔雅，婉约细致。一般说来，这些散文题材都不算很大，他自己就说是一些"芝麻黄豆大的事"（当然也并非没有社会意义）。这一篇《生命的价格——七毛钱》也属此类。这类文章显示出他作为正直作家应有的是非观以及很强的观察能力和分析能力。

　　《生命的价格——七毛钱》写的是在旧社会经常可以见到并不能算怪的事——出卖小孩。中国人太多，太不值钱。鲁迅就说过，中国人从来没有挣得过做人的价格。朱自清在这篇文章中写的卖女孩还值七毛钱，而那许许多多冻馁而死的饿殍又值多少钱呢！更有甚者，在半封建半殖民地的旧中国，老百姓的生命毫无保障，统治者可以随便将人们投入监狱，任意杀戮，就像鲁迅所说，一枪毙命，连尸首都看不见，这些人生命的价格又值多少钱呢？其实，人本至尊，不应有价，倘说是七毛钱卖一个生命太低贱，太荒唐，那七元钱、七十元、七百元、七千元……就合适，就不荒唐吗？只不过因为在黑暗的社会里，人不被当做人，而被当做物，当做牲畜，当做私人的财产，才有了一个价格高低的问题。这本身就是一种野蛮，一种荒谬。

　　关于人的价值，自"五四"以来，许许多多作家（当然不只是作家）就关心这一问题。鲁迅的许多杂文就是直接探讨这一问题的，其广泛性和深刻性几无出其右者。朱自清的这篇散文则有所不同，它虽然也不乏议论，但更多是围绕被卖女孩这一具体事情，基本上是就事论事。

　　这篇文章之所以感人是因为并非纯理智、纯客观的议论，而是由人及己又由己及人地带有很浓的感情色彩。这篇散文虽不乏议论，然时时也以感情的力量去打动读者的心。最明显的是当他听到、见到被卖女孩后立即就想到自己的孩子，且情不自禁地把被卖女孩和自己的孩子比，觉得被卖女孩和自己的孩子"也没有什么差异"，"看不出她的低贱的生命的符记"。这就自然引出为什么自己的孩子"高贵"而被卖女孩却那么"低贱"的问题。及至文章结尾，作者在议论被卖女孩未来的命运之后，又转回来，"因此想到自己的孩子的运命"，并由此惊呼"真有些胆寒！"当文章收尾时，作者再加两句提示（"……'都是我们孩子的危险！都是我们孩子的侮辱！'"）、两句质问（"这是谁之罪呢？这是谁之责呢？"），就如画龙点睛，一下把全文的主旨思想提升到了顶峰；也如加了一点味精，使全文的意蕴更为深远，更为强烈。

（张恩和）

航船中的文明

既然来到这"精神文明"的航船里，正可将船里的精神文明考察一番，才不虚此一行。

第一次乘夜航船，从绍兴府桥到西兴渡口。

绍兴到西兴本有汽油船，我因急于来杭，又因年来逐逐于火车轮船之中，也想"回到"航船里，领略先代生活的异样的趣味；所以不顾亲戚们的坚留和劝说（他们说航船里是很苦的），毅然决然地于下午六时左右下了船。有了"物质文明"的汽油船，却又有"精神文明"的航船，使我们徘徊其间，左右顾而乐之，真是二十世纪中国人的幸福了！

航船中的乘客大都是小商人；两个军弁是例外。满船没有一个士大夫；我区区或者可充个数儿，——因为我曾读过几年书，又忝为大夫之后——但也是例外之例外！真的，那班士大夫到哪里去了呢？这不消说得，都到了轮船里去了！士大夫虽也搴着大旗拥护精神文明，但千虑不免一失，竟为那物质文明的孙儿，满身洋油气的小玩意儿骗得定定的，忍心害理地撇了那老相好。于是航船虽然照常行驶，而光彩已减少许多！这确是一件可以慨叹的事；而"国粹将亡"的呼声，似也不是徒然的了。呜呼，是谁之咎欤？

既然来到这"精神文明"的航船里，正可将船里的精神文明考察一番，才不虚此一行。但从哪里下手呢？这可有些为难。踌躇之间，恰好来了一个女人。——我说"来了"，仿佛亲眼看见，而孰知不然；我知道她"来了"，是在听见她尖锐的语音的时候。至于她的面貌，我至今还没有看见呢。这第一要怪我的近视眼，第二要怪那袭人的暮色，第三要怪——哼——要怪那"男

◎与友人摄于圆明园。
　右为朱自清。

女分坐"的精神文明了。女人坐在前面，男人坐在后面；那女人离我至少有两丈远，所以便不可见其脸了。且慢，这样左怪右怪，"其词若有憾焉"，你们或者猜想那女人怎样美呢。而孰知又大大的不然！我也曾"约略的"看来，都是乡下的黄面婆而已。至于尖锐的语音，那是少年的妇女所常有的，倒也不足为奇。然而这一次，哪来了的女人的尖锐的语音竟致劳动区区的执笔者，却又另有缘故。在那语音里，表示出对于航船里精神文明的抗议；她说，"男人女人都是人！"她要坐到后面来，（因前面太挤，实无他故，合并声明，）而航船里的"规矩"是不许的。船家拦住她，她仗着她不是姑娘了，便老了脸皮，大着胆子，慢慢地说了那句话。她随即坐在原处，而"批评家"的议论繁然了。一个船家在船沿上走着，随便地说，"男人女人都是人，是的，不错。做秤钩的也是铁，做秤锤的也是铁，做铁锚的也是铁，都是铁呀！"这一段批评大约十分巧妙，说出诸位"批评家"所要说的，于是众喙都息，这便成了定论。至于那女人，事实上早已坐下了；"孤掌难鸣"，或者她饱饫了诸位"批评家"的宏论，也不要鸣了罢。"是非之心"，虽然"人皆有之"，而撑船经商者流，对于名教之大防，竟能剖辨得这样"详明"，也着实亏他们了。中国毕竟是礼仪之邦，文明之古国呀！——我悔不该乱怪那"男女分坐"的精神文明了！

"祸不单行"，凑巧又来了一个女人。她是带着男人来的。——呀，带着男人！正是；所以才"祸不单行"呀！——说得满口好绍兴的杭州话，在黑暗里隐隐露着一张白脸；带着五六分城市气。船家照他们的"规矩"，要将这一对儿生刺刺的分开；男人不好意思做声，女的却抢着说，"我们是'一堆生'①的！"太亲热的字眼，竟在"规规矩矩的"航船里说了！于是船家命令地嚷道："我们有我们的规矩，不管你'一堆生'不'一堆生'的！"大家都微笑了。有的沉吟地说："一堆生的？"有的惊奇地说："一'堆'生的！"有的嘲讽地说："哼，一堆生的！"在这四面楚歌里，凭你怎样伶牙俐齿，也只得服从了！"妇者，服也"，这原是她的本行呀。只看她毫不置辩，毫不懊恼，还是若无其事地和人攀谈，便知她确乎是"服也"了。这不能不感谢船家和乘客诸公"卫道"之功；而论功行赏，船家尤当首屈一指。呜呼，可以风矣！

在黑暗里征服了两个女人，这正是我们的光荣；而航船中的精神文明，也粲然可见了——于是乎书。

1924 年 5 月 3 日

---

①原注："一块儿"也。

赏析

The Short Story Magazine

小说月报

◎1922年初，朱自清与鲁迅、周作人、矛盾、冰心、叶圣陶、许地山等一道被聘为《小说月报》"特约文稿担任者"。朱自清的多篇小说曾在此刊发表。

　　朱自清的散文以描写景致著称，这是其散文中最优美的部分。朱自清正以其实践打破了"美文不能用白话"的迷信。但记叙性较强的散文，也表现了他高超的艺术技巧。

　　《航船中的文明》是一篇记叙散文。作者在不到两千字的行文中，辛辣地讽刺了所谓"国粹"和所谓"精神文明"。

　　文章一开头，就向读者交代了，作者"因急于来杭"只好乘"很苦的""精神文明"之夜航船，航船上除了曾读过几年书的"我"以外，满船没有一个士大夫。尽管那些士大夫虽也擎着大旗拥护"精神文明"，但抵挡不住那"物质文明"的引诱，竟"忍心害理地撇了那老相好"全跑到"满身洋油气"的汽油船上去了。那些高唱"昌明国粹"的人都跑到哪儿了？作者为了证明在这"礼仪之邦，文明之古国"，"国粹将亡"的事实，抓住了航船上所发生的两件戏剧性的场面，抨击了在这"礼仪之邦，文明之古国"竟会有"男女分坐"的"精神文明"！

作者因为乘的是"夜航船"，所以暮色袭人，加上"我"的近视，没看清那船上"来了"的女人的面貌。这样，作者就可以省去对那女人的外貌描写，而笔墨集中在她的"尖锐的语言"上。那女人带有"少年的妇女所常有的"尖锐的语音，那"尖锐的语音竟致劳动区区的执笔者"，那"尖锐的语音"也将"竟致劳动区区"的读者了。那"尖锐的语音"有力地向"航船里精神文明"提出抗议，也向那"文明之古国"里存在的野蛮礼教抗议。

航船上又来了一个"不识相"的女人。"她是带着男人来的。——呀，带着男人！"正是"祸不单行"。竟在这"规规矩矩"的航船上，会发生这种不"规矩"的事！这高叫"一堆生"的女人，在"四面楚歌"般的嘲讽声里，"只得服从"了。

中国人有幸徘徊在"物质文明"与"精神文明"的航船间，是"二十世纪中国人的幸福"，因为那里有"男女分坐"的精神文明。这就"不能不感谢船家和乘客诸公，'卫道'之功"了。"在黑暗里征服了两个女人，这正是我们的光荣"。作者以平静的语调"称赞"了航船的"精神文明"，实际上是对"卫"旧礼教之"道"者的莫大的讽刺！

《航船中的文明》，不像《荷塘月色》那么秀美，也不像《背影》那么沉重，此文写得活泼、幽默，作者运用"漫画"式的语言达到了尖锐的讽刺的效果。

（韩国　车镇宪）

春晖的一月

> 我爱春晖的闲适！闲适的生活可说是春晖
> 给我的第三件礼物！

去年在温州，常常看到本刊，觉得很是欢喜。本刊印刷的形式，也颇别致，更使我有一种美感。今年到宁波时，听许多朋友说，白马湖的风景怎样怎样好，更加向往。虽然于什么艺术都是门外汉，我却怀抱着爱"美"的热诚。三月二日，我到这儿上课来了。在车上看见"春晖中学校"的路牌，白地黑字的，小秋千架似的路牌，我便高兴。出了车站，山光水色，扑面而来，若许我抄前人的话，我真是"应接不暇"了。于是我便开始了春晖的第一日。

走向春晖，有一条狭狭的煤屑路。那黑黑的细小的颗粒，脚踏上去，便发出一种摩擦的骚音，给我多少清新的趣味。而最系我心的，是那小小的木桥，桥黑色，由这边慢慢地隆起，到那边又慢慢地低下去，故看去似乎很长。我最爱桥上的栏杆，那变形的乐纹的栏杆；我在车站门口早就看见了，我爱它的玲珑！桥之所以可爱，或者便因为这栏杆哩。我在桥上远留了好些时。这是一个阴天。山的容光，被云雾遮了一半，仿佛淡妆的姑娘。但三面映照起来，也就青得可以了，映在湖里，白马湖里，接着水光，却另有一番妙景。我右手是个小湖，左手是个大湖。湖有这么大，使我自己觉得小了。湖在山的趾边，山在湖的唇边；他俩这样亲密，湖将山全吞下去了。吞的是青的，吐的是绿的，那软软的绿呀，绿的是一片，绿的却不安于一片；它无端的皱起来了。如絮的微痕，界出无数片的绿；闪闪闪闪的，像好看的眼睛。湖边系着一只小船，四面却没有一个人，我听见自己的呼吸。想起"野渡无人舟

◎1924年在春晖中学任教时与友人合影。后排左为朱自清。

自横"的诗，真觉物我双忘了。

　　好了，我也该下桥去了；春晖中学还没有看见呢。弯了两个弯儿，又过了一重桥。当面有山挡住去路；山旁只留着极狭极狭的小径。挨着小径，抹过山角，豁然开朗；春晖的校舍和历落的几处人家，都已在望了。远远看去，房屋的布置颇疏散有致，决无拥挤、局促之感。我缓缓走到校前，白马湖的水也跟我缓缓地流着。我碰着丏尊先生。他引我过了一座水门汀的桥，便到了校里。校里最多的是湖，三面潺潺流着；其次是草地，看过去芊芊的一片。我是常住城市的人，到了这种空旷的地方，有莫名的喜悦！乡下人初进城，往往有许多惊异，供给笑话的材料；我这城里人下乡，却也有许多惊异——我的可笑，或者竟不下于初进城的乡下人。闲言少叙，且说校里的房屋、格式、布置固然疏落有味，便是里面的用具，也无一不显出巧妙的匠意；决无笨伯的手泽。晚上找到几位同事家去看，壁上有书有画，布置井井，令人耐坐。这种情形正与学校的布置是一致的。美的一致，一致的美，是春晖给我的第一件礼物。

有话即长，无话即短，我到春晖教书，不觉已一个月了。在这一个月里。我虽然只在春晖登了十五日（我在宁波四中兼课），但觉甚是亲密。因为在这里、真能够无町畦。我看不出什么界线，因而也用不着什么防备，什么顾忌；我只照着我所喜欢的做就是了。这就是自由了。从前我到别处教书时，总要做几个月的"生客"，然后才能坦然。对于"生客"的猜疑，本是原始社会的遗形物，其故在于不相知。这在现社会，也不能免的。但在这里，因为没有层迭的历史，又结合比较的单纯，故没有这种习染。这是我所深愿的！这里的教师与学生，也没有什么界限。在一般学校里，师生之间往往隔开一无形界限，"敬鬼神而远之"；教师对于学生，尔为尔，我为我，休戚不关，理乱不闻！这样两橛的形势，如何说得人格感化？如何说得到"造成健全的人格"？这里的师生却没有这样情形。无论何时，都可自由说话；一切事务，常常通力合作。校里只有协治会而没有自治会。感情既无隔阂，事务自然都开诚布公，无所用其躲闪。学生因无须矫情饰伪，故甚活泼有意思。又因能顺其天性，不遭压抑；加以自然界的陶冶，故趣味比较纯正。——也有太随便的地方，如有几个人上课时喜欢谈闲天，有几个人喜欢吐痰在地板上，但这些总是容易矫正的。——春晖给我的第二件礼物是真诚，一致的真诚。

春晖是在极幽静的乡村地方，往往终日看不到一个外人！寂寞是小事，在学生的修养上却有了问题。现在的生活中心，是城市，是非乡村。乡村生活的修养能否适应城市的生活，这是一个问题。此地所说适应，只指两种意思：一是抵抗诱惑，二是应付环境——明白些说，就是应付人，应付物。乡

◎春晖中学教学楼，朱自清在此作过《刹那》的演讲。

村诱惑少，不能养成定力；在乡村是好人的，将来一入城市做事，或者竟抵挡不住。从前某禅师在山中修道，道行甚高；一旦入闹市，"看见粉白黛绿，心便动了"。这话看来有理，但我认为其实无妨。就一般人而论，抵抗诱惑的力量大抵和性格、年龄、学识、经济力等有"相当"的关系。除经济力和年龄外，性格、学识，都可以用教育的力量提高它，这样增加抵抗诱惑的力量。提高的意思，说得明白些，便是以高等的趣味替代低等的趣味；养成优良的习惯，使不良的动机不容易有效。用了这种方法，学生达到高中毕业的年龄，也总该有相当的抵抗力了，入城市生活又何妨（不及初中毕业时者，因初中毕业，仍须续入高中，不必自己挣扎，故不成问题）？有了这种抵抗力，虽还有经济力可以作祟，但也不能有大效。前面那禅师所以不行，一因他过的是孤独的生活，故反动力甚大，一因他只知克制，不知替代，故外力一强，便"虎兕出于神"了！这岂可与现在这里学生的乡村生活相提并论呢？至于应付环境，这与乡村城市无大关系。我是城市的人，但初到上海，也曾因不会乘电车而跌了一跤，跌得皮破血流；这与乡下诸公又差得几何呢？若说应付人，无非是机心！什么"逢人只说三分话，未可全抛一片心"，便是代表的教训。教育有改善人心的使命，这种机心，有无养成的必要，是一个问题。姑不论这个，要养成这种机心，也非到上海这种地方去不成；普通城市正和乡村一样，是没有什么帮助的。凡以上所说，无非要使大家相信，这里的乡村生活的修养，并不一定不能适应将来城市的生活。况且我们还可以举行旅行，以资调剂呢。况且城市生活的修养，虽自有它的好处，但也有流弊。如诱惑太多，年龄太小或性格未佳的学生，或者转易陷溺——那就不但不能磨炼定力，反早早地将定力丧失了！所以城市生活的修养不一定比乡村生活的修养有效。——只有一层，乡村生活足以减少少年人的进取心，这却是真的！

　　说到我自己，却甚喜欢乡村的生活，更喜欢这里的乡村的生活。我是在狭的笼的城市里生长的人，我要补救这个单调的生活，我现在住在繁嚣的都市里，我要以闲适的境界调和它。我爱春晖的闲适！闲适的生活可说是春晖给我的第三件礼物！

　　我已说了我的"春晖的一月"；我说的都是我要说的话。或者有人说，赞美多而劝勉少，近乎"戏台里喝彩"！假使这句话是真的，我要切实声明：我的多赞美，必是情不自禁之故，我的少劝勉。或是观察时期太短之故。

赏析

　　从整体上说，朱自清的散文都写得绵密深厚，情真意切，但具体分析起来，又表现出两种不同的风格，一种如《荷塘月色》、《绿》那样写得绮丽纤缛，雍容典雅，一种如《背影》、《给亡妇》那样写得本色自然，质朴平实。《春晖的一月》即属于后一种。

　　这篇散文写作者到春晖中学一个月的感受，作者毫无虚饰，如实写来，写得诚朴恳挚，真切感人。读这篇散文，人们最大的感受就是真：情真词真。这种真，一方面来自作者主观上的真诚，一方面也来自由这种真诚所决定的作者独特的观察视角。作者生在城市，长在城市，参加工作后，也一直在城市中学任教，现在他来到地处乡村的春晖中学，对一切都感到那样新鲜，那样亲切，甚至通向春晖中学的一条简陋的"狭狭的煤屑路"，脚踏上去所发出的"摩擦的骚音"，都使他感到"多少清新的趣味"。

　　只要是感觉正常的人，对于美好的自然环境都会产生愉悦之感；但即使再美好的环境，对于那些久置其中的人来说，这种感受也会变得淡化甚至迟钝；而对于初始接触的人，这种感受则显得格外强烈。作者是以一个城里人的眼光来看这小桥阑杆的青山绿水的，所以这一切才在他的笔下变得那样美好，那样充满诱人的魅力。这是春晖中学的自然环境，而它的人文环境也同样如此：在青山脚下，绿水之中，坐落着疏散有致的校舍，校园内流水潺潺，绿草芊芊，不仅校里的房屋、格式规划得"疏落有味"，就是教员家里也是"布置井井，令人耐坐"。这一切，对于一直生活在拥挤喧闹的城市的作者来说，有一种格外空旷舒畅、温馨熨帖的感觉。作者以城里人的眼光观察并写出了春晖中学自然环境和人文环境的"美的一致，一致的美"。

现代文明给城市带来了现代思想观念和生活方式，但也使城市在某些方面某种程度上失去了传统的人与人之间的真诚。然而在地处乡村的春晖中学来说，这一传统却完美地保存着。在这里，人与人之间没有界限，没有防备，没有顾忌，每个人都可以按照自己的兴趣爱好去生活，师生之间也是如此。与自己过去的生活经历相对比，作者对此感受特别强烈。他从这一独特视角出发，指出春晖的这一长处对顺应学生的天性使其不遭压抑从而"造成健全的人格"的重要意义。这就使人们进而感到春晖的内在美，因而进一步加深了对春晖的热爱与向往。

但作者并没有以自己的独特视角掩盖对事物的全面认识。作为一个"在狭的笼的城市里"生长并且现在仍住在"繁嚣的都市里"的人，他渴望乡村的幽静，特别热爱春晖的闲适。但他也清醒地看到，闭塞的乡村生活会给学生的现代生活能力的养成带来一定障碍。然而，他又没有因此而否定春晖，而是通过深入细致，丝丝入扣的分析，指出完全可以"用教育的力量"来补救这一不足。在此基础上，他再倾诉自己对春晖的闲适的热爱，就既避免了思想上的片面，又更加表现了他的坦率与真诚。

真总是与朴联系在一起。用自己的眼睛去观察，说自己心里想说的话，就使得这篇散文在形式上显得格外本色自然，质朴平实，在内容上显得格外丰厚充实、真诚感人。这是这篇散文取得成功的一个重要奥秘。

（张永泉）

白种人

——上帝的骄子！

我因了自尊，一面感着空虚，一面却又感着
愤怒；于是有了迫切的国家之念。

　　去年暑假到上海，在一路电车的头等里，见一个大西洋人带着一个小西
洋人，相并地坐着。我不能确说他俩是英国人或美国人；我只猜他们是父与
子。那小西洋人，那白种的孩子，不过十一二岁光景，看去是个可爱的小孩，
引我久长的注意。他戴着平顶硬草帽，帽檐下端正地露着长圆的小脸。白中
透红的面颊，眼睛上有着金黄的长睫毛，显出和平与秀美。我向来有种癖气：
见了有趣的小孩，总想和他亲热，做好同伴；若不能亲热，便随时亲近亲近

◎1932 年 7 月 26 日，自欧洲回国途中摄于 Conte Rosso 号海轮上。左二为朱自清。

也好。在高等小学时，附设的初等里，有一个养着乌黑的西发的刘君，真是依人的小鸟一般；牵着他的手问他的话时，他只静静地微仰着头，小声儿回答——我不常看见他的笑容，他的脸老是那么幽静和真诚，皮下却烧着亲热的火把。我屡次让他到我家来，他总不肯；后来两年不见，他便死了。我不能忘记他！我牵过他的小手，又摸过他的圆下巴。但若遇着蕠生的小孩，我自然不能这么做，那可有些窘了；不过也不要紧，我可用我的眼睛看他——一回，两回，十回，几十回！孩子大概不很注意人的眼睛，所以尽可自由地看，和看女人要遮遮掩掩的不同。我凝视过许多初会面的孩子，他们都不曾向我抗议；至多拉着同在的母亲的手，或倚着她的膝头，将眼看他两看罢了。所以我胆子很大。这回在电车里又发了老癖气，我两次三番地看那白种的孩子，小西洋人！

初时他不注意或者不理会我，让我自由地看他。但看了不几回，那父亲站起来了，儿子也站起来了，他们将到站了。这时意外的事来了。那小西洋人本坐在我的对面；走近我时，突然将脸尽力地伸过来了，两只蓝眼睛大大地睁着，那好看的睫毛已看不见了；两颊的红也已褪了不少了。和平，秀美的脸一变而为粗俗，凶恶的脸了！他的眼睛里有话："咄！黄种人，黄种的支那人，你——你看吧！你配看我！"他已失了天真的稚气，脸上满布着横秋的老气了！我因此宁愿称他为"小西洋人"。他伸着脸向我足有两秒钟；电车停了，这才胜利地掉过头，牵着那大西洋人的手走了。大西洋人比儿子似乎要高出一半；这时正注目窗外，不曾看见下面的事。儿子也不去告诉他，只独断独行地伸他的脸；伸了脸之后，便又若无其事的，始终不发一言——在沉默中得着胜利，凯旋而去。不用说，这在我自然是一种袭击，"出其不意，攻其不备"的袭击！

这突然的袭击使我张皇失措；我的心空虚了，四面的压迫很严重，使我呼吸不能自由。我曾在 N 城的一座桥上，遇见一个女人；我偶然地看她时，她却垂下了长长的黑睫毛，露出老练和鄙夷的神色。那时我也感着压迫和空虚，但比起这一次，就稀薄多了：我在那小西洋人两颗枪弹似的眼光之下，茫然地觉着有被吞食的危险，于是身子不知不觉地缩小——大有在奇境中的阿丽思的劲儿！我木木然目送那父与子下了电车，在马路上开步走；那小西洋人竟未一回头，断然地去了。我这时有了迫切的国家之感！我做着黄种的中国人，而现在还是白种人的世界，他们的骄傲与践踏当然会来的；我所以张皇失措而觉着恐怖者，因为那骄傲我的，践踏我的，不是别人，只是一个十来岁的"白种的"孩子，竟是一个十来岁的白种的"孩子"！我向来总觉得孩子应该是世界的，不应该是一种，一国，一乡，一家的。我因此不能容忍中国的孩子叫西洋人为"洋鬼子"。但这个十来岁的白种的孩子，竟已被揿入人种与国家的两种定型里了。他已懂得凭着人种的优势和国家的强力，伸着脸袭击我了。这一次袭击实是许多次袭击的小影，他的脸上便缩印着一部中国的外交史。他之来上海，或无多日，或已长久，耳濡目染，他的父亲，亲长，先生，父执，乃至同国，同种，都以骄傲践踏对付中国人；而他的读物也推波助澜，将中国编排得一无是处，以长他自己的威风。所以他向我伸脸，决非偶然而已。

这是袭击，也是侮蔑，大大的侮蔑！我因了自尊，一面感着空虚，一面却又感着愤怒；于是有了迫切的国家之念。我要诅咒这小小的人！但我立刻恐怖起来了：这到底只是十来岁的孩子呢，却已被传统所埋葬；我们所日夜想望着的"赤子之心"，世界之世界（非某种人的世界，更非某国人的世界！），眼见得在正来的一代，还是毫无信息的！这是你的损失，我的损失，他的损失，世界的损失；虽然是怎样渺小的一个孩子！但这孩子却也有可敬的地方：他的从容，他的沉默，他的独断独行，他的一去不回头，都是力的表现，都是强者适者的表现。决不婆婆妈妈的，决不黏黏搭搭的，一针见血，一刀两断，这正是白种人之所以为白种人。

我真是一个矛盾的人。无论如何，我们最要紧的还是看看自己，看看自己的孩子！谁也是上帝之骄子；这和昔日的王侯将相一样，是没有种的！

1925 年 6 月 19 日夜

赏析

1925年5月30日，帝国主义和它的走狗在上海血腥屠杀中国人民，制造了震惊中外的"五卅"惨案。许多作家、诗人把满腔的悲愤，化作声讨的诗篇和文章，叶圣陶的《五月卅一日急雨中》和郑振铎《街血洗去后》，就是其中最为有名的篇章。朱自清在惨案发生后，写下了诗篇《血歌》，愤怒地控诉了帝国主义的血腥罪行。6月19日，他又写下了这篇《白种人——上帝的骄子!》，从另一个角度，抒发他"迫切的国家之感"。

作者善于从一个具体事件的叙述中生发开来，通过较为深入的分析，由感性到理性，从具体到一般，发抒自己反帝爱国的感情。文章十分精辟地把西洋小孩伸脸对自己的袭击，看作"实是许多次袭击的小影，他的脸上便缩印着一部中国的外交史"。那傲视"我"、践踏"我"的不是别人，"只是一个十来岁的'白种的'孩子，竟是一个十来岁的白种的'孩子'!"这里"只是"和"竟是"两个句子连用，前者强调"白种的"，后者突出"孩子"，语调峻急，愤慨和痛切之情溢于言表。作者由一己遭遇的瞬间的袭击，联想到国家民族长期遭受的屈辱和蹂躏，一部近代中国外交史，就是一部丧权辱国史。而如今连乳臭未干的小毛孩子也敢在中国的土地上对中国人竖眉瞪眼，这个国家究竟是什么样的国家啊!文章十分自然地引发人们"迫切的国家之念"。

然而出人意料的是，作者在揭露那个西洋小孩盛气凌人的丑恶面貌的同时，竟然赞扬那个西洋小孩"也有可敬的地方:他的从容，他的沉默，他的独断独行，他

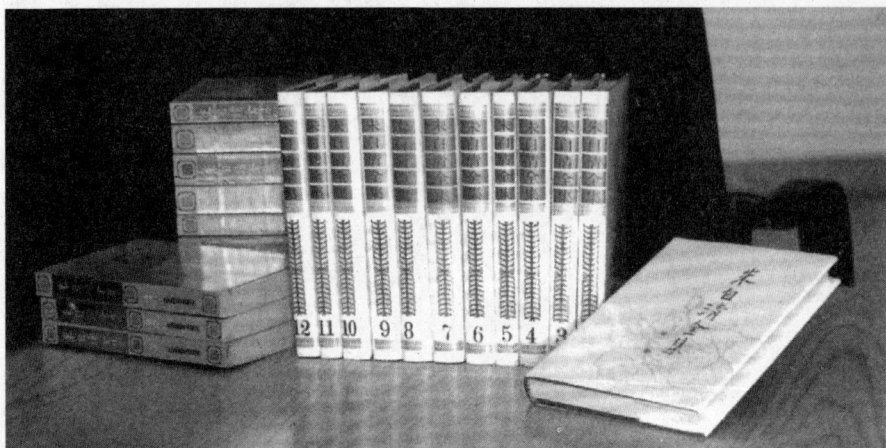

◎《朱自清全集》，江苏教育出版社 1997 年出版。

的一去不回头，都是力的表现，都是强者适者的表现。"这里初看似觉突兀，细想乃觉得这是作者思想高人一筹之处。朱自清的思想超越了那些狭隘民族主义和狭隘爱国主义的界限，他有着一种更为开阔的胸襟，更为深远的历史眼光，他的"国家之念"，不是国粹派那种独尊中国传统、排斥外国一切的陈腐思想，而是五四新文化运动以来大胆吸纳新潮的开放观念。

在这里，我们就可以清楚地看出作者在文章的第一段具体描述那个中国小孩的深意，文章前后照应，完整紧凑。当然，我们也应该看到，朱自清在当时还不是阶级论者，他不可能从社会制度这个根源上来剖析中国贫弱受欺的根本原因，只能从弱肉强食、适者生存的进化论的角度来论述，但是文章中强调"我们最要紧的还是看看自己，看看自己的孩子"，强调要严肃地审视自己，这比之一般的呼喊反帝口号来，要切实、深刻得多了。

（王保生）

女人

艺术的女人，那是一种奇迹！

白水是个老实人，又是个有趣的人。他能在谈天的时候，滔滔不绝地发出长篇大论。这回听勉子说，日本某杂志上有"女？"一文，是几个文人以

◎1932年，朱自清，陈竹隐与友人摄于清华大学图书馆门前。右一为陈竹隐，右四为朱自清。

"女"为题的桌话的记录。他说："这倒有趣，我们何不也来一下？"我们说："你先来！"他搔了搔头发道："好！就是我先来，你们可别临阵脱逃才好。"我们知道他照例是开口不能自休的。果然。一番话费了这多时候，以致别人只有补充的工夫，没有自叙的余裕。那时我被指定为临时书记，曾将桌上所说，拉杂写下。现在整理出来，便是以下一文。因为十之八是白水的意见，便用了第一人称，作为他自述的模样；我想，白水大概不至于不承认吧？

老实说，我是个欢喜女人的人；从国民学校时代直到现在，我总一贯地欢喜着女人。虽然不曾受着什么"女难"，而女人的力量，我确是常常领略到的。女人就是磁石，我就是一块软铁；为了一个虚构的或实际的女人，呆呆地想了一两点钟，乃至想了一两个星期，真有不知肉味光景——这种事是屡屡有的。在路上走，远远的有女人来了，我的眼睛便像蜜蜂们嗅着花香一般，直攒过去。但是我很知足，普通的女人，大概看一两眼也就够了，至多再掉一回头。像我的一位同学那样，遇见了异性，就立正——向左或向右转，仔细用他那两只近视眼，从眼镜下面紧紧追出去半日半日，然后看不见，然后开步走——我是用不着的。我们地方有句土话说："乖子望一眼，呆子望到晚。"我大约总在"乖子"一边了。我到无论什么地方，第一总是用我的眼睛去寻找女人。在火车里，我必走遍几辆车去见女人；在轮船里，我必走遍全船去发见女人。我若找不到女人时，我便逛游戏场去，赶庙会去——我大胆地加一句——参观女学校去；这些都是女人多的地方。于是我的眼睛更忙了！我拖着两只脚跟着它们走，往往直到疲倦为止。

我所追寻的女人是什么呢？我所发见的女人是什么呢？这是艺术的女人。从前人将女人比作花，比作鸟，比作羔羊；他们只是说，女人是自然手里创造出来的艺术，使人们欢喜赞叹——正如艺术的儿童是自然的创作，使人们欢喜赞叹一样。不独男人欢喜赞叹，女人也欢喜赞叹；而"妒"便是欢喜赞叹的另一面，正如"爱"是欢喜赞叹的一面一样。受欢喜赞叹的，又不独是女人，男人也有。"此柳风流可爱，似张绪当年"便是好例；而"美丰仪"一语，尤为"史不绝书"。但男人的艺术气氛，似乎总要少些；贾宝玉说得好：男人的骨头是泥做的，女人的骨头是水做的。这是天命呢？还是人事呢？我现在还不得而知；只觉得事实是如此罢了——你看，目下学绘画的"人体习作"的时候，谁不用了女人做他的模特儿呢？这不是因为女人的曲线更为可爱么？我们说，自有历史以来，女人是比男人更其艺术的；这句话总该不会错吧？所以我说，艺术的女人。所谓艺术的女人，有三种意思：是女人中最为艺术的，是女人的艺术的一面，是我们以艺术的眼去看女人。我说女人比男人更其艺术的，是一般的说法；说女人中最为艺术的，是个别的说法——而"艺术"一词，我用它的狭义，专指眼睛的艺术而言，与绘画，雕刻，跳舞同其范类。艺术的女人便是有着美好的颜色和轮廓和动作的女人，便是她的容貌，身材，姿态，使我们看了感到"自己圆满"的女人。这里有一块天然的界碑，我所说的只是处女；少妇，中年妇人，那些老太太们，为她们的年岁所侵蚀，已上了凋零与枯萎的路途，在这一件上，已是落伍者了。女人的圆满相，只是她的"人的诸相"之一；她可以有大才能，大智慧，大仁慈，大勇毅，大贞洁等等，但都无碍于这一相。诸相可以帮助这一相，使其更臻于充实；这一相也可帮助诸相，分其圆满于它们，有时更能遮盖它们的缺处。我们之看女人，若被她的圆满相所吸引，便会不顾自己，不顾她的一切，而只陶醉于其中；这个陶醉是刹那的，无关心的，而且在沉默之中的。

我们之看女人，是欢喜而决不是恋爱。恋爱是全般的，欢喜是部分的。恋爱是整个"自我"与整个"自我"的融合，故坚深而久长；欢喜是"自我"间断片的融合，故轻浅而飘忽。这两者都是生命的趣味，生命的姿态。但恋爱是对人的，欢喜却兼人与物而言——此外本还有"仁爱"，便是"民胞物与"之怀；再进一步，"天地与我并生，万物与我为一，"便是"神爱"，"大爱"了。这种无分物我的爱，非我所要论；但在此又须立一界碑，凡伟大庄严之象，无论属人属物，足以吸引人心者，必为这种爱；而优美艳丽的光景则始在"欢喜"的阈中。至于恋爱，以人格的吸引为骨子，有极强的占有性，又与二者不同。Y君以人与物平分恋爱与欢喜，以为"喜"仅属物，"爱"乃属人；若对人言"喜"，便是蔑视他的人格了。现在有许多人也以为将女人比花，比鸟，比羔羊，便是侮辱女人；赞颂女人的体态，也是侮辱女人。所以者何？便是蔑视她们的人格了！但我觉我们若不能将"体态的美"排斥于人格之外，我们便要慢慢地说这句话！而美若是一种价值，人格若是建筑于价值的基石上，我们又何能排斥那"体态的美"呢？所以我以为只需将女人的艺术的一面作为艺术而鉴赏它，与鉴赏其他优美的自然一样；艺术与自然是"非人格"的，当然便说不上"蔑视"与否。在这样的立场上，将人比物，欢喜赞叹，自与因袭的玩弄的态度相差十万八千里，当可告无罪于天下。——只有将女人看作"玩物"，才真是蔑视呢；即使是在所谓的"恋爱"之中。艺术的女人，是的，艺术的女人！我们要用惊异的眼去看她，那是一种奇迹！

　　我之看女人，十六年于兹了，我发见了一件事，就是将女人作为艺术而鉴赏时，切不可使她知道；无论是生疏的，是较熟悉的。因为这要引起她性的自卫的羞耻心或他种嫌恶心，她的艺术味便要变稀薄了；而我们因她的羞耻或嫌恶而关心，也就不能静观自得了。所以我们只好秘密地鉴赏；艺术原来是秘密的呀，自然的创作原来是秘密的呀。但是我所欢喜的艺术的女人，究竟是怎样的呢？您得问了。让我告诉您：我见过西洋女人，日本女人，江南江北两个女人城内的女人。名闻浙东西的女人；但我的眼光究竟太狭了，我只见过不到半打的艺术的女人！而且其中只有一个西洋人，没有一个日本人！那西洋的处女是在Y城里一条僻巷的拐角上遇着的。惊鸿一瞥似的便过去了。其余有两个是在两次火车里遇着的，一个看了半天，一个看了两天；还有一个是在乡村里遇着的，足足看了三个月——我以为艺术的女人第一是有她的温柔的空气，使人如听着箫管的悠扬，如嗅着玫瑰花的芬芳，如躺着在天鹅绒的厚毯上。她是如水的密，如烟的轻，笼罩着我们，我们怎能不欢喜赞叹呢？这是由她的动作而来的，她的一举步，一伸腰，一掠发，一转眼，

◎ 20 世纪 30 年代朱自清、陈竹隐与陈竹隐的结拜姐妹及她们的夫婿合影。前排左一为陈竹隐，后排左一为朱自清。

一低头，乃至衣袂的微扬，裙幅的轻舞，都如蜜的流，风的微漾，我们怎样能不欢喜赞叹呢？最可爱的是那软软的腰儿，从前人说临风的垂柳，《红楼梦》里说晴雯的"水蛇腰儿"，都是说腰肢的细软的；但我所欢喜的腰呀，简直和苏州的牛皮糖一样，使我满舌头的甜，满牙齿的软呀。腰是这般软了，手足自也有飘逸不凡之概。你瞧她的足胫多么丰满呢！从膝关节以下，渐渐的隆起，像新蒸的面包一样，后来又渐渐渐渐地缓下去了。这足胫上正罩着丝袜，淡青的？或者白的？拉得紧紧的，一些儿皱纹没有，更将那丰满的曲线显得丰满了；而那闪闪的鲜嫩的光，简直可以照出人的影子。你再往上瞧，她的两肩又多么亭匀呢！像双生的小羊似的，又像两座玉峰似的；正是秋山那般瘦，秋水那般平呀。肩以上，便到了一般人讴歌颂赞所集的"面目"了。我最不能忘记的，是她那双鸽子般的眼睛，伶俐到像要立刻和人说话。在惺忪微倦的时候，尤其可喜，因为正像一对睡了的褐色小鸽子。和那润泽而微红的双颊，苹果般照耀着的，恰如曙色之与夕阳，巧妙的相映衬着。再加上那覆额的，稠密而蓬松的发，像天空的乱云一般，点缀得更有情趣了。而她那甜蜜的微笑也是可爱的东西；微笑是半开的花朵，里面流溢着诗与画与无声的音乐。是的，我说的已多了；我不必将我所见的，一个人一个人分别说给你，我只将她们融合成一个Sketch给你看——这就是我的惊异的型，就是我所谓艺术的女子的型。但我的眼光究竟太狭了！我的眼光究竟太狭了！

在女人的聚会里，有时也有一种温柔的空气；但只是笼统的空气，没有详细的节目。所以这是要由远观而鉴赏的，与个别的看法不同；若近观时，那笼统的空气也许会消失了的。说起这艺术的"女人的聚会"，我却想着数年前的事了，云烟一般，好惹人怅惘的。在P城一个礼拜日的早晨，我到一所宏大的教堂里去做礼拜；听说那边女人多，我是礼拜女人去的。那教堂是男女分坐的。我去的时候，女坐还空着，似乎颇遥遥的；我的遐想便去充满了每个空座里。忽然眼睛有些花了，在薄薄的香泽当中，一群白上衣，黑背心，黑裙子的女人，默默地，远远地走进来了。我现在不曾看见上帝，却看见了带着翼子的这些安琪儿了！另一回在傍晚的湖上，暮霭四合的时候，一支插着小红花的游艇里，坐着八九个雪白雪白的白衣的姑娘；湖风舞弄着她们的衣裳，便成一片浑然的白。我想她们是湖之女神，以游戏三昧，暂现色相于人间的呢！第三回在湖中的一座桥上，淡月微云下，倚着十来个，也是姑娘，朦朦胧胧的与月一齐白着。在抖荡的歌喉里，我又遇着月姊儿的化身了！——这些是我所发见的又一型。

是的，艺术的女人，那是一种奇迹！

1925 年 2 月 15 日　白马湖

赏析

《女人》开篇"小引"很别致，它为全篇定下基调，设下特定的情境。那委婉舒缓的叙述，清静恬淡，宛若引你坐到涓涓流淌的溪水边；那直抒胸臆的切切之情，率真坦荡，仿佛为你圈点明澈见底中的鱼翔倩影，引读者于规定的欣赏角度内，很有意趣。

散文的精髓和神韵是立意。作家"所追寻"和"所发见"的女人，是"艺术的女人"，他是沉浸在高尚的精神境界中，在神圣的艺术领域里，去寻觅领略女人身上超然的美质。在满蕴着真切情感的淳朴语言中，不时闪烁出作家智慧的火花。在"我们之看女人"和"我之看女人"中，作家的感受、体验和思辨，既亲切得让你感同身受，又明辨的让你眼前一亮，令你原本是一些模糊的感受和体验，顿悟到其奥妙之所在。使人的感情超越平庸、浅薄，而向更高一层的精神境界升华。

对于女人艺术的一面，作家以艺术的眼光去鉴赏艺术的女人，他那细腻的揣摩，深谙甘旨的体味，又颇得其要的领悟，表述得何等平易、到家而又神秘。虽然，这些表述给人以神妙的美感，但是毕竟还是理性色彩浓了点儿。所以，作家接着以现身说法，细腻地描述了自己是如何鉴赏艺术的女人，款款道来，激动人心地抒写出自己对艺术的女人，在鉴赏时从不宁静的心态里所迸发出的欣喜情绪。作家对女人艺术的美的独特描摹，人们不一定会有同感或产生一样的联想和想象；但是，其中不乏相似性和通感，让你感到作家写出了别人想说而又说不清的模模糊糊的感受。高品位的文学作品，之所以能陶冶情操，净化灵魂，在此。作家更为独到的观察和

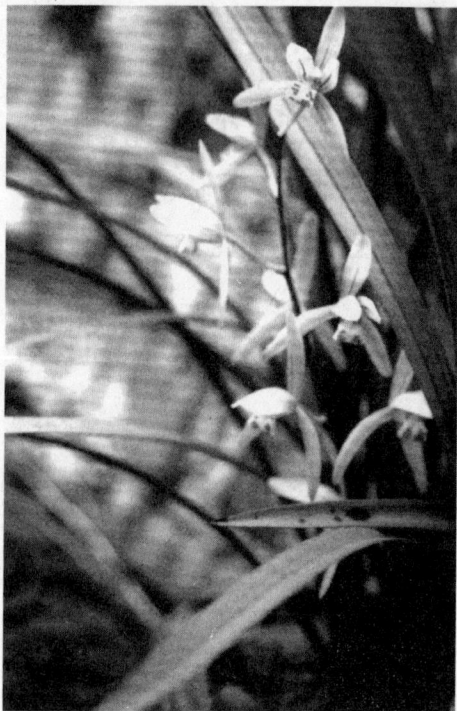

◎朱自清当年在旧居栽种的兰花。

感受，是在艺术的"女人的聚会"里，作家在不同的特定时空里，远观艺术的"女人的聚会"印象、感受和意念，是作家的独特艺术发现，是作家高尚美学情趣的具像化。

作家从一般人不想问津的角度立意，而且站在圣洁高尚的起点上，俯视和选择题材，写出一篇格调高雅的优秀散文《女人》。当时，已娶妻有子，年仅二十八岁的朱自清，能写出这样的美文实为难能可贵。

当时，以"女人"为题写散文的名家，还有夏丏尊、俞平伯、林语堂和梁实秋等，但他们的角度和立意，同朱自清的《女人》无丝毫相似之处。过去，从不见有选家选朱自清这篇很有特色的美文，恐怕是旧的传统观念束缚了他们。

（贾焕亭）

背影

在晶莹的泪光中，又看见那肥胖的，青布棉袍，黑布马褂的背影。唉！我不知何时再能与他相见！

　　我与父亲不相见已二年余了，我最不能忘记的是他的背影。那年冬天，祖母死了，父亲的差使也交卸了，正是祸不单行的日子，我从北京到徐州，打算跟着父亲奔丧回家。到徐州见着父亲，看见满院狼藉的东西，又想起祖母，不禁簌簌地流下眼泪。父亲说："事已如此，不必难过，好在天无绝人之路！"

　　回家变卖典质，父亲还了亏空，又借钱办了丧事。这些日子，家中光景很是惨淡，一半为了丧事，一半为了父亲赋闲。丧事完毕，父亲要到南京谋事，我也要回到北京念书，我们便同行。

　　到南京时，有朋友约去游逛，勾留了一日；第二日上午便须渡江到浦口，下午上车北去。父亲因为事忙，本已说定不送我，叫旅馆里一个熟识的茶房陪我同去。他再三嘱咐茶房，甚是仔细。但他终于不放心，怕茶房不妥帖；颇踌躇了一会。其实我那年已二十岁，北京已来往过两三次，是没有甚么要紧的了。他踌躇了一会，终于决定还是自己送我去。我两三回劝他不必去，他只说："不要紧，他们去不好！"

◎父亲朱鸿钧，字小坡。

◎母周氏绮桐。

◎1927年，小坡公（即《背影》中的父亲）与儿孙摄于扬州。前排中坐者为小坡公。

　　我们过了江，进了车站。我买票，他忙着照看行李。行李太多了，得向脚夫行些小费，才可过去。他便又忙着和他们讲价钱。我那时真是聪明过分，总觉他说话不大漂亮，非自己插嘴不可。但他终于讲定了价钱，就送我上车。他给我拣定了靠车门的一张椅子，我将他给我做的紫毛大衣铺好坐位。他嘱我路上小心，夜里要警醒些，不要受凉。又嘱托茶房好好照应我。我心里暗笑他的迂；他们只认得钱，托他们直是白托！而且我这样大年纪的人，难道还不能料理自己么？唉，我现在想想，那时真是太聪明了！

　　我说道："爸爸，你走吧。"他往车外看了看，说："我买几个橘子去。你就在此地，不要走动。"我看那边月台的栅栏外有几个卖东西的等着顾客。走到那边月台，须穿过铁道，须跳下去又爬上去。父亲是一个胖子，走过去自然要费事些。我本来要去的，他不肯，只好让他去。我看见他戴着黑布小帽，穿着黑布大马褂，深青布棉袍，蹒跚地走到铁道边，慢慢探身下去，尚不大难。可是他穿过铁道，要爬上那边月台，就不容易了。他用两手攀着上面，两脚再向上缩；他肥胖的身子向左微倾，显出努力的样子。这时我看见他的背影，我的泪很快地流下来了。我赶紧拭干了泪，怕他看见，也怕别人看见。我再向外看时，他已抱了朱红的橘子往回走了。过铁道时，他先将橘子散放在地上，自己慢慢爬下，再抱起橘子走。到这边时，我赶紧去搀他。他和我走到车上，将橘子一股脑儿放在我的皮大衣上。于是扑扑衣上的泥土，心里很轻松似的，过一会说："我走了，到那边来信！"我望着他走出去。他走了几步，回过头看见我，说："进去吧，里边没人。"等他的背影混入来来往往的人里，再找不着了，我便进来坐下，我的眼泪又来了。

近几年来，父亲和我都是东奔西走，家中光景是一日不如一日。他少年出外谋生，独立支持，做了许多大事。哪知老境却如此颓唐！他触目伤怀，自然情不能自已。情郁于中，自然要发之于外；家庭琐屑便往往触他之怒。他待我渐渐不同往日。但最近两年的不见，他终于忘却我的不好，只是惦记着我，惦记着我的儿子。我北来后，他写了一信给我，信中说道："我身体平安，惟膀子疼痛厉害，举箸提笔，诸多不便，大约大去之期不远矣。"我读到此处，在晶莹的泪光中，又看见那肥胖的，青布棉袍，黑布马褂的背影。唉！我不知何时再能与他相见！

1925 年 10 月在北京

赏析

◎散文集《背影》，1928年10月由开明书店出版。

《背影》这篇文字，篇幅不大，名声不小，因为曾被编入中学语言课本和各类散文选本，不说普通读者，单是学生，数目就大得惊人。这可以说是一篇历经千家万户传诵和几代人考读的名作了。是朱自清先生的代表作，也是20世纪中国文学史上的经典名篇。

朱自清先生说："我写《背影》，就因为文中所引的父亲的来信里的那句话。当时读了父亲的信，真的泪如泉涌。我父亲待我的许多好处，特别是《背影》里所叙的那一回，想起来跟在眼前一般无二。"《背影》所叙，是一件普普通通的生活琐事：父亲在车站为远行的儿子送行。作者着墨，虽蘸情感却比较内含，虽然笔墨老到，却并无华赡的文字。那么，它为什么具有很大的感染力或者说情感主义的煽情性呢？依我看这就是全部因了写的是真情、至情，是父子情深这样的一个文学话题。

这样一片真挚感情的叙写，不论它是否与人性论、人情论、人道主义这样的理论大道理搭界，毕竟总是最能扣响人们的心弦，引来心坎深处的深深共鸣的。我多年前曾在中学讲堂上对学生讲授过这篇文章，后来又曾几次翻读过，印象最深最感动我的，和许多读者一样，是两个片断：一是来为儿子送行的胖胖的父亲，蹒跚地穿过铁道，跳下去又爬上来，去那边月台栅栏外为儿子买橘子的情景，一是文末写父亲来信"我北来后，他写了一信给我，信中说道，'我身体平安，惟膀子疼痛利害，举箸提笔，诸多不便，大约大去之期不远矣。'"写得平静自然。我们吟咏心间，会生发出和作者一样的感动，虽然这里自觉不自觉地也使用了一些对比手段，如情感对比（父慈子爱），服饰对比（父子服饰不同），色彩对比（父"黑"橘"红"），但作者不矫造，不做作，平平道来，使我们读来在心里满漾起复杂的感受：我们不能忘记这两个动人的情景，不能忘记那肥胖的，青布棉袍，黑布马褂的背影，不能忘记《背影》展示的父亲与儿子之间的人伦道德之情。

《背影》对父子之情进行记录讲述，可以说是一种记忆视线的展呈。当其被人一再提起并予诵读，它的功能也就显而易见地在于，以一种崭新的方式将私人的和个人化的生活及感受，置入一种公共的语境之中，而成为我们人人关切的内部道德反思的起点。

（丁亚平）

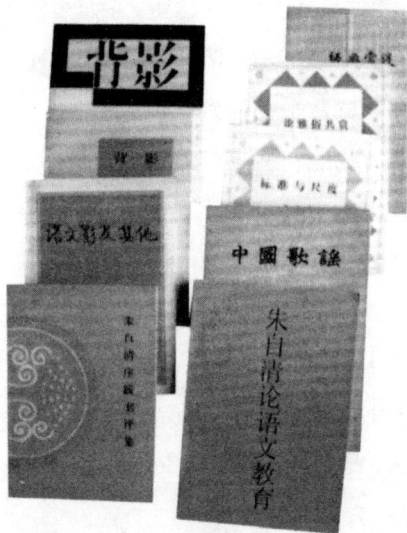

阿河

第二天我便托故离开了那别墅；我不愿再见那湖光山色，更不愿再见那间小小的厨房！

　　我这一回寒假，因为养病，住到一家亲戚的别墅里去。那别墅是在乡下。前面偏左的地方，是一片淡蓝的湖水，对岸环拥着不尽的青山。山的影子倒映在水里，越显得清清朗朗的，水面常如镜子一般。风起时，微有皱痕；像少女们皱她们的眉头，过一会子就好了。湖的余势束成一条小港，缓缓地不声不响地流过别墅的门前。门前有一条小石桥，桥那边尽是田亩。这边沿岸一带，相间地栽着桃树和柳树，春来当有一番热闹的梦。别墅外面缭绕着短短的竹篱，篱外是小小的路。里边一座向南的楼，背后便倚着山。西边是三间平屋，我便住在这里。院子里有两块草地，上面随便放着两三块石头。另外的隙地上，或罗列着盆栽，或种莳着花草。篱边还有几株枝干蟠曲的大树，有一株几乎要伸到水里去了。

　　我的亲戚韦君只有夫妇二人和一个女儿。她在外边念书，这时也刚回到家里。她邀来三位同学，同到她家过这个寒假；两位是亲戚，一位是朋友。她们住着楼上的两间屋子。韦君夫妇也住在楼上。楼下正中是客厅，常是闲着，西间是吃饭的地方；东间便是韦君的书房，我们谈天，喝茶，看报，都在这里。我吃了饭，便是一个人，也要到这里来闲坐一回。我来的第二天，韦小姐告诉我，她母亲要给她们找一个好好的女佣人，长工阿齐说有一个表妹，母亲叫他明天就带来做做看呢。她似乎很高兴的样子，我只是不经意地答应。

平屋与楼屋之间，是一个小小的厨房。我住的是东面的屋子，从窗子里可以看见厨房里人的来往。这一天午饭前，我偶然向外看看，见一个面生的女佣人，两手提着两把白铁壶，正往厨房里走；韦家的李妈在她前面领着，不知在和她说甚么话。她的头发乱蓬蓬的。像冬天的枯草一样。身上穿着镶边的黑布棉袄和夹裤，黑里已泛出黄色；棉袄长与膝齐，夹裤也直拖到脚背上。脚倒是双天足，穿着尖头的黑布鞋，后跟还带着两片同色的"叶拔儿"。想这就是阿齐带来的女佣人了，想完了就坐下看书。晚饭后，韦小姐告诉我，女佣人来了，她的名字叫"阿河"。我说，"名字很好，只是人土些；还能做么？"她说，"别看她土，很聪明呢。"我说，"哦。"便接着看手中的报了。

以后每天早上，中午，晚上，我常常看见阿河挈着水壶来往；她的眼似乎总是望前看的。两个礼拜匆匆地过去了。韦小姐忽然和我说，你别看阿河土，她的志气很好，她是个可怜的人。我和娘说，把我前年在家穿的那身棉袄裤给了她吧。我嫌那两件衣服太花，给了她正好。娘先不肯，说她来了没有几天；后来也肯了。今天拿出来让她穿，正合式呢。我们教给她打绒绳鞋，她真聪明，一学就会了。她说拿到工钱，也要打一双穿呢。我等几天再和娘说去。

"她这样爱好！怪不得头发光得多了，原来都是你们教她的。好！你们尽教她讲究，她将来怕不愿回家去呢。"大家都笑了。

旧新年是过去了。因为江浙的兵事，我们的学校一时还不能开学。我们大家都乐得在别墅里多住些日子。这时阿河如换了一个人。她穿着宝蓝色挑着小花儿的布棉袄裤；脚下是嫩蓝色毛绳鞋，鞋口还缀着两个半蓝半白的小绒球儿。我想这一定是她的小姐们给帮忙的。古语说得好，"人要衣裳马要鞍"，阿河这一打扮，真有些楚楚可怜了。她的头发早已是刷得光光的，覆额的留海也梳得十分伏贴。一张小小的圆脸，如正开的桃李花；脸上并没有笑，却隐隐地含着春日的光辉，像花房里充了蜜一般。这在我几乎是一个奇迹；我现在是常站在窗前看她了。我觉得在深山里发见了一粒猫儿眼；这样精纯的猫儿眼，是我生平所仅见！我觉得我们相识已太长久，极愿和她说一句话——极平淡的话，一句也好。但我怎好平白地和她攀谈呢？这样郁郁了一礼拜。

这是元宵节的前一晚上。我吃了饭，在屋里坐了一会，觉得有些无聊，便信步走到那书房里，拿起报来，想再细看一回。忽然门钮一响，阿河进来了。她手里拿着三四支颜色铅笔；出乎意料地走近了我。她站在我面前了，静静地微笑着说："白先生，你知道铅笔刨在那里？"一面将拿着的铅笔给我看。我不自主地立起，匆忙地应道，"在这里；"我用手指着南边柱子。但我立刻觉得这是不够的。我领她走近了柱子。这时我像闪电似地跨踌了一下，便说，"我……我……"她一声不响地已将一支铅笔交给我。我放进刨子里刨给她看。创了两下，便想交给她；但终于刨完了一枝。交还了她。她接了笔略看一看，仍仰着脸向我。我窘极了。

刹那间念头转了好几个圈子；到底硬着头皮搭讪着说，"就这样刨好了。"我赶紧向门外一瞥，就走回原处看报去。但我的头刚低下。我的眼已抬起来了。于是远远地从容地问道，"你会么？"她不曾掉过头来，只"嗳"了一声，也不说话。我看了她背影一会。觉得应该低下头了。等我再抬起头来时，她已默默地向外走了。她似乎总是望前看的；我想再问她一句话，但终于不曾出口。我撇下了报，站起来走了一会，便回到自己屋里。我一直想着些什么，但什么也没有想出。

第二天早上看见她往厨房里走时，我发愿我的眼将老跟着她的影子！她的影子真好。她那几步路走得又敏捷，又匀称，又苗条，正如一只可爱的小猫。她两手各提着一只水壶，又令我想到在一条细细的索儿上抖擞精神走着的女子。这全由于她的腰；她的腰真太软了，用白水的话说，真是软到使我如吃苏州的牛皮糖一样。不止她的腰，我的日记里说得好："她有一套和云霞比美，水月争灵的曲线，织成大大的一张迷惑的网！"而那两颊的曲线，尤其甜蜜可人。她两颊是白中透着微红，润泽如玉。她的皮肤，嫩得可以掐出水来；我的日记里说，"我很想去掐她一下呀！"她的眼像一双小燕子，老是在艳艳的春水上打着圈儿。她的笑最使我记住，像一朵花漂浮在我的脑海里。我不是说过，她的小圆脸像正开的桃花么？那么，她微笑时候，便是盛开的时候了：花房里充满了蜜，真如要流出来的样子。她的发不甚厚，但黑而有光，柔软而滑，如纯丝一般。只可惜我不曾闻着一些儿香。唉！从前我在窗前看她好多次，所得的真太少了；若不是昨晚一见，——虽只几分钟——我真太对不起这样一个人儿了。

午饭后，韦君照例地睡午觉去了，只有我，韦小姐和其他三位小姐在书房里。我有意无意地谈起阿河的事。我说，

"你们怎知道她的志气好呢？"

"那天我们教给她打绒绳鞋；"一位蔡小姐便答道，"看她很聪明，就问她为甚么不念书？她被我们一问，就伤心起来了。……"

"是的，"韦小姐笑着抢了说，"后来还哭了呢；还有一位傻子陪她淌眼泪呢。"

那边黄小姐可急了，走过来推了她一下。蔡小姐忙拦住道，"人家说正经话，你们尽闹着玩儿！让我说完了呀——"

"我代你说啵，"韦小姐仍抢着说，"——她说她只有一个爹，没有娘。嫁了一个男人，倒有三十多岁，土头土脑的，脸上满是疱！他是李妈的邻舍，我还看见过呢。……"

"好了，底下我说吧。"蔡小姐接着道，"她男人又不要好，尽爱赌钱；她一气，就住到娘家来，有一年多不回去了。"

"她今年几岁？"我问。

"十七不知十八？前年出嫁的，几个月就回家了，"蔡小姐说。

"不，十八，我知道，"韦小姐改正道。

"哦。你们可曾劝她离婚？"

"怎么不劝；"韦小姐应道，"她说十八回去吃她表哥的喜酒，要和她的

爹去说呢。"

"你们教她的好事，该当何罪！"我笑了。

她们也都笑了。

十九的早上，我正在屋里看书，听见外面有嚷嚷的声音；这是从来没有的。我立刻走出来看；只见门外有两个乡下人要走进来，却给阿齐拦住。他们只是央告，阿齐只是不肯。这时韦君已走出院中，向他们道，

"你们回去吧，人在我这里，不要紧的。快回去，不要瞎吵！"

两个人面面相觑，说不出一句话；俄延了一会，只好走了。我问韦君什么事？他说，

"阿河罗！还不是瞎吵一回子。"

我想他于男女的事向来是懒得说的，还是回头问他小姐的好；我们便谈到别的事情上去。

吃了饭，我赶紧问韦小姐，她说，

"她是告诉娘的，你问娘去。"

我想这件事有些尴尬，便到西间里问韦太太；她正看着李妈收拾碗碟呢。她见我问，便笑着说，

"你要问这些事做什么？她昨天回去，原是借了阿桂的衣裳穿了去的，打扮得娇滴滴的，也难怪，她被男人看见了，便约了些不相干的人，将她抢回去过了一夜。今天早上，她骗她男人，说要到此地来拿行李。她男人就会信她，派了两个人跟着。那知她到了这里，便叫阿齐拦着那跟来的人；她自己便跪在我面前哭诉，说死也不愿回她男人家去。你说我有什么法子。只好让那跟来的人先回去再说。好在没有几天，她们要上学了，我将来交给她的爹吧。唉，现在的人，心眼儿真是越过越大了；一个乡下女人，也会闹出这样惊天动地的事了！"

"可不是，"李妈在旁插嘴道，"太太你不知道；我家三叔前儿来，我还听他说呢。我本不该说的，阿弥陀佛！太太，你想她不愿意回婆家，老愿意住

在娘家，是什么道理？家里只有一个单身的老子；你想那该死的老畜生！他舍不得放她回去呀！"

"低些，真的么？"韦太太惊诧地问。

"他们说得千真万确的。我早就想告诉太太了，总有些疑心；今天看她的样子，真有几分对呢。太太，你想现在还成什么世界！"

"这该不至于吧。"我淡淡地插了一句。

"少爷，你那里知道！"韦太太叹了一口气，"——好在没有几天了，让她快些走吧；别将我们的运气带坏了。她的事，我们以后也别谈吧。"

开学的通告来了，我定在二十八走。二十六的晚上，阿河忽然不到厨房里挈水了。韦小姐跑来低低地告诉我，"娘叫阿齐将阿河送回去了；我在楼上，都不知道呢。"我应了一声，一句话也没有说，正如每日有三顿饱饭吃的人，忽然绝了粮；却又不能告诉一个人！而且我觉得她的前面是黑洞洞的，此去不定有什么好歹！那一夜我是没有好好地睡，只翻来覆去地做梦，醒来却又一例茫然。这样昏昏沉沉地到了二十八早上，懒懒地向韦君夫妇和韦小姐告别而行，韦君夫妇坚约春假再来住，我只得含糊答应着。出门时，我很想回望厨房几眼；但许多人都站在门口送我，我怎好回头呢？

到校一打听，老友陆已来了。我不及料理行李，便找着他，将阿河的事一五一十告诉他。他本是个好事的人；听我说时，时而皱眉，时而叹气，时而擦掌。听到她只十八岁时，他突然将舌头一伸，跳起来道，

"可惜我早有了我那太太！要不然，我准得想法子娶她！"

"你娶她就好了；现在不知鹿死谁手呢？"

我俩默默相对了一会，陆忽然指着桌子道，

"有了，老汪不是去年失了恋么？他现在还没有主儿，何不给他俩撮合一下。"

我正要答说，他已出去了。过了一会子，他和汪来了；进门就嚷着说，

"我和他说，他不信；要问你呢！"

"事是有的，人呢，也真不错，只是人家的事，我们凭什么去管！"我说。

"想法子呀！"陆嚷着。

"什么法子？你说！"

"好，你们尽和我开玩笑，我才不理会你们呢！"汪笑了。

我们几乎每天都要谈到阿河，但谁也不曾认真去"想法子"。

一转眼已到了春假。我再到韦君别墅的时候，水是绿绿的，桃腮柳眼，着意引人。我却只惦着阿河，不知她怎么样了。那时韦小姐已回来两天。我背地里问她，她说，

"奇得很！阿齐告诉我，说她二月间来求娘来了。她说她男人已死了心，不想她回去；只不肯白白地放掉她。他教她的爹拿出八十块钱来，人就是她的爹的了；他自己也好另娶一房人。可是阿河说她的爹那有这些钱？她求娘可怜可怜她！娘的脾气你知道。她是个古板的人；她数说了阿河一顿，一个钱也不给！我现在和阿齐说，让他上镇去时，带个信儿给她，我可以给她五块钱。我想你也可以帮她些，我教阿齐一块儿告诉她吧。只可惜她未必肯再上我们这儿来罗！"

"我拿十块钱吧，你告诉阿齐就是。"

我看阿齐空闲了，便又去问阿河的事。他说，

"她的爹正给她东找西找地找主儿呢。只怕难吧，八十块大洋呢！"

我忽然觉得不自在起来，不愿再问下去。

过了两天，阿齐从镇上回来，说，

"今天见着阿河了。娘的，齐整起来了。穿起了裙子，做老板娘娘了！据说是自己拣中的；这种年头！"

我立刻觉得，这一来全完了！只怔怔地看着阿齐，似乎想在他脸上找出阿河的影子。咳，我说什么好呢？愿运命之神长远庇护着她吧！

第二天我便托故离开了那别墅；我不愿再见那湖光山色，更不愿再见那间小小的厨房！

一九二六年一月

赏析

《阿河》中，我们看到了一个爱美的、善良的、温厚的、柔弱的灵魂，这是一个感情丰沛的灵魂。这灵魂，爱淡蓝的湖水，爱它像一面镜子，能映出清清朗朗的山影；爱它微风漾起的波痕像少女们皱起的眉头，一会儿就过去；爱那座依山傍水的乡下别墅，爱它门前无声流过的湖水和石头小桥，爱它沿岸的红桃绿柳，爱它竹篱外边的纤细土路。

那些深深地烙印着作家对自然环境的野趣和美趣的个人体验，虽然，通篇没用一个"美"和"爱"字，但是，我们读着那些清新翠绿的文字，却能深切地感受到字里行间蕴涵着的"美"感和"爱"意。这灵魂，爱那大自然所赐予的能激发人们审美感受的野趣，也爱那大自然般淳朴的少女，更爱那仿佛园丁培育鲜花一样美丽的少女，阿河正是这般纯情而聪明的少女。

一身土气的阿河，一经打扮，楚楚动人，脸上没有笑，却含着春日的光辉。令"我"常在窗前看她，极想和她说句话，——极平淡的话，一句也好，然而"我"不敢。这个放不下颜面和身架的少爷，太缺乏勇气了，真是个柔弱的灵魂啊。

美好的事物，能唤醒人类善良的天性，那刨铅笔场面的细致描绘，尤其是那由爱怜和善良而生的殷勤举措，描绘得更是淋漓尽致。阿河仰脸望着"我"，"我"窘极了，刹那间念头转了好几圈儿，"我"的头低下抬起，抬起低下，只是为了要多看她几眼，想再问她一句话，终未开口；她走了，"我也无心看报了，一直想着什么，但什么也没有想出来"。这个被爱怜、温良、羞涩、胆怯的情怀煎熬的灵魂啊，真是

让人无可奈何!

　　作家的真挚和至诚,是令人钦佩的。他那只利刃似的笔,层层剥离,笔笔切入"我"的心底深处。她那敏捷、匀称、苗条的卓卓风姿,使"我"的眼老跟着她的影子转。对她白中透红,润泽如玉的面颊;嫩得可以掐出水的皮肤;如燕子在春水上打圈儿的双眼;充满蜜意的微笑;纯丝般的黑发,"我"白天看不够,还要在日记里细细品味,纵情地抒发自己的切肤之爱,——"我很想去掐她一下呀!"这真是一个敢于大胆向往的灵魂。

　　我们可以把《阿河》看成是《女人》的姊妹篇。《女人》是宏观地描述艺术的女人美,而《阿河》是微观地描摹女人的艺术美。但是《阿河》中,却又有《女人》里所没有的"感时花溅泪"的伤感情绪。当阿河为生计所迫,不公的社会使她变成另一个样儿时,"我"祈愿命运之神能够长远地庇护着她。阿河的不幸遭遇,不仅使"我"对幽静的别墅没有一点儿眷恋的思绪,而且也不愿再见那美丽可人的湖光野色,和阿河经常出入的小厨房。这从爱的心泉里涌出的汩汩悠怨,把读者带进了一个令人遐想的忧郁境界,久久不能自拔。

(贾焕亭)

执政府大屠杀记

我们国民有此无脸的政府，又何以自容于世界！

○ "一二·九" 运动。

三月十八是一个怎样可怕的日子！我们永远不应该忘记这个日子！

这一日，执政府的卫队，大举屠杀北京市民——十分之九是学生！死者四十余人，伤者约二百人！这在北京是第一回大屠杀！

这一次的屠杀，我也在场，幸而直到出场时不曾遭着一颗子弹；请我的远方的朋友们安心！第二天看报，觉得除一两家报纸外，各报记载多有与事实不符之处。究竟是访闻失时，还是安着别的心眼儿，我可不得而知，也不愿细论。我只说我当场眼见和后来耳闻的情形，请大家看看这阴惨惨的二十世纪二十六年三月十八日的中国！——十九日"京报"所载几位当场逃出的人的报告，颇是翔实，可以参看。

我先说游行队。我自天安门出发后，曾将游行队从头至尾看了一回。全数约二千人；工人有两队，至多五十人；广东外交代表团一队，约十余人；

国民党北京特别市党部一队，约二三十人，留日归国学生团一队，约二十人，其余便多是北京的学生了，内有女学生三队。拿木棍的并不多，而且都是学生，不过十余人；工人拿木棍的，我不曾见。木棍约三尺长，一端削尖了，上贴书有口号的纸，做成旗帜的样子。至于"有铁钉的木棍"我却不曾见！

我后来和清华学校的队伍同行，在大队的最后。我们到执政府前空场时，大队已散开在满场了。这时府门前站着约莫两百个卫队，分两边排着；领章一律是红地，上面"府卫"两个黄铜字，确是执政府的卫队。他们都背着枪，悠然的站着；毫无紧张的颜色。而且枪上不曾上刺刀，更不显出什么威武。这时有一个人爬在石狮子头上照像，那边府里正面楼上，阑杆上伏满了人，而且拥挤着，大约是看热闹的。在这一点上，执政府颇像寻常的人家，而不像堂堂的"执政府"了。照像的下了石狮子，南边有了报告的声音："他们说是一个人没有，我们怎么样？"这大约已是五代表被拒以后了；我们因走进来晚，故未知前事——但在这时以前，群众的嚷声是绝没有的。到这时才有一两处的嚷声了："回去是不行的！！！""吉兆胡同！！！""……叫！！"忽然队势散动了，许多人纷纷往外退走；有人连声大呼："大家不要走，没有什么事！"一面还扬起了手，我们清华队的指挥也扬起手叫道："清华的同学不要走，没有事！"这其间，人众稍稍聚拢，但立刻即又散开；清华的指挥第二次叫声刚完，我看见众人纷纷逃避时，一个卫队已装完子弹了！我赶忙向前跑了几步，向一堆人旁边睡下；但没等我睡下，我的上面和后面各来了一个人，紧紧地挨着我。我不能动了，只好蜷曲着。

这时已听到劈劈拍拍的枪声了；我生平是第一次听枪声，起初还以为是空枪呢（这时已忘记了看见装子弹的事）。但一两分钟后，有鲜红的热血从上面滴到我的手背上、马褂上了，我立刻明白屠杀已在进行！这时并不害怕，只静静的注意自己的运命，其余什么都忘记。全场除劈拍的枪声外，也是一片大静默，绝无一些人声；什么"哭声震天"，只是记者先生们的"想当然耳"罢了，我上面流血的那一位，虽滴滴地流着血，直到第一次枪声稍歇，我们爬起来逃走的时候，但也不则一声。这正是死的袭来，沉默便是死的消息。事后想起，实在有些悚然。在我上面的不知是谁？我因为不能动转，不能看见他；而且也想不到看他——我真是个自私的人！后来逃跑的时候，才又知道掉在地下的我的帽子和我的头上，也滴了许多血，全是他的！他足流了两分钟以上的血。都流在我身上，我想他总吃了大亏，愿神保佑他平安！第一次枪声约经过五分钟，共放了好几排枪；司令的是用警笛；警笛一鸣，便是一排枪，警笛一声接着一声，枪声就跟着密了，那警笛声甚凄厉，但有几乎一定的节拍，足见司令者的从容！后来听别的目睹者说，司令者那时还用指挥刀指示方向，总是向人多的地方射击！又有目睹者说，那时执政府楼上还有人手舞足蹈的大乐呢！

我现在缓叙第一次枪声稍歇后的故事，且追述些开枪时的情形。我们进场距开枪时，至多四分钟；这其间有照像有报告，有一两处的嚷声，我都已说过了。我记得，我确实记得，最后的嚷声距开枪只有一分余钟；这时候，群众散而稍聚，稍聚而复纷散，枪声便开始了。这也是我说过的。但"稍聚"的时候，阵势已散，而且大家存了观望的心，颇多趑趄不前的，所谓"进攻"的事是决没有的！至于第一次纷散之故，我想是大家看见卫队从背上取下枪来装子弹而惊骇了；因为第二次纷散时，我已看见一个卫队（其余自然也是如此，他们是依命令动作的）装完子弹了。在第一次纷散之前，群众与卫队有何冲突，我没有看见，不得而知。但后来据一个受伤的说，他看见有一部分人——有些是拿木棍的——想要冲进府去。这事我想来也是有的；不过这决不是卫队开枪的缘由，至多只是他们的借口。他们的荷枪挟弹与不上刺刀（故示镇静）与放群众自由入辕门内（便于射击），都是表示他们"聚而歼旃"的决心，冲进去不冲进去是没有多大关系的。证以后来东门口的拦门射击，更是显明！原来先逃出的人，出东门时，以为总可得着生路；那知迎头还有一支兵，——据某一种报上说，是从吉兆胡同来的手枪队，不用说，自然也是杀人不眨眼的府卫队了！——开枪痛击。那时前后都有枪弹，人多门狭，

○ "五四"运动。

前面的枪又极近，死亡枕藉！这是事后一个学生告诉我的；他说他前后两个人都死了，他躲闪了一下，总算幸免。这种间不容发的生死之际也够人深长思了。

照这种种情形，就是不在场的诸君，大约也不至于相信群众先以手枪轰击卫队了吧。而且轰击必有声音，我站的地方，离开卫队不过二十余步，在第二次纷散之前，却绝未听到枪声。其实这只要看政府巧电的含糊其辞，也就够证明了。至于所谓当场夺获的手枪，虽然像煞有介事地举出号数使人相信，但我总奇怪：夺获的这些支手枪，竟没有一支曾经当场发过一响，以证明他们自己的存在。——难道拿手枪的人都是些傻子么？还有现在很有人从容的问："开枪之前，有警告么？"我现在只能说，我看见的一个卫队，他的枪口是正对着我们的，不过那是刚装完了子弹的时候。而在我上面的那位可怜的朋友，他流血是在开枪之后约一两分钟时。我不知卫队的第一排枪是不是朝天放的，但即使是朝天放的，也不算是警告；因为未开枪时，群众已经分散，放一排朝天枪（假定如此）后，第一次听枪声的群众，当然是不会回来的了（这不是一个人胆力的事，我们也无须假充硬汉），何用接二连三地放平枪呢！所以即使卫队曾放了一排朝天枪，也决不足做他们丝毫的辩解；况且还有后来的拦门痛击呢，这难道还要问："有无超过必要程度？"

第一次枪声稍歇后，我茫然地随着众人奔逃出去。我刚发脚的时候，便看见旁边有两个同伴已经躺下了！我来不及看清他们的面貌，又见前面一个，右乳部有一大块殷红的伤痕，我想他是不能活了！那红色我永远不忘记！同时还听见一声低缓的呻吟，想是另一位的，那呻吟我也永远不忘记！我不忍从他们身上跨过去，只得绕了道弯着腰向前跑，觉得通身懈弛得很，后面来了一个人，立刻将我撞了一交。我爬了两步，站起来仍是弯着腰跑。这时当路有一副金丝圆眼镜，好好地直放着；又有两架自行车，颇挡我们的路，大家都很艰难地从上面踏过去。我不自主地跟着众人向北躲入马号里。我们偃卧在东墙角的马粪堆上。马粪堆很高，有人想爬墙过去；墙外就是通路。我看着一个人站着，一个人正向他肩上爬上去。我自己觉得决没有越墙的气力，便也不去看他们。而且里面枪声早又密了，我还得注意运命的转变。这时听见墙边有人问：“是学生不是！”下文不知如何，我猜是墙外的兵问的。那两个爬墙的人，我看见，似乎不是学生，我想他们或者得了兵的允许而下去了。若我猜的不大错，从这一句简单的问语里，我们可以看出卫队乃至政府对于学生海样深的仇恨！而且可以看出，这一次的屠杀确是有意这样“整顿学风”的！我后来知道，这时有几个清华学生和我同在马粪堆上。有一个告诉我，他旁边有一位女学生曾喊他救命，但是他没有法子，这真是可遗憾的事，她以后不知如何了！我们偃卧马粪堆上，不过两分钟，忽然看见对面马厩里有一个兵拿着枪，正好装子弹，似乎就要向我们放。我们立刻起来，仍弯着腰逃走；这时场里还有疏散的枪声，我们也顾不得了。走出马路，就到了东门口。

这时枪声未歇，东门口拥塞得几乎水泄不通。我隐约看见底下蜷缩地蹲着许多人，我们便推推搡搡，拥挤着，挣扎着，从他们身上踏上去。那时理性真失了作用，竟恬然不以为怪似的。我被挤得往后仰了几回，终于只好竭全身之力，向前而进。在我前面的一个人，脑后大约被枪弹擦伤，汩汩地流着血。他也同样地一歪一倒地挣扎着。但他一会儿便不见了，我想他是平安的下去了。我还在人堆上走。这个门是平安与危险的界限，是生死之门，故大家都不敢放松一步。这时希望充满在我心里。后面稀疏的弹子，倒觉不十分在意。前一次的奔逃，但求不即死而已，这回却求生了；在人堆上的众人，都积极地显出生之努力。但仍是一味的静；大家在这千钧一发的关头，那有闲心情和闲工夫来说话呢？我努力的结果，终于从人堆上滚了下来，我的运命这才算定了局。那时门口只剩两个卫队，在那儿闲谈。侥幸得很，手枪队已不见了！后来知道门口人堆里实在有些是死尸，就是被手枪队当门打死的！现在想着死尸上越过的事，真是不寒而栗呵！

我真不中用，出了门口，一面走，一面只是喘息！后面有两个女学生，有一个我真佩服她；她还能微笑着对她的同伴说："他们也是中国人哪！"这令我惭愧了！我想人处这种境地，若能从怕的心情转为奋兴的心情，才真是能救人的人。若只一味的怕，"斯亦不足畏也已！"我呢，这回是由怕而归于木木然，实是很可耻的！但我希望我的经验能使我的胆力逐渐增大！这回在场中有两件事很值得纪念；一是清华同学韦杰三君（他现在已离开我们了！）受伤倒地的时候，别的两位同学冒死将他抬了出来；一是一位女学生曾经帮助两个男学生脱险。这都是我后来知道的。这都是侠义的行为，值得我们永远敬佩的！

我和那两个女学生出门沿着墙往南而行。那时还有枪声，我极想躲入胡同里，以免危险；她们大约也如此的，走不上几步，便到了一个胡同口；我们便想拐弯进去。这时墙角上立着一个穿短衣的看闲的人，他向我们轻轻地说："别进这个胡同！"我们莫名其妙地依从了他，走到第二个胡同进去；这才真脱险了！后来知道卫队有抢劫的事（不仅报载，有人亲见），又有用枪柄，木棍，大刀，打人，砍人的事，我想他们一定就在我们没走进的那条胡同里做那些事！感谢那位看闲的人！卫队既在场内和门外放枪，还觉杀的不痛快，更拦着路邀击；其泄愤之道，真是无所不用其极了！区区一条生命，在他们眼里，正和一根草，一堆马粪一般，是满不在乎的！所以有些人虽幸免于枪弹，仍是被木棍，枪柄打伤，大刀砍伤；而魏士毅女士竟死于木棍之下，这真是永久的战栗啊！据燕大的人说，魏女士是于逃出门时被一个卫兵从后面用有楞的粗木棍儿兜头一下，打得脑浆进裂而死！我不知道她出的是那一个门，我想大约是西门吧。因为那天我在西直门的电车上，遇见一个高工的学生；他告诉我，他从西门出来，并经过三道门（就是海军部的西辕门和陆军部的东西辕门），每道门皆有卫队用枪柄，木棍和大刀向逃出的人猛烈地打击。他的左臂被打好几次，已不能动弹了。我的一位同事的儿子，后脑被打平了，现在已全然失了记忆；我猜也是木棍打的。受这种打击而致重伤或死的，报纸上自然有记载；致轻伤的就无可稽考，但必不少。所以我想这次受伤的还不止二百人！卫队不但打人，行劫，最可怕的是剥死人的衣服，无论男女，往往剥到只剩一条裤为止；这只要看看前几天《世界日报》的照像就知道了。就是不谈什么"人道"，难道连国家的体统，"临时执政"的面子都不顾了么；段祺瑞你自己想想吧！听说事后执政府乘人不知，已将死尸掩埋了些，以图遮掩耳目。这是我的一个朋友从执政府里听来的；若是的确，那一定将那打得最血肉模糊的先掩埋了。免得激动人心。但一手岂能尽掩天下耳目呢？我不知道现在，那天去执政府的人还有失踪的没有？若有，这个消息真是很可怕的！

这回的屠杀，死伤之多，过于五卅事件，而且是"同胞的枪弹"，我们将何以间执别人之口！而且在首都的堂堂执政府之前，光天化日之下，屠杀之不足，继之以抢劫，剥尸，这种种兽行，段祺瑞等固可行之而不恤，但我们国民有此无脸的政府，又何以自容于世界！——这正是世界的耻辱呀！我们也想想吧！此事发生后，警察总监李鸣钟匆匆来到执政府，说："死了这么多人叫我怎么办？"他这是局外的说话，只觉得无善法以调停两间而已。我们现在局中，不能如他的从容，我们也得问一问：

"死了这么多人，我们该怎么办？"

赏析

朱自清此文记述的是 1926 年"三·一八惨案"。

朱自清是"三·一八"大游行的参加者，自始至终，也是"三·一八"大屠杀的身历者，亲眼目睹。面对"各报记载多有与事实不符"的情况，他挺身而出了，仗义执言，他声称：

"我只说我当场眼见和后来耳闻的情形，请大家看看这阴惨惨的二十世纪二十六年三月十八日的中国！"

朱自清此文在他自己的大量散文著作中，也是比较特殊的。他的散文擅长写人、写景、抒情、说理，即在此前已发表了《桨声灯影里的秦淮河》、《温州的踪迹》、《背影》等名篇，传诵一时，而《执政府大屠杀记》却以记事为主。而且和他一贯的温文尔雅、老成持重的作风略有不同，竟有些"金刚怒目"之势。当然这是朱自清式的"金刚怒目"。

朱自清为人，是做老实人；为文，是说老实话。俗话说，"泥人也有个土性"，老实人也被逼得站出来说话了，则段政府暴行之为天怒，为人怨，不言自明。

朱自清写此文自然是为了揭露，控诉，谴责。然而统观全文，却甚少横眉怒目、声色俱厉的感情词语。他好像只是作为一个游行示威的参加者，絮絮地述说着一个平凡的人的不平凡的一天。

他写了大游行、大屠杀的全过程，不厌其详。这一幕幕图景酷似实地拍摄的一个个电影镜头，有远景，有中景，有近景，有特写，特写又有小特写，大特写。读者好像也就随着作者一起走在游行队伍中间，到天安门，到执政府前的空场；和作者一起随着空场上的人众散开、聚拢、又散开，终于纷纷逃避；和作者一块看到卫队装子弹，听到一阵又一阵的枪声，然后蜷曲在人堆中，感到有血流到自己身上；又和作者一块随着众人奔逃出去，踏着当路的一副金丝眼镜，挡路的两架自行车，躲入马号，偃卧在马粪堆上，最后和作者一块越过死尸，滚下人堆，逃出东门，"运命这才算定了局"。

当局"聚而歼旃"，群众"死亡枕藉"，这就是朱自清笔下"阴惨惨的二十世纪二十六年三月十八日的中国"！

全文语调近似冷隽，然而绝非冷眼旁观。事件的叙述和场面的描绘中，我们可以感到作者的激情，虽然压抑，仍在激荡，其中交织着对反动当局的愤怒，对无辜死者的痛惜，对英勇女性的钦佩，以及作者自省的惭愧心情。

作者此文写来不厌其烦，细节直写到最细处，重要情节不惮反复提及。而恰是这些地方或是揭露当局的残暴，或是驳斥报纸的谰言，正如绵里藏针，时露锋芒。鸣笛开枪的司令者可以"从容"，警察总监李鸣钟也可以"从容"，作者自然是不能如他们的"从容"的，然而他指斥"记载多有与事实不符之处"的报纸，"究竟是访问失时，还是安着别的心眼儿，我可不得而知"；他谴责不但打人、行劫、而且剥死人衣服的执政府卫队，"就是不谈什么'人道'，难道连国家的体统，'临时执政'的面子都不顾了么，段祺瑞你自己想想吧！"这正是朱自清式的"金刚怒目"。而文章结尾作者提出"死了这么多人，我们该怎么办"？十二个字凝聚了作者愤怒、悲痛、自责的全部复杂心情。我想，是不是可以这样说，这也正是"金刚怒目"的朱自清。

（王景山）

哀韦杰三君 ①

无生之理，我不能懂得，但不能再见是事实，韦君，
我们失掉了你，更将从何处觅你呢？

    韦杰三君是一个可爱的人；我第一回见他面时就这样想。这一天我正坐在房里，忽然有敲门的声音；进来的是一位温雅的少年。我问他"贵姓"的时候，他将他的姓名写在纸上给我看；说是苏甲荣先生介绍他来的。苏先生是我的同学，他的同乡，他说前一晚已来找过我了，我不在家；所以这回又特地来的。我们闲谈了一会，他说怕耽误我的时间，就告辞走了。是的，我们只谈了一会儿，而且并没有什么重要的话；——我现在已全忘记——但我

○"三·一八"惨案。

---

①此文原载在《清华周刊》上，所以用了向清华人说话的语气。

◎ 清华学生韦杰三，
在"三·一八"惨案
中连中四弹，不治
身亡。为了永远纪
念烈士，清华学生
从圆明园搬来一根
断石柱，立碑纪念。

觉得已懂得他了，我相信他是一个可爱的人。

第二回来访，是在几天之后。那时新生甄别试验刚完，他的国文课是被分在钱子泉先生的班上。他来和我说，要转到我的班上。我和他说，钱先生的学问，是我素来佩服的；在他班上比在我班上一定好。而且已定的局面，因一个人而变动，也不大方便。他应了几声，也没有什么，就走了。从此他就不曾到我这里来。有一回，在三院第一排屋的后门口遇见他，他微笑著向我点头；他本是捧了书及墨盒去上课的，这时却站住了向我说："常想到先生那里，只是功课太忙了，总想去的。"我说："你闲时可以到我这里谈谈。"我们就点首作别。三院离我住的古月堂似乎很远，有时想起来，几乎和前门一样。所以半年以来，我只在上课前，下课后几分钟里，偶然遇着他三四次；除上述一次外，都只匆匆地点头走过，不曾说一句话。但我常是这样想：他是一个可爱的人。

他的同乡苏先生，我还是来京时见过一回，半年来不曾再见。我不曾能和他谈韦君；我也不曾和别人谈韦君，除了钱子泉先生。钱先生有一日告诉我，说韦君总想转到我班上；钱先生又说："他知道不能转时，也很安心的用功了，笔记做得很详细的"。我说，自然还是在钱先生班上好。以后这件事还谈起一两次。直到三月十九日早，有人误报了韦君的死信；钱先生站在我屋外的台阶上惋惜地说："他寒假中来和我谈。我因他常是忧郁的样子，便问他为何这样；是为了我么？他说：'不是，你先生很好的；我是因家境不宽，老是愁烦着，他说他家里还有一个年老的父亲和未成年的弟弟；他说他弟弟因为家中无钱，已失学了。他又说他历年在外读书的钱，一小半是自己休了学去做教员弄来的，一大半是向人告贷来的。他又说，下半年的学费还没有着落呢。"但他却不愿平白地受人家的钱，我们只看他给大学部学生会起草的请改奖金制为借贷制与工读制的信，便知道他年纪虽轻，做人却有骨干的。

我最后见他，是在三月十八日早上，天安门下电车时。他照平常一样，微笑着向我点头。他的微笑显示他纯洁的心，告诉人，他愿意亲近一切；我是不会忘记的。还有他的静默，我也不会忘记。据陈云豹先生的《行述》，韦

○朱自清在北大期间，与友人在万寿山留影。
右起第二人为朱自清。

君很能说话；但这半年来，我们所见的，却只有他的静默而已。他的静默里含有忧郁，悲苦，坚忍，温雅等等，是最足以引人深长之思和切至之情的。他病中，据陈云豹君在本校追悼会里报告，虽也有一时期，很是躁急，但他终于在离开我们之前，写了那样平静的两句话给校长；他那两句话包蕴着无穷的悲哀，这是静默的悲哀！所以我现在又想，他毕竟是一个可爱的人。

三月十八日晚上，我知道他已危险；第二天早上，听见他死了，叹息而已！但走去看学生会的布告时，知他还在人世，觉得被鼓励似的，忙着将这消息告诉别人。有不信的，我立刻举出学生会布告为证。我二十日进城，到协和医院想去看看他；但不知道医院的规则，去迟了一点钟，不得进去。我很怅惘地在门外徘徊了一会，试问门役道：你知道清华学校有一个韦杰三，死了没有？"他的回答，我原也知道的，是"不知道"三字！那天傍晚回来；二十一日早上，便得着他死的信息——这回他真死了！他死在二十一日上午一时四十八分，就是二十日的夜里，我二十日若早去一点钟，还可见他一面呢，这真是十分遗憾的！二十三日同人及同学入城迎灵，我在城里十二点才见报，已赶不及了。下午回来，在校门外看见杠房里的人，知道柩已来了。我到古月堂一问，知道柩安放在旧礼堂里。我去的时候，正在重殓，韦君已穿好了殓衣在照相了。据说还光着身子照了一张相，是照伤口的。我没有看见他的伤口；但是这种情景，不看见也罢了。照相毕，入殓，我走到柩旁：韦君的脸已变了样子，我几乎不认识了！他的两颧突出，颊肉瘪下，掀唇露齿，那里还像我初见时的温雅呢？这必是他几日间的痛苦所致的。唉，我们可以想见了！我正在乱想，棺盖已经盖上；唉，韦君，这真是最后一面了！我们从此真无再见之期了！死生之理，我不能懂得，但不能再见是事实，韦君，我们失掉了你，更将从何处觅你呢？

韦君现在一个人睡在刚秉庙的一间破屋里，等着他迢迢千里的老父，天气又这样坏；韦君，你的魂也彷徨着吧！

四月二日

赏析

朱自清先生以《背影》而闻名文坛，足以见其刻画人物的功力，这里除文字技巧外，感情因素是把握文章主体的砝码。在文章《哀韦杰三君》中，朱自清以浓郁的悲怆之情，追忆了一位可爱的青年学生，其情之切，哀之深，令人掩卷唏嘘，感叹丛生。

如果说朱先生于23日满怀义愤写下的《执政府大屠杀记》是一篇血与泪的控诉，那么这一篇《哀韦杰三君》则是一曲哀转百回的挽歌，这里作者的哀痛是广博的，它超越了师生间个人的不幸，是作家哀叹社会、民众，是丧失理想与希望的悲哀，而这种痛苦是比任何不幸都来得更为椎心疾首，因而文章从一开始便以"哀"定下了基调，青年学子的可敬可爱，抱憾终生的诀别，无不弥漫着作者那至深至切的哀痛。在笼罩着哀苦、痛惜、悲愤的文字氛围里，朱自清先生用笔墨在呼唤着青年学子不屈的灵魂："韦君，我们失掉了你，更将从何处觅你呢？"这使我们想起鲁迅先生的一句名言："沉默呵，沉默，不在沉默中爆发，就在沉默中死亡"。

(梁军)

飘零

永远的惭愧和感谢留在我心里。

一个秋夜，我和P坐在他的小书房里，在晕黄的电灯光下，谈到W的小说。

"他还在河南吧？ C大学那边很好吧？"我随便问着。

"不，他上美国去了。"

"美国？做什么去？"

"你觉得很奇怪吧？——波定谟约翰郝勃金医院打电报约他做助手去。"

"哦！就是他研究心理学的地方！他在那边成绩总很好？——这回去他很愿意吧？"

"不见得愿意。他动身前到北京来过，我请他在启新吃饭；他很不高兴的样子。"

"这又为什么呢？"

"他觉得中国没有他做事的地方。"

"他回来才一年呢。C大学那边没有钱吧？"

"不但没有钱；他们说他是疯子！"

"疯子！"

我们默然相对，暂时无话可说。

我想起第一回认识W的名字，是在《新生》杂志上。那时我在P大学读书，W也在那里。我在《新生》上看见的是他的小说；但一个朋友告诉我，他心理学的书读得真多；P大学图书馆里所有的，他都读了。文学书他也读得不少。他说他是无一刻不读书的。我第一次见他的面，是在P大学宿舍的走道上；他正和朋友走着。有人告诉我，这就是W了。微曲的背，小而黑的脸，长头发和近视眼，这就是W了。以后我常常看他的文字，记起他这样一个人。有一回我拿一篇心理学的译文，托一个朋友请他看看。他逐一给我改正了好几十条，不曾放松一个字。永远的惭愧和感谢留在我心里。

我又想到杭州那一晚上，他突然来看我了。他说和P游了三日，明早就要到上海去。他原是山东人；这回来上海，是要上美国去的。我问起哥仑比亚大学的《心理学，哲学，与科学方法》杂志，我知道那是有名的杂志。但他说里面往往一年没有一篇好文章，没有什么意思。他说近来各心理学家在英国开了一个会，有几个人的话有味，他又用铅笔随便的在桌上一本簿子的后面，写了《哲学的科学》一个书名与其出版处，说是新书，可以看看。他说要走了。我送他到旅馆里，见他床上摊着一本《人生与地理》，随便拿过来翻着。他说这本小书很著名，很好的。我们在晕黄的电灯光下，默然相对了一会，又问答了几句简单的话；我就走了。直到现在，还不曾见过他。

他到美国去后，初时还写了些文字，后来就没有了。他的名字，在一般人心里，已如远处的云烟了。我倒还记着他。两三年以后，才又在《文学日报》上见到他一篇诗，是写一种情趣的。我只念过他这一篇诗。他的小说我却念过不少；最使我不能忘记的是那篇《雨夜》，是写北京人力车夫的生活的。W是学科学的人，应该很冷静，但他的小说却又很热很热的。这就是W了。

P也上美国去，但不久就回来了。他在波定谋住了些日子，W是常常见着的。他回国后，有一个热天，和我在南京清凉山上谈起W的事。他说W在研究行为派的心理学。他几乎终日在实验室里；他解剖过许多老鼠，研究它们的行为。P说自己本来也愿意学心理学的；但看了老鼠临终的颤动，他执刀的手便战战的放不下去了。因此只好改行，而W是"奏刀騞然"，"踌躇满志"，P觉得那是不可及的。P又说W研究动物行为既久，看明它们所有的生活，只是那几种生理的欲望，如食欲，性欲，所玩的把戏，毫无什么大道理存乎其间。因而推想人的生活，也未必别有何种高贵的动机；我们第一要承认我们是动物，这便是真人。W 的确是如此做人的。P 说他也相信 W 的话；真的，P 回国后的态度是大大的不同了。W 只管做他自己的人，却得着 P 这样一个信徒，他自己也未必料得着的。

P 又告诉我 W 恋爱的故事。是的，恋爱的故事！P 说这是一个日本人，和 W 一同研究的，但后来走了，这件事也就完了。P 说得如此冷淡，毫不像我们所想的恋爱的故事！P 又曾指出《来日》上 W 的一篇《月光》给我看。这是一篇小说，叙述一对男女趁着月光在河边一只空部里密谈。那女的是个有夫之妇。这时四无人迹，他俩谈得亲热极了。但 P 说 W 的胆子太小了，所以这一回密谈之后，便撤了手。这篇文字是 W 自己写的，虽没有如火如荼的热闹，但却别有一种意思。科学与文学，科学与恋爱，这就是 W 了。

"'疯子'！"，我这时忽然似乎彻悟了说，"也许是的吧？我想。一个人冷而又热，是会变疯子的。"

"晤"，P 点头。

"他其实大可以不必管什么中国不中国了；偏偏又恋恋不舍的！"

"是罗。W 这回真不高兴。K 在美国借了他的钱。这回他到北京，特地老远的跑去和 K 要钱。K 的没钱，他也知道；他也并不指望这笔钱用。只想借此去骂他一顿吧了，据说拍了桌子大骂呢！"

"这与他的写小说一样的道理呀！唉，这就是 W 了。"

P 无语，我却想起一件事：

"W 到美国后有信来么？"

"长远了，没有信。"

我们于是都又默然。

七月二十日，白马湖

赏析

◎1925 年夏，朱自清结束了南方五年的漂泊生活，到清华学校大学部任教。

朱自清先生的散文《飘零》单从题目上看便会涌起悲凉沧桑的感觉。

作者选取了 W 君在文学上的热情，待人上的真纯，以及他在科学上的独到见解这样几个人生侧面，使得 W 君成为了一个有棱有角，极富个性和感染力的角色凸现在读者面前，音容笑貌仿佛跃然于纸上。然而这样一位富于才智与热情的青年在国内被冠之以"疯子"的称号，作者怀着愤慨哀伤而又无可奈何的心绪报之以默然。因此作者的用墨极为平淡，字里行间笼罩着一种窒息压抑的氛围，从开始提到 W 君在国内 C 大学被误为"疯子"，作者与友人"默然相对"，到结束时，作者想起了一件事："'W 到美国后有信来么？''长远了，没有信。'我们于是都又默然。"

这中间首尾相接，仿佛是一出悲剧的落幕，而哀叹之声还将余音缠绕，人们仿佛还沉浸在无边的幻想中：黑水托着孤舟，命运之神将会把这飘零的中国青年载向人生的哪一处岸边呢？这是性格的悲剧抑或是民族的悲剧？这恐怕也是作者于"默然"之中思虑的吧！无论是作者还是飘零的 W 君，经过"五四"革命风暴的洗礼，在"平等、自由、博爱"的时代氛围中，面对自身的状况，都会感到格外的痛楚，朱自清先生更加敏感地注意到了这种忧虑，因此在文章中所表现出的忧患意识是可以推而广之升华为个人之于民族的深沉的爱国主义。

（梁军）

海行杂记

这固然与社会的一般秩序及道德观念有多少关系，不能全由当事人负责任；但当事人的"性格恶"实也占着一个重要的地位的。

这回从北京南归，在天津搭了通州轮船，便是去年曾被盗劫的。盗劫的事，似乎已很渺茫；所怕者船上的肮脏，实在令人不堪耳。这是英国公司的船；这样的肮脏似乎尽够玷污了英国国旗的颜色。但英国人说：这有什么呢？船原是给中国人乘的，肮脏是中国人的自由，英国人管得着！英国人要乘船，会去坐在大菜间里，那边看看是什么样子？ 那边，官舱以下的中国客人是不许上去的，所以就好了。是的，这不怪同船的几个朋友要骂这只船是"帝国主义"的船了。"帝国主义的船"！ 我们到底受了些什么"压迫"呢？ 有的，有的！

我现在且说茶房吧。

我若有常常恨着的人，那一定是宁波的茶房了。他们的地盘，一是轮船，二是旅馆。他们的团结，是宗法社会而兼梁山泊式的；所以未可轻侮，正和别的"宁波帮"一样。他们的职务本是照料旅客；但事实正好相反，旅客从他们得着的只是侮辱，恫吓，与欺骗罢了。中国原有"行路难"之叹，那是因交通不便的缘故；但在现在便利的交通之下，即老于行旅的人，也还时时发出这种叹声，这又为什么呢？ 茶房与码头工人之艰于应付，我想比仅仅的交通不便，有时更显其"难"吧！ 所以从前的"行路难"是唯物的；现在的却是唯心的。这固然与社会的一般秩序及道德观念有多少关系，不能全由当事人负责任；但当事人的"性格恶"实也占着一个重要的地位的。

我是乘船既多，受侮不少，所以姑说轮船里的茶房。你去定舱位的时候，若遇着乘客不多，茶房也许会冷脸相迎；若乘客拥挤，你可就倒楣了。他们或者别转脸，不来理你；或者用一两句比刀子还尖的话，打发你走路——譬如说："等下趟吧。"他说得如此轻松，凭你急死了也不管。大约行旅的人总有些异常，脸上总有一付着急的神气。他们是以逸待劳的，乐得和你开开顽笑，所以一切反应总是懒懒的，冷冷的；你愈急，他们便愈乐了。他们于你也并无仇恨，只想玩弄玩弄，寻寻开心罢了，正和太太们玩弄叭儿狗一样。所以你记着：上船定舱位的时候，千万别先高声呼唤茶房。你不是急于要找他们说话么？但是他们先得训你一顿，虽然只是低低的自言自语："啥事体啦？哇啦哇啦的！"接着才响声说，"噢，来哉，啥事体啦？"你还得记着：你的话说得愈慢愈好，愈低愈好；不要太客气，也不要太不客气。这样你便是门槛里的人，便是内行；他们固然不见得欢迎你，但也不会玩弄你了。——只冷脸和你简单说话；要知道这已算承蒙青眼，应该受宠若惊的了。

定好了舱位，你下船是愈迟愈好；自然，不能过了开船的时候。最好开船前两小时或一小时到船上，那便显得你是一个有"涵养工夫"的，非急莘莘的"阿木林"可比了。而且条房也得上岸去办他自己的事，去早了倒绊住了他；他虽然可托同伴代为招呼，但总之麻烦了。为了客人而麻烦，在他们是不值得，在客人是不必要；所以客人便只好受"阿木林"的待遇。有时船于明早十时开行，你今晚十点上去，以为晚上总该合式了；但也不然。晚上他们要打牌，你去了足以扰乱他们的清兴；他们必也恨恨不平的。这其间有一种"分"，一种默喻的"规矩"，有一种"门槛经"，你得先做若干次"阿木林，"才能应付得"恰到好处"呢。

开船以后，你以为茶房闲了，不妨多呼唤几回。你若真这样做时，又该受教训了。茶房日里要谈天，料理私货；晚上要抽大烟，打牌，那有闲工夫来伺候你！他们早上给你舀一盆脸水，日里给你开饭，饭后给你拧手巾；还有上船时给你摊开铺盖，下船时给你打起铺盖：好了，这已经多了，这已经

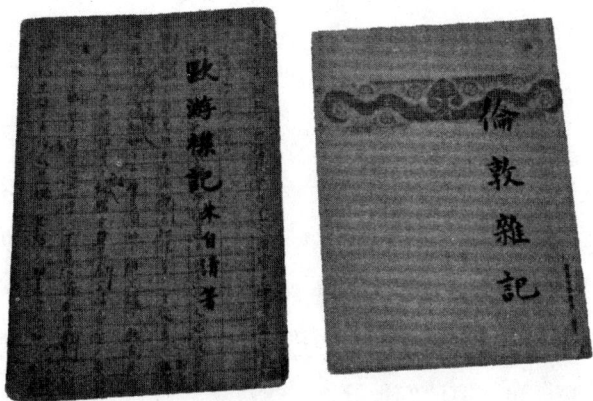

◎由开明书店出版的《欧游杂记》(1934 年)和《伦敦杂记》(1943年)。

够了。此外若有特别的事要他们做时，那只算是额外效劳。你得自己走出舱门，慢慢地叫着茶房，慢慢地和他说，他也会照你所说的做，而不加损害于你。最好是预先打听了两个茶房的名字，到这时候悠然叫着，那是更其有效的。但要叫得大方，仿佛很熟悉的样子，不可有一点讷讷。叫名字所以更其有效者，被叫者觉得你有意和他亲近（结果酒资不会少给），而别的茶房或竟以为你与这被叫者本是熟悉的，因而有了相当的敬意；所以你第二次第三次叫时，别人往往会帮着你叫的。但你也只能偶尔叫他们；若常常麻烦，他们将发见，你到底是"阿木林"而冒充内行，他们将立刻改变对你的态度了。至于有些人睡在铺上高声朗诵的叫着"茶房"的，那确似乎搭足了架子；在茶房眼中，其为"阿"字号无疑了。他们于是忿然的答应："啥事体啦？哇啦啦！"但走来倒也会走来的。你若再多叫两声，他们又会说："啥事体啦？茶房当山歌唱！"除非你真麻木，或真生了气，你大概总不愿再叫他们了吧。

　　"子入太庙，每事问，"至今传为美谈。但你入轮船，最好每事不必问。茶房之怕麻烦，之懒惰，是他们的特征；你问他们，他们或说不晓得，或故意和你开开玩笑，好在他们对客人们，除行李外，一切是不负责任的。大概客人们最普遍的问题，"明天可以到吧？""下午可以到吧？"一类。他们或随便答复，或说，"慢慢来好罗，总会到的。"或简单的说，"早呢！"总是不得要领的居多。他们的话常常变化，使你不能确信；不确信自然不问了。他们所要的正是耳根清净呀。

茶房在轮船里，总是盘踞在所谓"大菜间"的吃饭间里。他们常常围着桌子闲谈，客人也可插进一两个去。但客人若是坐满了，使他无处可坐，他们便恨恨了；若在晚上，他们老实不客气将电灯灭了，让你们暗中摸索去吧。所以这吃饭间里的桌子竟像他们专利的。当他们围桌而坐，有几个固然有话可谈；有几个却连话也没有，只默默坐着，或者在打牌。我似乎为他们觉着无聊，但他们也就这样过去了。他们的脸上充满了倦怠，嘲讽，麻木的气分，仿佛下工夫练就了似的。最可怕的就是这满脸：所谓"诿诿然拒人于千里之外"者，便是这种脸了。晚上映着电灯光，多少遮过了那滞的颜色；他们也开始有了些生气。他们搭了铺抽大烟，或者拖开桌子打牌。他们抽了大烟，渐有笑语；他们打牌，往往通宵达旦——牌声，争论声充满那小小的"大菜间"里。客人们，尤其是抱了病，可睡不着了；但于他们有甚么相干呢？活该你们洗耳恭听呀！他们也有不抽大烟，不打牌的，便搬出香烟画片来一张张细细赏玩：这却是"雅人深致"了。

我说过条房的团结是宗法社会而兼梁山泊式的，但他们中间仍不免时有战氛。浓郁的战氛在船里是见不着的；船里所见，只是轻微淡远的罢了。"唯口出好兴戎"，条房的口，似乎很值得注意。他们的口，一例是练得极其尖刻的；一面自然也是地方性使然。他们大约是"宁可输在腿上，不肯输在嘴上"。所以即使是同伴之间，往往因为一句有意的或无意的，不相干的话，动了真气，抡眉竖目的恨恨半天而不已。这时脸上全失了平时冷静的颜色，而换上热烈的狰狞了。但也终于只是口头"恨恨"而已，真个拔拳来打，举脚来踢的，倒也似乎没有。语云"君子动口，小人动手；"条房们虽有所争乎，殆仍不失为君子之道也。有人说，"这正是南方人之所以为南方人，"我想，这话也有理。条房之于客人，虽也"不肯输在嘴上"，但全是玩弄的态度，动真气的似乎很少；而且你愈动真气，他倒愈可以玩弄你。这大约因为对于客人，是以他们的团体为靠山的；客人总是孤单的多，他们"倚众欺"起来，不怕你不就范围的：所以用不着动真气。而且万一吃了客人的亏，那也必是许多同伴陪着他同吃的，不是一个人失了面了；又何必动真气呢！尅实说来，客人要他们动真气，还不够资格哪！至于他们同伴间的争执，那才是切身的利害，而且单枪匹马做去，毫无可恃的现成的力量；所以便是小题，也不得不大做了。

茶房若有向客人微笑的时候，那必是收酒资的几分钟了。酒资的数目照理虽无一定，但却有不成文的谱。你按着谱斟酌给与，虽也不能得着一声"谢谢"，但言语的压迫是不会来的了。你若给得太少，离谱太远，他们会始而嘲你，继而骂你，你还得加钱给他们；其实既受了骂，大可以不加的了，但事实上大多数受骂的客人，慑于他们的威势，总是加给他们的。加了以后，还得听许多唠叨才罢。有一回，和我同船的一个学生，本该给一元钱的酒资的，他只给了小洋四角。茶房狠狠力争，终不得要领，于是说："你好带回去做车钱吧！"将钱向铺上一摞，忿然而去。那学生后来终于添了一些钱重交给他；他这才默然拿走，面孔仍是板板的，若有所不屑然。——付了酒资，便该打铺盖了；这时仍是要慢慢来的，一急还是要受教训，虽然你已给过酒资了。铺盖打好以后，茶房的压迫才算是完了，你再预备受码头工人和旅馆茶房的压迫吧。

我原是声明了叙述通州轮船中事的，但却做了一首"诅茶房文"；在这里，我似乎有些自己矛盾。不，"天下老鸦一般黑，"我们若很谨慎的将这句话只用在各轮船里的宁波茶房身上，我想是不会悖谬的。所以我虽就一般立说，通州轮船的茶房却已包括在内；特别指明与否，是无关重要的。

一九二六年，七月，白马湖

赏析

一九二六年七月，朱自清先生从北京南归，于天津搭乘英国公司的通州轮船回家，轮船肮脏得"令人不堪耳"，更为甚的是在这只"帝国主义"的船上受尽了同胞茶房的窝囊气。朱先生怀着恨的心情"做了一首'诅茶房文'"，这便是《海行杂记》的主题。

作者在文中大书特书宁波茶房的丑陋素质，洋洋洒洒一路写来，从一入船定舱位，茶房待人的冷脸与耍弄开始，到克扣旅客钱财直到上岸为止，作者选取了几个典型的有代表性的场面，形象地刻画了茶房们冷漠、懒惰、奸诈的性格特征。

《海行杂记》的叙事是采用与读者直接对话、交流的方式，平易自然，如叙家常一般，使作者的感情很容易感染给读者，缩短了二者间的距离，富有亲切感。散文应该真实地表达作者的喜怒哀乐，而好的散文则应该生动地将作者真实的感情传染给读者，《海行杂记》没有猎奇夸张的描述，只是平淡有序地娓娓道来，但它却能与读者交融在一起，所谓最能打动人心的，也是最朴素的东西，大概就是这种味道吧。

（梁军）

白 采

这是他立在露台上远望的背影，他说是聊寄伫盼之意。

◎ 这位站在露台上远望的就是白采。他将这张照片寄给朱自清，上写："佩弦兄将南返，寄此致余延伫之意！乙丑秋暮摄于春申江滨。弟采采手识。"朱自清接到照片不久，知白采突然病逝，悲痛中作此文以示怀念。

　　盛暑中写《白采的诗》一文，刚满一页，便因病搁下。这时候薰宇来了一封信，说白采死了，死在香港到上海的船中。他只有一个人；他的遗物暂存在立达学园里。有文稿，旧体诗词稿，笔记稿，有朋友和女人的通信，还有四包女人的头发！我将薰宇的信念了好几遍，茫然若失了一会；觉得白采虽于生死无所容心，但这样的死在将到吴淞口了的船中，也未免太惨酷了些——这是我们后死者所难堪的。

白采是一个不可捉摸的人。他的历史，他的性格，现在虽从遗物中略知梗概，但在他生前，是绝少人知道的；他也绝口不向人说，你问他他只支吾而已。他赋性既这样遗世绝俗，自然是落落寡合了；但我们却能够看出他是一个好朋友，他是一个有真心的人。

"不打不成相识，"我是这样的知道了白采的。这是为学生李芳诗集的事。李芳将他的诗集交我删改，并嘱我作序。那时我在温州，他在上海。我因事忙，一搁就是半年；而李芳已因不知名的急病死在上海。我很懊悔我的需缓，赶紧抽了空给他工作。正在这时，平伯转来白采的信，短短的两行，催我设法将李芳的诗出版；又附了登在《觉悟》上的小说《作诗的儿子》，让我看——里面颇有讥讽我的话。我当时觉得不应得这种讥讽，便写了一封近两千字的长信，详述事件首尾，向他辩解。信去了便等回信；但是杳无消息。等到我已不希望了，他才来了一张明信片；在我看来，只是几句半冷半热的话而已。我只能以"岂能尽如人意？但求无愧我心！"自解，听之而已。

但平伯因转信的关系，却和他常通函札。平伯来信，屡屡说起他，说是一个有趣的人。有一回平伯到白马湖看我。我和他同往宁波的时候，他在火车中将白采的诗稿《羸疾者的爱》给我看。我在车身不住的动摇中，读了一遍。觉得大有意思。我于是承认平伯的话，他是一个有趣的人。我又和平伯说，他这篇诗似乎是受了尼采的影响。后来平伯来信，说已将此语函告白采，他颇以为然。我当时还和平伯说，关于这篇诗，我想写一篇评论；平伯大约也告诉了他。有一回他突然来信说起此事，他盼望早些见着我的文字，让他知道在我眼中的他的诗究竟是怎样的。我回信答应他，就要做的。以后我们常常通信，他常常提及此事。但现在是三年以后了，我才算将此文完篇；他却已经死了，看不见了！他暑假前最后给我的信还说起他的盼望。天啊！我怎样对得起这样一个朋友，我怎样挽回我的过错呢？

平伯和我都不曾见过白采，大家觉得是一件缺憾。有一回我到上海，和平伯到西门林荫路新正兴里五号去访他：这是按着他给我们的通信地址去的。但不幸得很，他已经搬到附近什么地方去了；我们只好嗒然而归。新正兴里五号是朋友延陵君住过的：有一次谈起白采，他说他姓童，在美术专门学校念书；他的夫人和延陵夫人是朋友，延陵夫妇曾借住他们所赁的一间亭子间。那是我看延陵时去过的，床和桌椅都是白漆的；是一间虽小而极洁净的房子，几乎使我忘记了是在上海的西门地方。现在他存着的摄影里，据我看，有好几张是在那间房里照的。又从他的遗札里，推想他那时还未离婚；他离开新正兴里五号，或是正为离婚的缘故，也未可知。这却使我们事后追想，多少感着些悲剧味了。但平伯终于未见着白采，我竟得和他见了一面。那是在立达学园我预备上火车去上海前的五分钟。这一天，学园的朋友说白采要搬来了；我从早上等了好久，还没有音信。正预备上车站，白采从门口进来了。他说着江西话，似乎很老成了，是饱经世变的样子。我因上海还有约会，只匆匆一谈，便握手作别。他后来有信给平伯说我"短小精悍"，却是一句有趣的话。这是我们最初的一面，但谁知也就是最后的一面呢！

去年年底，我在北京时，他要去集美作教；他听说我有南归之意，因不能等我一面，便寄了一张小影给我。这是他立在露台上远望的背影，他说是聊寄伫盼之意。我得此小影，反复把玩而不忍释，觉得他真是一个好朋友。这回来到立达学园，偶然翻阅《白采的小说》，《作诗的儿子》一篇中讥讽我的话，已经删改；而薰宇告我，我最初给他的那封长信，他还留在箱子里。这使我惭愧从前的猜想，我真是小器的人哪！但是他现在死了，我又能怎样呢？我只相信，如爱墨生的话，他在许多朋友的心里是不死的！

赏析

　　一个绝口不向别人诉说自己的人，一个秉性遗世绝俗而落落寡合的人，却能让人看出他是一个好朋友，为什么？就是因为他是个肯拿出自己真心的人。白采就是作家这样的朋友。

　　一个肯拿出真心的朋友死了，在世者阵阵悲痛过后，必有绵绵的哀思，深情的悼念接踵而至，过去的交往和笃实的友情，自然会一幕幕地映现在脑际。

　　作家跟白采的交往并不频繁。他们第一次打交道，是为学生诗集的事，双方都有误会。后来平伯在信中屡次谈到他，说他是个有趣的人。待读了一遍白采的诗稿《羸疾者的爱》，觉得大有意思，于是承认他是一个有趣的人。作家不去描述白采怎样的有趣，而继续写他们怎样进一步地交往，平伯把作家对他的诗的看法和想写一篇评论函告了白采，他突然给作家来信，说盼早日见到作家的文章。从此，他们经常通信，白采常常提及此事。三年后，作家才完成此文，白采却未能看见。作家痛惜地喊出愧疚的心声："天啊！我怎样对得起这样一个朋友，我怎样挽回我的过错呢？"

　　他们仅见过一面，几分钟的匆匆一谈，便握别了。想不到最初的一面也是最后的一面。去年年底，作家收到一张白采"聊寄仁盼之意"的小照，反复把玩而不忍释手，觉得他真是一个好朋友。当作家得知他最初给白采的那封长信，还留在他的箱子里时，一种惭愧感，使作家喊出鞭挞自己的声音——"我真是小器的人哪！"

　　作家把对友人的绵绵哀思和深情悼念，完全熔铸在单纯朴素的往事追怀中，以

◎ 1929 年与友人摄于北平。左一为朱自清。

白描所抒写的真情实感，可谓至真至诚。其中处处可见作家对真心友谊的珍视，和对有真心的人格的景仰。

有些人，经常见面，甚或朝夕相处，却未必相知；有些人，仅仅常常通信，或只见一面，却能成好朋友。白采和朱自清就是这样的朋友，他们彼此能向对方掏出真心来。一个有真心的人，是能够成为人们的好朋友的，即使他死了，他在许多朋友的心里也是不死的。我想这应该是《白采》一文给我们的启示。

（贾焕亭）

荷塘月色

曲曲折折的荷塘上面，弥望的是田田的叶子。
叶子出水很高，像亭亭的舞女的裙。

　　这几天心里颇不宁静。今晚在院子里坐着乘凉，忽然想起日日走过的荷塘，在这满月的光里，总该另有一番样子吧。月亮渐渐地升高了，墙外马路上孩子们的欢笑，已经听不见了；妻在屋里拍着闰儿，迷迷糊糊地哼着眠歌。我悄悄地披了大衫，带上门出去。

　　沿着荷塘，是一条曲折的小煤屑路。这是一条幽僻的路；白天也少人走，夜晚更加寂寞。荷塘四面，长着许多树，蓊蓊郁郁的。路的一旁，是些杨柳，和一些不知道名字的树。没有月光的晚上，这路上阴森森的，有些怕人。今晚却很好，虽然月光也还是淡淡的。

　　路上只我一个人，背着手踱着。这一片天地好像是我的；我也像超出了平常的自己，到了另一个世界里。我爱热闹，也爱冷静；爱群居，也爱独处。像今晚上，一个人在这苍茫的月下，什么都可以想，什么都可以不想，便觉是个自由的人。白天里一定要做的事，一定要说的话，现在都可不理。这是独处的妙处；我且受用这无边的荷香月色好了。

　　曲曲折折的荷塘上面，弥望的是田田的叶子。叶子出水很高，像亭亭的舞女的裙。层层的叶子中间，零星地点缀着些白花，有袅娜地开着的，有羞涩地打着朵儿的；正如一粒粒的明珠，又如碧天里的星星，又如刚出浴的美人。微风过处，送来缕缕清香，仿佛远处高楼上渺茫的歌声似的。这时候叶子与花也有一丝的颤动，像闪电般，霎时传过荷塘的那边去了。叶子本是肩并肩密密地挨着，这便宛然有了一道凝碧的波痕。叶子底下是脉脉的流水，遮住了，不能见一些颜色，而叶子却更见风致了。

月光如流水一般，静静地泻在这一片叶子和花上。薄薄的青雾浮起在荷塘里。叶子和花仿佛在牛乳中洗过一样；又像笼着轻纱的梦。虽然是满月，天上却有一层淡淡的云，所以不能朗照；但我以为这恰是到了好处——酣眠固不可少，小睡也别有风味的。月光是隔了树照过来的，高处丛生的灌木，落下参差的斑驳的黑影，峭楞楞如鬼一般；弯弯的杨柳的稀疏的倩影，却又像是画在荷叶上。塘中的月色并不均匀，但光与影有着和谐的旋律，如梵婀玲上奏着的名曲。

荷塘的四面，远远近近，高高低低都是树，而杨柳最多。这些树将一片荷塘重重围住；只在小路一旁，漏着几段空隙，像是特为月光留下的。树色一例是阴阴的，乍看像一团烟雾；但杨柳的丰姿，便在烟雾里也辨得出。树梢上隐隐约约的是一带远山，只有些大意罢了。树缝里也漏着一两点路灯光，没精打彩的，是渴睡人的眼。这时候最热闹的，要数树上的蝉声与水里的蛙声；但热闹是它们的，我什么也没有。

忽然想起采莲的事情来了。采莲是江南的旧俗，似乎很早就有，而六朝

◎清华大学荷塘。

◎ "荷塘月色亭"远景。

◎ "荷塘月色亭"匾文系朱自清手迹。

时为盛；从诗歌里可以约略知道。采莲的是少年的女子，她们是荡着小船，唱着艳歌去的。采莲人不用说很多，还有看采莲的人。那是一个热闹的季节，也是一个风流的季节。梁元帝《采莲赋》里说得好：

　　于是妖童媛女，荡舟心许：鹢首徐回，兼传羽杯；棹将移而藻挂，船欲动而萍开。尔其纤腰束素，迁延顾步；夏始春余，叶嫩花初，恐沾裳而浅笑，畏倾船而敛裾。

可见当时嬉游的光景了。这真是有趣的事，可惜我们现在早已无福消受了。

于是又记起《西洲曲》里的句子：

采莲南塘秋，莲花过人头；低头弄莲子，莲子清如水。

今晚若有采莲人，这儿的莲花也算得"过人头"了；只不见一些流水的影子，是不行的。这令我到底惦着江南了。——这样想着，猛一抬头，不觉已是自己的门前；轻轻地推门进去，什么声息也没有，妻已熟睡好久了。

一九二七年七月　　北京清华园

赏析

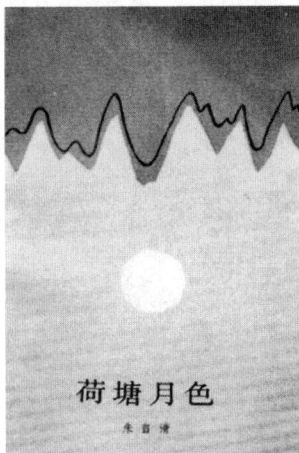

◎《荷塘月色》封面。

这篇散文写于1927年7月，作者那时在清华大学教书。他描写的荷塘就在清华园。那原是一个平凡的荷塘，然而经过作者的渲染、着色，却变得十分美丽，富有诗意。照一般来说，荷塘容易描写，月色则较难描写，画家做画，不怕画断山衔月，就怕画月色，因为月景的波光林影时刻在变幻着，很不容易在画面上表现出来。然而，朱自清到底是一个写散文有经验的作家，他能够把一个月夜死荷塘写得那样的饶有生意；我们在这篇不到一千六百字的《荷塘月色》里，看不到什么宏伟的结构和华赡的文字，作者只凭着一时的感受，委婉细致地写来，却十分迷人。

文章开头的一段夹叙夹议，将"我"的一时心情告诉给读者；第二段只用简单几笔便将荷塘四周的轮廓勾勒出来，给人有个比较清晰的印象；到第三段直写荷塘独处的妙处。作者真正用力描写的荷塘月色，那是从第四段开始，他十分巧密地写了荷塘月色、荷叶、荷花和荷花的形、色、香；到第五段才写到月色：月光如流水，叶子、花朵儿在柔和的月光中做着美丽的梦，一忽儿月光给淡云遮住，一忽儿月光透过树丛筛落下斑驳的黑影。朦胧的月光不仅静静地泻在荷塘上，她还静静地泻在四面的树林和远山上。我们在这样的月夜的静穆中，阴森森的，真有些怕人。这时作者大约也嫌太过寂静罢，紧接着便写出蝉鸣蛙叫。当你听到"知了、知了"和"阁、阁、阁"的叫声时，那四面几乎已经凝结住的空气便顿然活泼起来，使人感到还有生命的存在。这种境界是美的，写法也是层次分明的。但是，我们如果不是处在心静意闲的时候，对于这种诗的境界却很难感悟得出来。我们平时紧张地劳动了一天，待吃过夜饭后，虽也不免到有树有花的地方去溜达溜达，可是脑子总是静不下来，白天的事情仍然盘旋在脑际，赶走又来，赶走又来。即使走过月光下的荷塘，看到粉红或白色的荷花，可能只想到莲子与嫩藕，而像作者那样细致的情趣，我们是难得有的。

作者写了月夜荷塘的寂静之后，忽然掉过笔头来写蝉声、蛙声，这种写法大约就是前人叫做"波澜"罢，一伏一起之后才又拈出那个"我"由于夜游荷塘而牵引起一缕乡愁。那个"我"是江南人，很自然就联想到江南故乡的采莲情景。作者在这里借了古人的话来表达自己的情意。引用了《西洲曲》是民歌，一名《西洲调》，原文一百六十个字。如要看全文可查郭茂倩的《乐府诗集》第 72 卷。《采莲赋》也不是全文，可以参看《艺文类聚》第 82 卷。

作者梁元帝名萧绎，是齐梁时代有名的皇帝作家。赋是骈俪体，讲究对偶和音节，如，"女、许"、"杯、开"、"初、裾"等，那是叫做脚韵。关于文中的鹢首、舟、棹、船，其实就是一样东西，古人作文为了避免单调或由于音节关系，往往喜欢用形异义同的词儿。"羽杯"就是酒杯。读者细细看了会懂的。《荷塘月色》的最后一行，作者写道："轻轻地推门进去"，这与开头的"带上门出去"做到前后相呼应，对读者有个交代。否则那个"我"只好露宿荷塘树下了。

关于语言文字，作者一向比较讲究，就以这篇散文的遣词造句来说，一丝也不含糊。句中虚字可省即省，句子也力求顺口，较少运用欧化的语式。因此，句子显得比较干净、洗炼。作者似乎也还爱用叠字的形容词和状词，如"淡淡的"、"田田的"、"亭亭的"、"脉脉的"、"阴阴的"，还有"远远近近"、"高高低低"、"隐隐约约"，等等。有的词儿如"田田"、"亭亭"，原是古歌辞的词儿，作者采用旧衣翻新装的方法，努力做到古为今用。

（张白山）

儿 女

到那"狂人""救救孩子"的呼声，我怎敢不悚然自惊呢？

　　我现在已是五个儿女的父亲了。想起圣陶喜欢用的"蜗牛背了壳"的比喻，便觉得不自在。新近一位亲戚嘲笑我说，"要剥层皮呢！"更有些悚然了。十年前刚结婚的时候，在胡适之先生的《藏晖室札记》里，见过一条，说世界上有许多伟大的人物是不结婚的；文中并引培根的话，"有妻子者，其命定矣。"当时确吃了一惊，仿佛梦醒一般；但是家里已是不由分说给娶了媳妇，又有甚么可说？现在是一个媳妇，跟着来了五个孩子；两个肩头上，加

◎ 小坡公与儿孙们于 1935 年在扬州合影。

◎朱自清长女朱采芷四岁时，丰子恺作画，夏丏尊题字贺禧。后此画作为《儿女》的插图发表。

上这么重一副担子，真不知怎样走才好。"命定"是不用说了；从孩子们那一面说，他们该怎样长大，也正是可以忧虑的事。我是个彻头彻尾自私的人，做丈夫已是勉强，做父亲更是不成。自然"子孙崇拜"，"儿童本位"的哲理或伦理，我也有些知道；既做着父亲，闭了眼抹杀孩子们的权利，知道是不行的。可惜这只是理论，实际上我是仍旧按照古老的传统，在野蛮地对付着，和普通的父亲一样。近来差不多是中年的人了，才渐渐觉得自己的残酷；想着孩子们受过的体罚和叱责，始终不能辩解——像抚摩着旧创痕那样，我的心酸溜溜的。有一回，读了有岛武郎《与幼小者》的译文，对了那种伟大的，沉挚的态度，我竟流下泪来了。去年父亲来信，问起阿九，那时阿九还在白马湖呢；信上说，"我没有耽误你，你也不要耽误他才好。"我为这句话哭了一场；我为什么不像父亲的仁慈？我不该忘记，父亲怎样待我们来着！人性许真是二元的，我是这样地矛盾；我的心像钟摆似的来去。

你读过鲁迅先生的《幸福的家庭》么？我的便是那一类的"幸福的家庭"！每天午饭和晚饭，就如两次潮水一般。先是孩子们你来他去地在厨房与饭间里查看，一面催我或妻发"开饭"的命令。急促繁碎的脚步，夹着笑和嚷，一阵阵袭来，直到命令发出为止。他们一递一个地跑着喊着，将命令传给厨房里用人；便立刻抢着回来搬凳子。于是这个说，"我坐这儿！"那个说，"大哥不让我！"大哥却说，"小妹打我！"我给他们调解，说好话。但是他们有时候很固执，我有时候也不耐烦，这便用着叱责了；叱责还不行，不由自主地，我的沉重的手掌便到他们身上了。于是哭的哭，坐的坐，局面才算定了。接着可又你要大碗，他要小碗，你说红筷子好，他说黑筷子好；这个要干饭，那个要稀饭，要茶要汤，要鱼要肉，要豆腐，要萝卜；你说他菜多，他说你菜好。妻是照例安慰着他们，但这显然是太迂缓了。我是个暴躁的人，怎么等得及？不用说，用老法子将他们立刻征服了；虽然有哭的，不久也就抹着泪捧起碗了。吃完了，纷纷爬下凳子，桌上是饭粒呀，汤汁呀，骨头呀，渣滓呀，加上纵横的筷子，欹斜的匙子，就如一块花花绿绿的地图模型。吃饭而外，他们的大事便是游戏。游戏时，大的有大主意，小的有小主意，各自坚持不下，于是争执起来；或者大的欺负了小的，或者小的竟欺负了大的，被欺负的哭着嚷着，到我或妻的面前诉苦；我大抵仍旧要用老法子来判断的，但不理的时候也有。最为难的，是争夺玩具的时候：这一个的与那一个的是同样的东西，却偏要那一个的；而那一个便偏不答应。在这种情形之下，不论如何，终于是非哭了不可的。这些事件自然不至于天天全有，但大致总有好些起。我若坐在家里看书或写什么东西，管保一点钟里要分几回心，或站起来一两次的。若是雨天或礼拜日，孩子们在家的多，那么，摊开书竟看不下一行，提起笔也写不出一个字的事，也有过的。我常和妻说："我们家真是成日的千军万马呀！"有时是不但"成日"，连夜里也有兵马在进行着，在有吃乳或生病的孩子的时候！

我结婚那一年，才十九岁。二十一岁，有了阿九；二十三岁，又有了阿菜。那时我正像一匹野马，那能容忍这些累赘的鞍鞯，辔头，和缰绳？摆脱也知是不行的，但不自觉地时时在摆脱着。现在回想起来，那些日子，真苦了这两个孩子；真是难以宽宥的种种暴行呢！阿九才两岁半的样子，我们住在杭州的学校里。不知怎地，这孩子特别爱哭，又特别怕生人。一不见了母亲，或来了客，就哇哇地哭起来了。学校里住着许多人，我不能让他扰着他们，而客人也总是常有的；我懊恼极了，有一回，特地骗出了妻，关了门，将他按在地下打了一顿。这件事，妻到现在说起来，还觉得有些不忍；她说我的手太辣了，到底还是两岁半的孩子！我近年常想着那时的光景，也觉黯然。阿菜在台州，那是更小了；才过了周岁，还不大会走路。也是为了缠着母亲的缘故吧，我将她紧紧地按在墙角里，直哭喊了三四分钟；因此生了好几天病。妻说，那时真寒心呢！但我的苦痛也是真的。我曾给圣陶写信，说孩子们的磨折，实在无法奈何；有时竟觉着还是自杀的好。这虽是气愤的话，但这样的心情，确也有过的。后来孩子是多起来了，磨折也磨折得久了，少年的锋棱渐渐地钝起来了；加以增长的年岁增长了理性的裁制力，我能够忍耐了——觉得从前真是一个"不成材的父亲"，如我给另一个朋友信里所说。但我的孩子们在幼小时，确比别人的特别不安静，我至今还觉如此。我想这大约还是由于我们抚育不得法；从前只一味地责备孩子，让他们代我们负起责任，却未免是可耻的残酷了！

　　正面意义的"幸福"，其实也未尝没有。正如谁所说，小的总是可爱，孩子们的小模样，小心眼儿，确有些教人舍不得的。阿毛现在五个月了。你用手指去拨弄她的下巴，或向她做趣脸，她便会张开没牙的嘴格格地笑，笑得像一朵正开的花。她不愿在屋里待着；待久了，便大声儿嚷。妻常说，"姑娘又要出去溜达了。"她说她像鸟儿般，每天总得到外面溜一些时候。闰儿上个月刚过了三岁，笨得很，话还没有学好呢。他只能说三四个字的短语或句子，文法错误，发音模糊，又得费气力说出；我们老是要笑他的。他说"好"字，总变成"小"字；问他"好不好？"他便说"小"，或"不小"。我们常常逗着他说这个字玩儿；他似乎有些觉得，近来偶然也能说出正确的"好"字了——特别在我们故意说成"小"字的时候。他有一只搪磁碗，是一毛来钱买的；买来时，老妈子教给他，"这是一毛钱。"他便记住"一毛"两个字，管那只碗叫"一毛"，有时竟省称为"毛"。这在新来的老妈子，是必需翻译了才懂的。他不好意思，或见着生客时，便咧着嘴痴笑；我们常用了土话，叫他做"呆瓜"。他是个小胖子，短短的腿，走起路来，蹒跚可笑；若快走或跑，便更"好看"了。他有时学我，将两手叠在背后，一摇一摆的；那是他自己和我们都要乐的。他的大姊便是阿菜，已是七岁多了，在小学校里念着书。在饭桌上，一定得罗罗唆唆地报告些同学或他们父母的事情；气喘喘地说着，不管你爱听不爱听。说完了总问我："爸爸认识么？""爸爸知道么？"妻常禁止她吃饭时说话，所以她总是问我。她的问题真多：看电影便问电影里的是不是人？是不是真人？怎么不说话？看照相也是一样。不知谁告诉她，兵是要打人的。她回来便问，兵是人么？为什么打人？近来大约听了先生的话，回来又问张作霖的兵是帮谁的？蒋介石的兵是不是帮我们的？诸如此类的问题，每天短不了，常常闹得我不知怎样答才行。她和闰儿在一处玩儿，一大一小，不很合式，老是吵着哭着。但合式的时候也有：譬如这个往床底下躲，那个便钻进去追着；这个钻出来，那个也跟着——从这个床到那个床，只听见笑着，嚷着，喘着，真如妻所说，像小狗似的。现在在京的，便只有这三个孩子；阿九和转儿是去年北来时，让母亲暂时带回扬州去了。

　　阿九是欢喜书的孩子。他爱看《水浒》，《西游记》，《三侠五义》，《小朋友》等；没有事便捧着书坐着或躺着看。只不欢喜《红楼梦》，说是没有味儿。是的，《红楼梦》的味儿，一个十岁的孩子，那里能领略呢？去年我们事实上只能带两个孩子来，因为他大些，而转儿是一直跟着祖母的，便在上海将他俩丢下。我清清楚楚记得那分别的一个早上。我领着阿九从二洋泾桥的旅馆出来，送他到母亲和转儿住着的亲戚家去。妻嘱咐说，"买点吃的给他们吧。"我们走过四马路，到一家茶食铺里。阿九说要熏鱼，我给买了；又买了饼干，是给转儿的。便乘电车到海宁路。下车时，看着他的害怕与累赘，很觉恻然。到亲戚家，因为就要回旅馆收拾上船，只说了一两句话便出来，转儿望望我，没说什么，阿九是和祖母说什么去了。我回头看了他们一眼，硬着头皮走了。后来妻告诉我，阿九背地里向她说："我知道爸爸欢喜小妹，不带我上北京去。"其实这是冤枉的。他又曾和我们说，"暑假时一定来接我啊！"我们当时答应着；但现在已是第二个暑假了，他们还在迢迢的扬州待着。他们是恨着我们呢？还是惦着我们呢？妻是一年来老放不下这两个，常常独自暗中流泪；但我有什么法子呢！想到"只为家贫成聚散"一句无名的诗，不禁有些凄然。转儿与我较生疏些。但去年离开白马湖时，她也曾用了生硬的扬州话(那时她还没有到过扬州呢)，和那特别尖的小嗓子向着我："我要到北京去。"她晓得什么北京，只跟着大孩子们说罢了；但当时听着，现在想着的我，却真是抱歉呢。这兄妹两离开我，原是常事，离开母亲，虽也有过一回，这回可是太长了；小小的心儿，知道是怎样忍耐那寂寞来着！

　　我的朋友大概都是爱孩子的。少谷有一回写信责备我，说儿女的吵闹，也是很有趣的，何至可厌到如我所说；他说他真不解。子恺为他家华瞻写的文章，真是"蔼然仁者之言"。圣陶也常常为孩子操心：小学毕业了，到什么中学好呢？——这样的话，他和我说过两三回了。我对他们只有惭愧！可是近来我也渐渐觉着自己的责任。我想，第一该将孩子们团聚起来，其次便给他们些力量。我亲眼见过一个爱儿女的人，因为不曾好好地教育他们，便将他们荒废了。他并不是溺爱，只是没有耐心去料理他们，他们便不能成材了。我想我若照现在这样下去，孩子们也便危险了。我得计画着，让他们渐渐知道怎样去做人才行。但是要不要他们像我自己呢？这一层，我在白马湖教初中学生时，也曾从师生的立场上问过丏尊，他毫不踌躇地说，"自然罗。"近来与平伯谈起教子，他却答得妙，"总不希望比自己坏罗。"是的，只要不"比自己坏"就行，"像"不"像"倒是不在乎的。职业、人生观等，还是由他们自己去定的好；自己顶可贵，只要指导，帮助他们去发展自己，便是极贤明的办法。

　　予同说，"我们得让子女在大学毕了业，才算尽了责任。"SK说："不然，要看我们的经济，他们的材质与志愿；若是中学毕了业，不能或不愿升学，便去做别的事，譬如做工人吧，那也并非不行的。"自然，人的好坏与成败，也不尽靠学校教育；说是非大学毕业不可，也许只是我们的偏见。在这件事上，我现在毫不能有一定的主意；特别是这个变动不居的时代，知道将来怎样？好在孩子们还小，将来的事且等将来吧。目前所能做的，只是培养他们基本的力量——胸襟与眼光；孩子们还是孩子们，自然说不上高的远的，慢

◎1935 年，朱自清与三子
朱乔森摄于清华园北院
网球场。

慢从近处小处下手便了。这自然也只能先按照我自己的样子："神而明之，存
乎其人，"光辉也罢，倒楣也罢，平凡也罢，让他们各尽各的力去。我只希望
如我所想的，从此好好地做一回父亲，便自称心满意。——想到那"狂人"
"救救孩子"的呼声，我怎敢不悚然自勉呢？

1928年 6月24日晚写毕，北京清华园

赏析

　　夏日的清晨，朝露晶莹，坐在窗前的葡萄架下，展读朱自清的散文《儿女》，一股浓郁的生活气息扑面而来。童年在大家庭中的闹热场景，一幕幕迭现在眼前。读着读着，不得不佩服作者对少年儿童观察的细密，对日常生活体验的深切，对读者的坦诚倾诉，否则，何以把一位父亲的矛盾复杂的心态表现得如此地真切感人！

　　文章没有浓墨重彩，也没有刻意雕饰。作者只是以庄肃的态度，稳静地述说自己在对待儿女问题上的心灵的历程：年轻时，没有任何精神和物质上的准备，数年间，竟成了五个孩子的父亲。可是自己居然不会做父亲，仍然按照古老的传统，用粗暴的方式对待儿女。岁近中年，回首往事，才渐渐觉得自己的残酷；日后应该好好做父亲，让他们知道怎样做人；帮助他们去发展自己；培养他们的胸襟与眼光。作者在倾诉心曲时，并不是平直的，而是经过精心的构思。文章的开头，乍看起来，只是一句普普通通的话，但它却是全文的基础，一切矛盾都因之而萌发。作者从多角度阐发自己的感受，每个角度又都从正反两个方面，互为印证；而每个层面上又跌荡多姿，复沓、加深、以至掘进到另一层面，充满着哲理的思辨。在谋篇过程中，注意前后铺垫。文章的中心部分，具体描述了多子女的吵闹，镇日不得安宁，甚至令为父者难以容忍；而孩子的可爱，又给家庭带来了许多欢乐。因着儿女的天真、稚气，联想到远在扬州的两个孩子，全家原应欢聚一堂的，因着家贫，分散东西。通过父母与子女的不得已的分离和彼此思念，反映出家境的贫困，恰恰与第二段开头的鲁迅先生笔下的《幸福的家庭》相呼应。随后以友人对待儿女的观点和态度，爱孩子的实例，映衬自己教养的不得法，因而加深了抚创痕时的痛楚，激发出对子女的责任感，寻求教子的贤明办法。文章至此点明主旨，转得自然，顺理成章。

刻画人物，原是小说的优势。而朱自清在这篇散文中，也着力于勾勒人物。五个儿女，有分有合，有繁有简，有虚有实，详略得当。他先用概括而又具体的描述手法，综合描摹儿女们的群象。选择了进餐和游戏这两个儿童生活中最具有代表性的环节，突出开饭前后的骚动、哭闹，游戏时的争执、诉苦，把众儿女的群象描绘得惟妙惟肖，活托出一幅"千军万马"的场景。读者仿佛亲临其境，目睹孩子们在舞台上穿梭：饭桌上争座位、挑碗筷、抹眼泪、捧饭碗……这些带着很强的戏剧性的场面，组成一幕充满着童真童趣的活报剧。

作者对五个儿女的勾勒，主要透过他们的话语、行动、神态，表现出年龄和性格的特性和差异，使他们以各自不同的面貌，呈现在读者面前。但又不是平分秋色，而是详简分明。润儿所占的篇幅最多。作者着意渲染他学话的吃力，不正确的发音，总逗人乐，他那胖胖的体态和短短的腿，走起路来蹒跚可笑，三岁孩子的笨拙、稚气、憨态跃然纸上。大姐阿菜，主要突出她喜欢思考、探索，化作一系列在成年人看来是幼稚可笑的问题，反映出七岁孩子的强烈的求知欲。但她又不是只一味提问题，当她和润儿一起游玩时，笑着、嚷着、喘着，在床与床之间追逐的场景，又表现出童稚的本性。老大阿九，除了喜欢书的特点外，只写了远别父母时，背地里说的两句话，既带孩子气，似乎又略懂人情，描尽了那个特定环境里儿童的心境。转儿和阿毛都是很简略的，但却也抓住了自然年龄所赋予的情态，转儿那生硬的扬州话，特别尖的小嗓子，跟着大孩子嚷嚷，阿毛"张开没牙的嘴格格地笑，笑得像一朵正开的花"，都给读者留下鲜明的印象。真可谓："寥寥数笔，而神情毕肖。"

（卓如）

扬州的夏日

北方和南方一个大不同，在我看，就是北方无水而南方有。

　　扬州从隋炀帝以来，是诗人文士所称道的地方；称道的多了，称道得久了，一般人便也随声附和起来。直到现在，你若向人提起扬州这个名字，他会点头或摇头说："好地方！好地方！"特别是没去过扬州而念过些唐诗的人，在他心里，扬州真像蜃楼海市一般美丽；他若念过《扬州画舫录》一类书，那更了不得了。但在一个久住扬州像我的人，他却没有那么多美丽的幻想，他的憎恶也许掩住了他的爱好；他也许离开了三四年并不去想它。若是想呢，——你说他想什么？女人；不错，这似乎也有名，但怕不是现在的女人吧？——他也只会想着扬州的夏日，虽然与女人仍然不无关系的。

◎景色幽美的瘦西湖。湖上的莲花桥是古扬州的标志。

北方和南方一个大不同，在我看，就是北方无水而南方有。诚然，北方今年大雨，永定河，大清河甚至决了堤防，但这并不能算是有水；北平的三海和颐和园虽然有点儿水，但太平衍了，一览而尽，船又那么笨头笨脑的。有水的仍然是南方.扬州的夏日,好处大半便在水上——有人称为"瘦西湖"，这个名字真是太"瘦"了，假西湖之名以行，"雅得这样俗"，老实说，我是不喜欢的。下船的地方便是护城河，曼衍开去，曲曲折折，直到平山堂，——这是你们熟悉的名字——有七八里河道，还有许多权权枒枒的支流。这条河其实也没有顶大的好处，只是曲折而有些幽静，和别处不同。

沿河最著名的风景是小金山，法海寺，五亭桥；最远的便是平山堂了。金山你们是知道的，小金山却在水中央。在那里望水最好，看月自然也不错——可是我还不曾有过那样福气。"下河"的人十之九是到这儿的，人不免太多些。法海寺有一个塔，和北海的一样，据说是乾隆皇帝下江南，盐商们连夜督促匠人造成的。法海寺著名的自然是这个塔；但还有一桩，你们猜不着，是红烧猪头。夏天吃红烧猪头，在理论上也许不甚相宜；可是在实际上，挥汗吃着，倒也不坏的。五亭桥如名字所示，是五个亭子的桥。桥是拱形，中一亭最高，两边四亭，参差相称；最宜远看，或看影子，也好。桥洞颇多，乘小船穿来穿去，另有风味。平山堂在蜀冈上。登堂可见江南诸山淡淡的轮廓；"山色有无中"一句话，我看是恰到好处，并不算错。这里游人较少，闲坐在堂上，可以永日。沿路光景，也以闲寂胜。从天宁门或北门下船，蜿蜒的城墙，在水里倒映着苍黝的影子，小船悠然地撑过去，岸上的喧扰像没有似的。

船有三种：大船专供宴游之用，可以挟妓或打牌。小时候常跟了父亲去，在船里听着谋得利洋行的唱片。现在这样乘船的大概少了吧？其次是"小划子"，真像一瓣西瓜，由一个男人或女人用竹篙撑着。乘的人多了，便可雇两只，前后用小凳子跨着：这也可算得"方舟"了。后来又有一种"洋划"，比大船小，比"小划子"大，上支布篷，可以遮日遮雨。"洋划"渐渐地多，大船渐渐地少，然而"小划子"总是有人要的。这不独因为价钱最贱，也因为它的伶俐。一个人坐在船中，让一个人站在船尾上用竹篙一下一下地撑着，简直是一首唐诗，或一幅山水画。而有些好事的少年，愿意自己撑船，也非"小划子"不行。"小划子"虽然便宜，却也有些分别。譬如说，你们也可想到的，女人撑船总要贵些；姑娘撑的自然更要贵罗。这些撑船的女子，便是有人说过的"瘦西湖上的船娘"。船娘们的故事大概不少，但我不很知道。据说以乱头粗服，风趣天然为胜；中年而有风趣，也仍然算好。可是起初原是逢场作戏，或尚不伤廉惠；以后居然有了价格，便觉意味索然了。

北门外一带，叫做下街，"茶馆"最多，往往一面临河。船行过时，茶客与乘客可以随便招呼说话。船上人若高兴时，也可以向茶馆中要一壶茶，或一两种"小笼点心"，在河中喝着，吃着，谈着。回来时再将茶壶和所谓小笼，连价款一并交给菜馆中人。撑船的都与茶馆相熟，他们不怕你白吃。扬州的小笼点心实在不错：我离开扬州，也走过七八处大大小小的地方，还没有吃过那样好的点心；这其实是值得惦记的。茶馆的地方大致总好，名字也颇有好的。如香影廊，绿杨村，红叶山庄，都是到现在还记得的。绿杨村的幌子，挂在绿杨树上，随风飘展，使人想起"绿杨城郭是扬州"的名句。里面还有小池，丛竹，茅亭，景物最幽。这一带的茶馆布置都历落有致，迥非上海，北平方方正正的茶楼可比。

"下河"总是下午。傍晚回来，在暮霭朦胧中上了岸，将大褂折好搭在腕上，一手微微摇着扇子；这样进了北门或天宁门走回家中。这时候可以念"又得浮生半日闲"那一句诗了。

○ 扬州的唐代石塔。

赏析

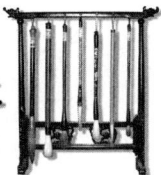

《扬州的夏日》从体裁、写法上看都是游记。不过，我觉得它与其他游记不同之处，在于作者所写的扬州，实际上是他曾久居十余年的第二故乡。他的一生，从来没有在一个地方住过这么久的时间。因此，写扬州，不像写别的地方，如南京之秦淮河，如欧洲的罗马古城，伦敦书铺那样有"异域感"。我倒宁愿把这篇"游记"看做类似于《荷塘月色》、《背影》的抒情文字，因为这是他在北平居住时所产生的怀旧情绪的抒写。《荷塘月色》隐约中带有逃避现实的情调，于孤独自处时悄然享受自我与自然之恬然默契之美；《背影》恐怕更缘起于独处时对于父亲刻骨铭心的怀念。这些都是用了心力去写的。《扬州的夏日》也是如此。而且，依我看，这篇笔墨简省的短文，竟可以看做朱自清一生漂泊心态的美学象征。

这篇作品笔墨简省，叙述舒缓自如。看得出作者不像前期写《桨声灯影里的秦淮河》那样去着意抒写面对秦淮夜色歌妓时的情感波澜，对于他所感兴趣的"瘦西湖的船娘"的描写只是轻轻数笔勾勒，内心再也没有少游秦淮时微妙的道德冲突；也不像后期游记有意将"我"隐去，

◎高邮县邵伯镇老街。朱自清在此度过了童年时代。

以工笔细致描摹客观对象（如《罗马》等篇），而是在悠然舒徐，洒脱自然的笔调中含蓄地寓托自己的情感。与这一渐趋练达的抒情风格有关的，是作品语言的平易畅达，早期散文那种刻意雕琢的脆生生的文人白话，已经"洗尽铅华无雕饰"，如出水芙蓉，明净随意，一秉天然。

在朱自清的散文中，《扬州的夏日》既不是足以传位的"太子"，也算不得受宠的"幼女"。然而，恰是这篇名气不大的作品，融合了作者早期散文的情致和后期散文更加口语化的语言风格，而且比较典型地体现了朱自清在漂泊中澹然澄观的散文美学——漂泊者的美学。它既有唐诗的丰神情韵，又渗透着宋诗的筋骨思理，与那些名篇一样值得细细玩味。

（黎湘萍）

◎（右图）1925 年，朱自清与长子朱迈先、长女朱采芷摄于春晖中学。

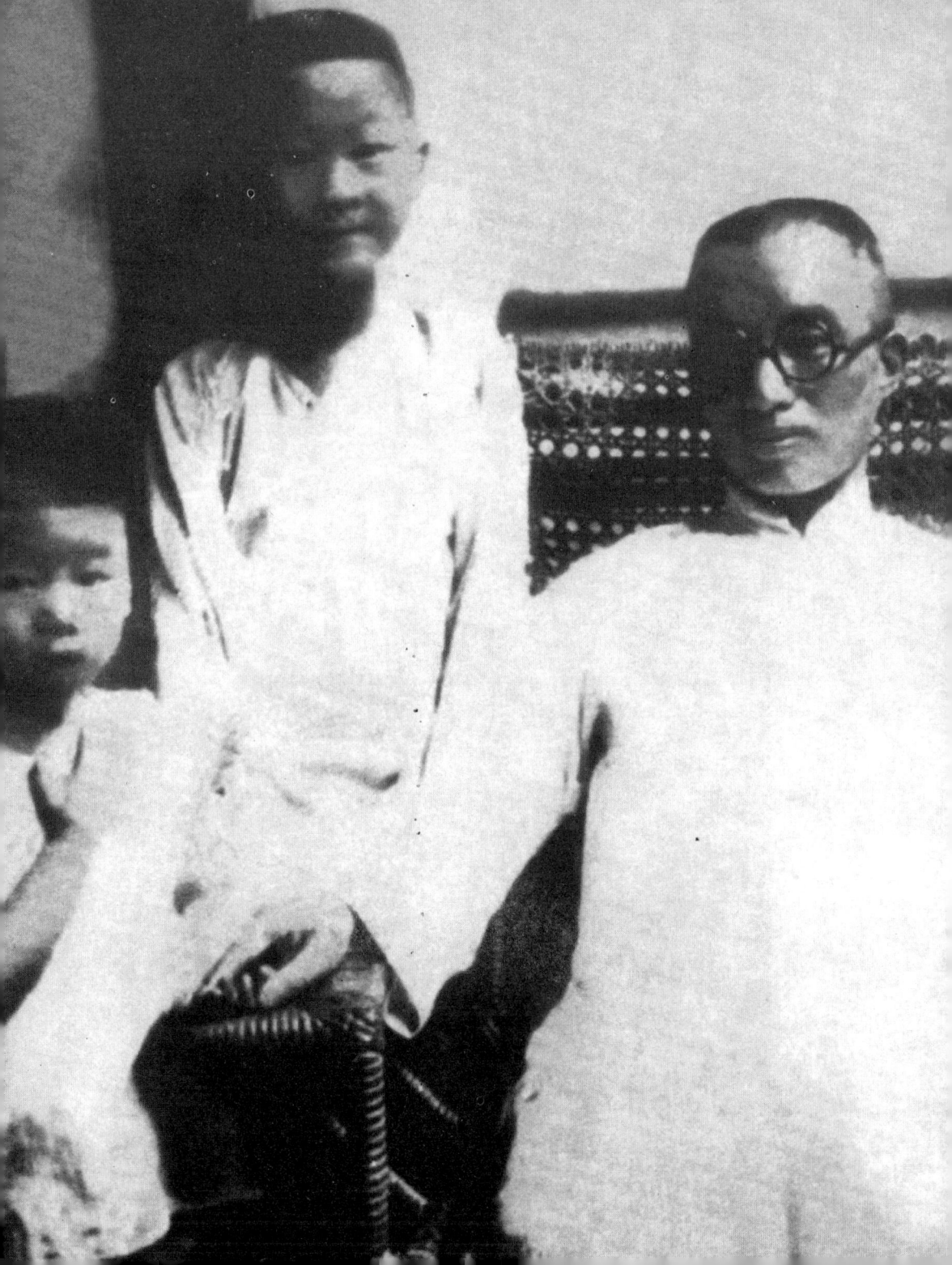

白马湖

今天是个下雨的日子。这使我想起了白马湖；因为我第一回到白马湖，正是微风飘萧的春日。

今天是个下雨的日子。这使我想起了白马湖；因为我第一回到白马湖，正是微风飘萧的春日。

白马湖在甬绍铁道的驿亭站，是个极小极小的乡下地方。在北方说起这个名字，管保一百个人一百个人不知道。但那却是一个不坏的地方。这名字

◎ 春晖中学校舍。

先就是一个不坏的名字。据说从前（宋时？）有个姓周的骑白马入湖仙去，所以有这个名字。这个故事也是一个不坏的故事。假使你乐意搜集，或也可编成一本小书，交北新书局印去。

白马湖并非圆圆的或方方的一个湖，如你所想到的，这是曲曲折折大大小小许多湖的总名。湖水清极了，如你所能想到的，一点儿不含糊像镜子。沿铁路的水，再没有比这里清的，这是公论。遇到旱年的夏季，别处湖里都长了草，这里却还是一清如故。白马湖最大的，也是最好的一个，便是我们住过的屋的门前那一个。那个湖不算小，但湖口让两面的山包抄住了。外面只见微微的碧波而已，想不到有那么大的一片。湖的尽里头，有一个三四十户人家的村落，叫做西徐岙，因为姓徐的多。这村落与外面本是不相通的，村里人要出来得撑船。后来春晖中学在湖边造了房子，这才造了两座玲珑的小木桥，筑起一道煤屑路，直通到驿亭车站。那是窄窄的一条人行路，蜿蜒曲折的，路上虽常不见人，走起来却不见寂寞——。尤其在微雨的春天，一个初到的来客，他左顾右盼，是只有觉得热闹的。

春晖中学在湖的最胜处，我们住过的屋也相去不远，是半西式。湖光山色从门里从墙头进来，到我们窗前、桌上。我们几家接连着；丏翁的家最讲究。屋里有名人字画，有古磁，有铜佛，院子里满种着花。屋子里的陈设又常常变换，给人新鲜的受用。他有这样好的屋子，又是好客如命，我们便不时地上他家里喝老酒。丏翁夫人的烹调也极好，每回总是满满的盘碗拿出来，空空的收回去。白马湖最好的时候是黄昏。湖上的山笼着一层青色的薄雾，在水里映着参差的模糊的影子。水光微微地暗淡，像是一面古铜镜。轻风吹来，有一两缕波纹，但随即平静了。天上偶见几只归鸟，我们看着它们越飞越远，直到不见为止。这个时候便是我们喝酒的时候。我们说话很少；上了灯话才多些，但大家都已微有醉意，是该回家的时候了。若有月光也许还得徘徊一会；若是黑夜，便在暗里摸索醉着回去。

白马湖的春日自然最好。山是青得要滴下来，水是满满的、软软的。小

◎1924 年，在春晖中学任教时，与部分师生合影。前排右二为朱自清。

马路的两边，一株间一株地种着小桃与杨柳。小桃上各缀着几朵重瓣的红花，像夜空的疏星。杨柳在暖风里不住地摇曳。在这路上走着，时而听见锐而长的火车的笛声是别有风味的。在春天，不论是晴是雨，是月夜是黑夜，白马湖都好。——雨中田里菜花的颜色最早鲜艳；黑夜虽什么不见，但可静静地受用春天的力量。夏夜也有好处，有月时可以在湖里划小船，四面满是青霭。船上望别的村庄，像是蜃楼海市，浮在水上，迷离惝恍的；有时听见人声或犬吠，大有世外之感。若没有月呢，便在田野里看萤火。那萤火不是一星半点的，如你们在城中所见；那是成千成百的萤火。一片儿飞出来，像金线网似的，又像耍着许多火绳似的。只有一层使我愤恨。那里水田多，蚊子太多，而且几乎全闪闪烁烁是疟蚊子。我们一家都染了疟疾，至今三四年了，还有未断根的。蚊子多足以减少露坐夜谈或划船夜游的兴致，这未免是美中不足了。

离开白马湖是三年前的一个冬日。前一晚"别筵"上，有丏翁与云君。我不能忘记丏翁，那是一个真挚豪爽的朋友。但我也不能忘记云君，我应该这样说，那是一个可爱的——孩子。

7 月 17 日 北平

赏析

《白马湖》处处透着暖融融的亲切。

物不自美，因人美之。白马湖本来没什么品格德性，是朱先生把她看成朋友，感到她的宁静和温和。

从此，孔夫子的水有九德之说显得不够。有了白马湖，就有了第十德，朋友间的亲近祥和。拟人之德终究来自人间。

白马湖这么可亲，多半因为湖边有几座房舍，一所中学；这儿聚着朱先生和朋友；朋友间有世上最少麻烦的亲近关系——友谊。

朱先生微醉了。不知为什么。

也许喝的老酒太多，也许春风太暖太香，也许为友情所陶醉，也许醉心于挡不住的湖光山色……

不管怎样，微醺的朱先生缓缓地、亲切地讲着白马湖的故事。

（苏冰）

看花

海棠本无香，昔人常以为恨，这里花太繁了，
却酝酿出一种淡淡的香气，使人久闻不倦。

　　生长在大江北岸一个城市里，那儿的园林本是著名的，但近来却很少；
似乎自幼就不曾听见过"我们今天看花去"一类话，可见花事是不盛的。有
些爱花的人，大都只是将花栽在盆里，一盆盆搁在架上；架子横放在院子里。
院子照例是小小的，只够放下一个架子；架上至多搁二十多盆花罢了。有时
院子里依墙筑起一座"花台"，台上种一株开花的树；也有在院子里地上种
的。但这只是普通的点缀，不算是爱花。

◎平屋——夏丏尊在春晖中学的故居。朱自清常来此做客。

　　家里人似乎都不甚爱花；父亲只在领我们上街时，偶然和我们到"花房"里去过一两回。但我们住过一所房子，有一座小花园，是房东家的。那里有树，有花架（大约是紫藤花架之类），但我当时还小，不知道那些花木的名字；只记得爬在墙上的是蔷薇而已。园中还有一座太湖石堆成的洞门；现在想来，似乎也还好的。在那时由一个顽皮的少年仆人领了我去，却只知道跑来跑去捉蝴蝶；有时掐下几朵花，也只是随意按弄着，随意丢弃了。至于领略花的趣味，那是以后的事：夏天的早晨，我们那地方有乡下的姑娘在各处街巷，沿门叫着，"卖栀子花来。"栀子花不是什么高品，但我喜欢那白而晕黄的颜色和那肥肥的个儿，正和那些卖花的姑娘有着相似的韵味。栀子花的香，浓而不烈，清而不淡，也是我乐意的。我这样便爱起花来了。也许有人会问，"你爱的不是花吧？"这个我自己其实也已不大弄得清楚，只好存而不论了。

　　在高小的一个春天，有人提议到城外 F 寺里吃桃子去，而且预备白吃；不让吃就闹一场，甚至打一架也不在乎。那时虽远在五四运动以前，但我们那里的中学生却常有打进戏园看白戏的事。中学生能白看戏，小学生为什么不能白吃桃子呢？我们都这样想，便由那提议人鸠合了十几个同学，浩浩荡荡地向城外而去。到了 F 寺，气势不凡地呵叱着道人们（我们称寺里的工人为道人），立刻领我们向桃园里去。道人们踌躇着说："现在桃树刚才开花呢。"但是谁信道人们的话？我们终于到了桃园里。大家都丧了气，原来花是真开着呢！这时提议人 P 君便会折花。道人们是一直步步跟着的，立刻上前劝阻，而且用起手来。但 P 君是我们中最不好惹的；"说时迟，那时快"，一眨眼，花在他的手里，道人已踉跄在一旁了。那一园子的桃花，想来总该有些可看；我们却谁也没有想着去看。只嚷着，"没有桃子，得沏茶喝！"道人们满肚子委屈地引我们到"方丈"里，大家各喝一大杯茶。这才平了气，谈谈笑笑地进城去。大概我那时还只懂得爱一朵朵的栀子花，对于开在树上的桃花，是并不了然的；所以眼前的机会，便从眼前错过了。

以后渐渐念了些看花的诗，觉得看花颇有些意思。但到北平读了几年书，却只到过崇效寺一次；而去得又嫌早些，那有名的一株绿牡丹还未开呢。北平看花的事很盛，看花的地方也很多；但那时热闹的似乎也只有一班诗人名士，其余还是不相干的。那正是新文学运动的起头，我们这些少年，对于旧诗和那一班诗人名士，实在有些不敬；而看花的地方又都远不可言，我是一个懒人，便干脆地断了那条心了。后来到杭州做事，遇见了Y君，他是新诗人兼旧诗人，看花的兴致很好。我和他常到孤山去看梅花。孤山的梅花是古今有名的，但太少；又没有临水的，人也太多。有一回坐在放鹤亭上喝茶，来了一个方面有须，穿着花缎马褂的人，用湖南口音和人打招呼道，"梅花盛开嗒！""盛"字说得特别重，使我吃了一惊；但我吃惊的也只是说在他嘴里"盛"这个声音罢了，花的盛不盛，在我倒并没有什么的。

　　有一回，Y来说，灵峰寺有三百株梅花；寺在山里，去的人也少。我和Y，还有N君，从西湖边雇船到岳坟，从岳坟入山。曲曲折折走了好一会，又上了许多石级，才到山上寺里。寺甚小，梅花便在大殿西边园中。园也不大，东墙下有三间净室，最宜喝茶看花；北边有座小山，山上有亭，大约叫"望海亭"吧，望海是未必，但钱塘江与西湖是看得见的。梅树确是不少，密密地低低地整列着。那时已是黄昏，寺里只我们三个游人；梅花并没有开，但那珍珠似的繁星似的骨都儿，已经够可爱了；我们都觉得比孤山上盛开时有味。大殿上正做晚课，送来梵呗的声音，和着梅林中的暗香，真叫我们舍不得回去。在园里徘徊了一会，又在屋里坐了一会，天是黑定了，又没有月色，我们向庙里要了一个旧灯笼，照着下山。路上几乎迷了道，又两次三番地狗咬；我们的Y诗人确有些窘了，但终于到了岳坟。船夫远远迎上来道："你们来了，我想你们不会冤我呢！"在船上，我们还不离口地说着灵峰的梅花，直到湖边电灯光照到我们的眼。

　　Y回北平去了，我也到了白马湖。那边是乡下，只有沿湖与杨柳相间着种了一行小桃树，春天花发时，在风里娇媚地笑着。还有山里的杜鹃花也不少。这些日日在我们眼前，从没有人像煞有介事地提议，"我们看花去。"但有一位S君，却特别爱养花；他家里几乎是终年不离花的。我们上他家去，总看他在那里不是拿着剪刀修理枝叶，便是提着壶浇水。我们常乐意看着。他院子里一株紫薇花很好，我们在花旁喝酒，不知多少次。白马湖住了不过一年，我却传染了他那花的嗜好。但重到北平时，住在花事很盛的清华园里，接连过了三个春，却从未想到去看一回。只在第二年秋天，曾经和孙三先生在园里看过几次菊花。"清华园之菊"是著名的，孙三先生还特地写了一篇文，画了好些画。但那种一盆一干一花的养法，花是好了，总觉没有天然的风趣。直到去年春天，有了些余闲，在花开前，先向人问了些花的名字。一个好朋友是从知道姓名起的，我想看花也正是如此。恰好Y君也常来园中，我们一天三四趟地到那些花下去徘徊。今年Y君忙些，我便一个人去。我爱繁花老干的杏，临风婀娜的小红桃，贴梗累累如珠的紫荆；但最恋恋的是西府海棠。海棠的花繁得好，也淡得好；艳极了，却没有一丝荡意。疏疏的高干子，英气隐隐逼人。可惜没有趁着月色看过；王鹏运有两句词道："只愁淡月朦胧影，难验微波上下潮。"我想月下的海棠花，大约便是这种光景吧。为了海棠，前两天在城里特地冒了大风到中山公园去，看花的人倒也不少；但不知怎的，却忘了畿辅先哲祠。Y告我那里的一株，遮住了大半个院子；别处的都向上长，这一株却是横里伸张的。花的繁没有法说；海棠本无香，昔人常以为恨，这里花太繁了，却酝酿出一种淡淡的香气，使人久闻不倦。Y告我，正是刮了一日还不息的狂风的晚上；他是前一天去的。他说他去时地上已有落花了，这一日一夜的风，准完了。他说北平看花，是要赶着看的：春光太短了，又晴的日子多；今年算是有阴的日子了，但狂风还是逃不了的。我说北平看花，比别处有意思，也正在此。这时候，我似乎不甚菲薄那一班诗人名士了。

赏析

花，一向是人们珍爱的植物，"国色天香"的洛阳牡丹以花王之称蜚声天下。爱花，自然要看花赏花，可各人的看法却不同。朱自清的《看花》一文，一反唐人"紫陌红尘拂面来，无人不道看花回"的感受，采用先抑后扬的笔法，从不闻花事到领略花趣，并迷恋上赏花品花，最终成为谈花赞花的高手，逐渐把读者引入如花似锦的世界，从中体验到美的情韵。

赏花在于入境和品味，没有几次三番的心的体验，是无法感知到花的真情的。本文在这一点上揭示很深。

（耿光怡）

我所见的叶圣陶

他的年纪并不老，只那朴实的服色和沉默的风度与我们平日所想象的苏州少年文人叶圣陶不甚符合罢了。

我第一次与圣陶见面是在民国十年的秋天。那时刘延陵兄介绍我到吴淞炮台湾中国公学教书。到了那边，他就和我说："叶圣陶也在这儿。"我们都念过圣陶的小说，所以他这样告我。我好奇地问道："怎样一个人？"出乎我的意外，他回答我："一位老先生哩。"但是延陵和我去访问圣陶的时候，我觉得他的年纪并不老，只那朴实的服色和沉默的风度与我们平日所想象的苏州少年文人叶圣陶不甚符合罢了。

记得见面的那一天是一个阴天。我见了主人照例说不出话；圣陶似乎也如此。

◎ 叶圣陶像。

我们只谈了几句关于作品的泛泛的意见，便告辞了。延陵告诉我每星期六圣陶总回角直去；他很爱他的家。他在校时常邀延陵出去散步；我因与他不熟，只独自坐在屋里。不久，中国公学忽然起了风潮。我向延陵说起一个强硬的办法；——实在是一个笨而无聊的办法！——我说只怕叶圣陶未

◎ 1921 年 12 月 31 日，朱自清与友人合影。
右起：俞平伯、朱自清、叶圣陶、许昂若。

必赞成。但是出乎我的意外，他居然赞成了！后来细想他许是有意优容我们吧；这真是老大哥的态度呢。我们的办法天然是失败了，风潮延宕下去；于是大家都住到上海来。我和圣陶差不多天天见面；同时又认识了西谛予同诸兄。这样经过了一个月；这一个月实在是我的很好的日子。

我看出圣陶始终是个寡言的人。大家聚谈的时候，他总是坐在那里听着。他却并不是喜欢孤独，他似乎老是那么有味地听着。至于与人独对的时候，自然多少要说些话；但辩论是不来的。他觉得辩论要开始了，往往微笑着说："这个弄不大清楚了，"这样就过去了。他又是个极和易的人，轻易看不见他的怒色。他辛辛苦苦保存着的《晨报》副张，上面有他自己的文字的，特地从家里捎来给我看；让我随便放在一个书架上，给散失了。当他和我同时发见这件事时，他只略露惋惜的颜色，随即说："由他去末哉，由他去末哉！"我是至今惭愧着，因为我知道他作文是不留稿的。他的和易出于天性，并非阅历世故，矫揉造作而成。他对于世间妥协的精神是极厌恨的。在这一月中，我看见他发过一次怒；——始终我只看见他发这一次怒——那便是对于风潮的妥协论者的蔑视。

风潮结束了，我到杭州教书。那边学校当局要我约圣陶去，圣陶来信说："我们要痛痛快快游西湖，不管这是冬天。"他来了，教我上车站去接。我知道他到了车站这一类地方，是会觉得寂寞的。他的家实在太好了，他的衣着，一向都是家里管。我常想，他好像一个小孩子；像小孩子的天真，也像小孩子的离不开家里人。必须离开家里人时，他也得找些熟朋友伴着；孤独在他简直是有些可怕的。所以他到校时，本来是独住一屋的，却愿意将那间屋做我们两人的卧室，而将我那间做书室，这样可以常常相伴；我自然也乐意。我们不时到西湖边去；有时下湖，有时只喝喝酒。在校时各据一桌，我只预备功课，他却老是写小说和童话。初到时，学校当局来看过他。第二天，我问他，"要不要去看看他们？"他皱眉道，"一定要去么？等一天罢。"后来始终没有去。他是最反对形式主义的。

那时他小说的材料是旧日的储积；童话的材料有时却是片刻的感兴。如《稻草人》中《大喉咙》一篇便是。那天早上，我们都醒在床上，听见工厂的汽笛；他便说："今天又有一篇了，我已经想好了，来的真快呵。"那篇的艺术很巧，谁想他只是片刻的构思呢！他写文字时，往往拈笔伸纸，便手不停挥地写下去；开始及中间，停笔踌躇时绝少。他的稿子极清楚，每页至多只有三五个涂改的字。他说他从来是这样的。每篇写毕，我自然无睹为快；他往往称述结尾的适宜，他说对于结尾是有些把握的。看完，他立即封寄《小说月报》；照例用平信寄。我总劝他挂号；但他说："我老是这样的。"他在杭州不过两个月，写的真不少，教人羡慕不已。《火灾》里从《饭》起到《风潮》这七篇，还有《稻草人》中一部分，都是那时我亲眼看他写的。

　　在杭州呆了两个月，放寒假前，他便匆匆地回去了；他实在离不开家，临去时让我告诉学校当局，无论如何不回来了。但他却到北平住了半年，也是朋友拉去的。我前些日子偶翻十一年的《晨报·副刊》，看见他那时途中思家的小诗，重念了两遍，觉得怪有意思。北平回去不久，便入了商务印书馆编译部，家也搬到上海。从此在上海呆下去，直到现在——中间又被朋友拉到福州一次，有一篇《将离》抒写那回的别恨，是缠绵悱恻的文字。这些日子，我在浙江乱跑，有时到上海小住，他常请了假和我各处玩儿或喝酒。有一回，我便住在他家，但我到上海，总爱出门，因此他老说没有能畅谈；他写信给我，老说这回来要畅谈几天才行。

　　十六年一月，我接眷北来，路过上海，许多熟朋友和我饯行，圣陶也在。那晚我们痛快地喝酒，发议论；他是照例地默着。酒喝完了，又去乱走，他也跟着。到了一处，朋友们和他开了个小玩笑；他脸上略露窘意，但仍微笑地默着。圣陶不是个浪漫的人；在一种意义上，他正是延陵所说的"老先生"。但他能了解别人，能谅解别人，他自己也能"作达"，所以仍然——也许格外——是可亲的。那晚快夜半了，走过爱多亚路，他向我诵周美成的词，"酒已都醒，如何消夜永！"我没有说什么；那时的心情，大约也不能说什么的。

◎ 1921 年 10 月，晨光文学社聘请朱自清（左三）、叶圣陶（左二）担任顾问。

我们到一品香又消磨了半夜。这一回特别对不起圣陶；他是不能少睡觉的人。他家虽住在上海，而起居还依着乡居的日子；早七点起，晚九点睡。有一回我九点十分去，他家已熄了灯，关好门了。这种自然的，有秩序的生活是对的。那晚上伯祥说："圣兄明天要不舒服了，"想起来真是不知要怎样感谢才好。

第二天我便上船走了，一眨眼三年半，没有上南方去。信也很少，却全是我的懒。我只能从圣陶的小说里看出他心境的迁变；这个我要留在另一文中说。圣陶这几年里似乎到十字街头走过一趟，但现在怎么样呢？我却不甚了然。他从前晚饭时总喝点酒，"以半醺为度；近来不大能喝酒了，却学了吹笛——前些日子说已会一出《八阳》，现在该又会了别的了吧。他本来喜欢看看电影，现在又喜欢听听昆曲了。但这些都不是"厌世"，如或人所说的；圣陶是不会厌世的，我知道。又，他虽会喝酒，加上吹笛，却不会抽什么"上等的纸烟"，也不曾住过什么"小小别墅"，如或人所想的，这个我也知道。

1930 年 7 月北平清华园

赏析

　　《我所见的叶圣陶》是一篇写人的记叙散文，看似结构平朴，语言素淡，细读来则令人想起王国维《人间词话》中的一段话："大家之作，其言情也必沁人心脾，其写景也必豁人耳目。其辞脱口而出，无矫揉装束之态，以其所见者真，所知者深也。"

　　"情乃散文之魂"。本文寥寥两千余字，却情真意切，淡远悠长。以看似平淡的笔法，写活了民国十年——二十年间，那个风云变幻的年代里，一位寡言、和易、多才、随和却又不妥协的"老先生"叶圣陶的形象，且由对一个学者的记叙，折射出了那个动荡不安的时代的影子。

　　素笔勾描，出神入化，是本文表现艺术美的第一特点。

　　全文并无一处对人物的肖像描写，也极少对动作、神色的刻画，有的往往只是大段的叙述，然而，就那有限的几笔，却起到了"此时无声胜有声"的妙处。

　　文章的主体部分写叶圣陶的创作才华，思家的心境，对朋友的真诚，亦是如此。用平信寄稿件，说明了他处事的随意，对作品的自信，对名利的淡然。他自己过着乡居的日子，"早七点起，晚九点睡"，但与志同道合的朋友们交往、畅谈的时候，却可以消磨到半夜，宁愿自己不舒服，打破生活规律。作者始终笔墨淡然，平平道来，如拉家常。散文中的叙事虽不可能像小说那样完整有序，作者所记叙的叶圣陶也都是些日常生活中极平常之事，然而，以己之情思撩人之情思，由整篇文章所酿出的一种情调与氛围却能时时将读者包围，令人无法摆脱一位学者，一位老先生质朴亲切的微笑，无法忘怀文中"淡"里满溢的浓情——一种亲情与友情的和谐与感悟。

情不显出，点到为止，可称第二特点。

"感乎外物，情动于中"，散文以表现情感为主，但若直言道来，便无半点韵味。本文妙在始终不显山不露水——于半遮半掩中给读者以无限想象的余地。文中一条暗线始终未直言写出但却贯穿始终，那就是学潮失败、军阀混战、"三·一八"事变等带给知识分子的苦闷、抗争与思索。在文章的结尾部分，作者一再叙述叶圣陶三年间心境的迁变，"近来不大能喝酒了，却学会了吹笛""本来喜欢看看电影，现在又喜欢听听昆曲了"。但他又不会抽什么"上等的纸烟"，不曾住过什么"小小别墅"，暗指叶圣陶在风云变幻的时代，在当时知识分子面临何去何从的十字路口上，苦闷、彷徨、寻求出路的心境和始终保持自我、不随波逐流、不苟延于世的坚定选择。真是"犹抱琵琶半遮面"，给读者的思绪一个无限纵横驰骋的空间。

另外，对比手法的运用也值得一提。写他和蔼沉默与对风潮强硬办法的支持，对妥协论者的愤怒，在杭州与朋友们朝夕不离与拒访当局，规律的生活与为陪朋友们打破生活习惯，等等。对比映衬，点到为止，便于浅淡中，使一个爱憎分明的人物形象，有了无限浓厚的韵味。

作者的写作经历了熟悉其人——择平凡小事——体现真情三个阶段，虽是素描勾勒，但由于对人物烂熟于心，结构语言安排巧妙而可略于形色，求得神气，写出特色。文章虽只截取叶圣陶的生活片断，看似松散，但由于有人物主导思想性格特点贯穿始终，于平淡对比中展示了时代、社会大背景下人物的生活、创作、斗争、思索的画面，虽无一句直言，却又言无不尽。

（姜燕）

论无话可说

法国俗语"无话可说"竟与"一切皆好"同意。呜呼，这是多么损的一句话，对于我，对于我的时代！

◎朱自清故居卧室。

十年前我写过诗；后来不写诗了，写散文；入中年以后，散文也不大写得出了——现在是，比散文还要"散"的无话可说！许多人苦于有话说不出；另有许多人苦于有话无处说；他们的苦还在话中，我这无话可说的苦却在话外。我觉得自己是一张枯叶，一张烂纸，在这个大时代里。

在别处说过，我的"忆的路"是"平如砥""直如矢"的；我永远不曾有过惊心动魄的生活，即使在别人想来最风华的少年时代。我的颜色永远是灰的。我的职业是三个教书；我的朋友永远是那么几个，我的女人永远是那么一个。有些人生活太丰富了，太复杂了，会忘记自己，看不清楚自己，我是什么时候都"了了玲玲地"知道，记住，自己是怎样简单的一个人。

但是为什么还会写出诗文呢？——虽然都是些废话。这是时代为之！十年前正是五四运动的时期，大伙儿蓬蓬勃勃的朝气，紧逼着我这个年轻的学生；于是乎跟着人家的脚印，也说说什么自然，什么人生。但这只是些范畴而已。我是个懒人，平心而论，又不曾遭过怎样了不得的逆境；既不深思力索，又未亲自体验，范畴终于只是范畴，此外也只是廉价的，新瓶里装旧酒的感伤。当时芝麻黄豆大的事，都不惜郑重地写出来，现在看看，苦笑而已。

先驱者告诉我们说自己的话。不幸这些自己往往是简单的，说来说去是那一套；终于说的听的都腻了。——我便是其中的一个。这些人自己其实并没有什么话，只是说些中外贤哲说过的和并世少年将说的话。真正有自己的话要说的是不多的几个人；因为真正一面生活一面吟味那生活的只有不多的几个人。一般人只是生活，按着不同的程度照例生活。

这点简单的意思也还是到中年才觉出的；少年时多少有些热气，想不到这里。中年人无论怎样不好，但看事看得清楚，看得开，却是可取的。这时候眼前没有雾，顶上没有云彩，有的只是自己的路。他负着经验的担子，一步步踏上这条无尽的然而实在的路。他回看少年人那些情感的玩意，觉得一种轻松的意味。他乐意分析他背上的经验，不止是少年时的那些；他不愿远远地捉摸，而愿剥开来细细地看。也知道剥开后便没了那跳跃着的力量，但他不在乎这个，他明白在冷静中有他所需要的。这时候他若偶然说话，绝不会是感伤的或印象的，他要告诉你怎样走着他的路，不然就是，所剥开的是些什么玩意。但中年人是很胆小的；他听别人的话渐渐多了，说了的他不说，说得好的他不说。所以终于往往无话可说——特别是一个寻常的人像我。但沉默又是寻常的人所难堪的，我说苦在话外，以此。

中年人若还打着少年人的调子，——姑不论调子的好坏——原也未尝不可，只总觉"像煞有介事"。他要用很大的力量去写出那冒着热气或流着眼泪的话；一个神经敏锐的人对于这个是不容易忍耐的，无论在自己在别人。这好比上了年纪的太太小姐们不涂脂抹粉地到大庭广众里去卖弄一般，是殊可不必的了。

其实这些都可以说是废话，只要想一想咱们这年头。这年头要的是"代言人"，而且将一切说话的都看作"代言人"；压根儿就无所谓自己的话。这样一来，如我辈者，倒可以将从前狂妄之罪减轻，而现在是更无话可说了。

但近来在戴译《唯物史观的文学论》里看到，法国俗语"无话可说"竟与"一切皆好"同意。呜呼，这是多么损的一句话，对于我，对于我的时代！

赏析

《论无话可说》写于1931年，这正是中国现代史上动荡不安的年代。内战连年，外患忧忧。经历过"五·四"新文化运动的朱自清已从朝气蓬勃的青年步入谙悉人世尘缘的中年。看清了生存的困苦，做人的艰难，面对现实，失望与苦闷郁积心间。于是将这种生命的体验融注其文，表现出极富哲理的人生与人性的思考和感怀。

◎朱自清故居——扬州市安乐巷27号。

　　自古就有"诗言志"，"文传情"之说。作者先写诗后行文，如今却连文也"'散'得无话可说"了。不是"苦在话中"，而是"苦在话外"。文章开篇即将"无话可说"的根因和盘托出，开门见山点明"无话可说"，不是有话说不出或有话无处说的苦恼，而是有话不想说，尤其是对"这个大时代"。倘若文章不能真实地传达自己的思想，不去针砭时弊，拾遗补阙，不如不写不说。

　　这是一篇哲理散文，作者却没有散发空泛的道理，摆脱了布道式的说教，在说理中塑造出一个杰出的中年贤哲的形象——他。文中大段他的描写，若独立成篇，即是出色的记人散文。朱自清选择了富有浪漫色彩的语词，以散文的韵律表现出他的魅力。他"眼前没有雾，顶上没有云彩，有的只是自己的路。他负着经验的担子，一步步踏上这条无尽的然而实在的路。他回看少年人那些情感的玩意，觉得一种轻松的意味。他乐意分析他背上的经验，不止是少年时的那些；他不愿远远地捉摸，而愿剥开来细细地看。也知道剥开后便没了那跳跃的力量，但他不在乎"。他的形象塑造得丰富坚实，跳跃着成熟，象征着一股崛起的力量。他也正是作者自我形象的刻画和展示，从中可以真实地感觉到作者自身的反叛和人格力量。朱自清将哲人的反思揉进了他的形象中，增强了说理的形象性，毫无枯燥和生涩，使人生的感悟变得更加具象清晰。同时，他的描述，体现了朱自清散文创作的风格——形式美，尤其是语言的韵律上，像跳动的音符，婉转、流畅、和谐、动听。

（耿光怡）

给亡妇

你将我的责任一股脑儿担负了去，压死了你；我如何对得起你！

谦，日子真快，一眨眼你已经死了三个年头了。这三年里世事不知变化了多少回，但你未必注意这些个，我知道。你第一惦记的是你几个孩子，第二便轮着我。孩子和我平分你的世界，你在日如此；你死后若还有知，想来还如此的。告诉你，我夏天回家来着：迈儿长得结实极了，比我高一个头。闰儿父亲说是最乖，可是没有先前胖了。采芷和转子都好。五儿全家夸她长得好看；却在腿上生了湿疮，整天坐在竹床上不能下来，看了怪可怜的。六儿，我怎么说好，你明

◎朱自清结发妻子武钟谦像。

白，你临终时也和母亲谈过，这孩子是只可以养着玩儿的，他左挨右挨去年春天，到底没有挨过去。这孩子生了几个月，你的肺病就重起来了。我劝你

少亲近他，只监督着老妈子照管就行。你总是忍不住，一会儿提，一会儿抱的。可是你病中为他操的那一份儿心也够瞧的。那一个夏天他病的时候多，你成天儿忙着，汤呀，药呀，冷呀，暖呀，连觉也没有好好儿睡过。那里有一分一毫想着你自己。瞧着他硬朗点儿你就乐，干枯的笑容在黄蜡般的脸上，我只有暗中叹气而已。

从来想不到做母亲的要像你这样。从迈儿起，你总是自己喂乳，一连四个都这样。你起初不知道按钟点儿喂，后来知道了，却又弄不惯；孩子们每夜里几次将你哭醒了，特别是闷热的夏季。我瞧你的觉老没睡足。白天里还得做菜，照料孩子，很少得空儿。你的身子本来坏，四个孩子就累你七八年。到了第五个，你自己实在不成了，又没乳，只好自己喂奶粉，另雇老妈子专管她。但孩子跟老妈子睡，你就没有放过心；夜里一听见哭，就竖起耳朵听，功夫一大就得过去看。十六年初，和你到北京来，将迈儿，转子留在家里；三年多还不能去接他们，可真把你惦记苦了。你并不常提，我却明白。你后来说你的病就是惦记出来的；那个自然也有份儿，不过大半还是养育孩子累的。你的短短的十二年结婚生活，有十一年耗费在孩子们身上；而你一点不厌倦，有多少力量用多少，一直到自己毁灭为止。你对孩子一般儿爱，不问男的女的，大的小的。也不想到什么"养儿防老，积谷防饥"，只拚命的爱去。你对于教育老实说有些外行，孩子们只要吃得好玩得好就成了。这也难怪你，你自己便是这样长大的。况且孩子们原都还小，吃和玩本来也要紧的。你病重的时候最放不下的还是孩子。病的只剩皮包着骨头了，总不信自己不会好；老说："我死了，这一大群孩子可苦了。"后来说送你回家，你想着可以看见迈儿和转子，也愿意；你万不想到会一走不返的。我送车的时候，你忍不住哭了，说："还不知能不能再见？"可怜，你的心我知道，你满想着好好儿带着六个孩子回来见我的。谦，你那时一定这样想，一定的。

除了孩子，你心里只有我。不错，那时你父亲还在；可是你母亲死了，他另有个女人，你老早就觉得隔了一层似的。出嫁后第一年你虽还一心一意依恋着他老人家，到第二年上我和孩子可就将你的心占住，你再没有多少工夫惦记他了。你还记得第一年我在北京，你在家里。家里来信说你待不住，常回娘家去。我动气了，马上写信责备你。你教人写了一封复信，说家里有事，不能不回去。这是你第一次也可以说第末次的抗议，我从此就没给你写信。暑假时带了一肚子主意回去，但见了面，看你一脸笑，也就拉倒了。打这时候起，你渐渐从你父亲怀里跑到我这儿。你换了金镯子帮助我的学费，叫我以后还你；但直到你死，我没有还你。你在我家受了许多气，又因为我家的缘故受你家里的气，你都忍着。这全为的是我，我知道。那回我从家乡一个中学半途辞职出走。家里人讽你也走。那里走！只得硬着头皮往你家去。那时你家像个冰窖子，你们在窖里足足住了三个月。好容易我才将你们领出来了，一同上外省去。小家庭这样组织起来了。你虽不是什么阔小姐，可也是自小娇生惯养的，做起主妇来，什么都得干一两手；你居然做下去了。而且高高兴兴地做下去了。菜照例满是你做，可是吃的都是我们；你至多夹上两三筷子就算了。你的菜做得不坏，有一位老在行大大地夸奖过你。你洗衣服也不错，夏天我的绸大褂大概总是你亲自动手。你在家老不乐意闲着；坐前几个"月子"，老是四五天就起床，说是躺着家里事没条没理的。其实你起来也还不是没条理；咱们家那么多孩子，那儿来条理？在浙江住的时候，逃过两回兵难，我都在北平。真亏你领着母亲和一群孩子东藏西躲的；末一回还要走多少里路，翻一道大岭。这两回差不多只靠你一个人。你不但带了母亲和孩子们，还带了我一箱箱的书；你知道我是最爱书的。在短短的十二年里，你操的心比人家一辈子还多；谦，你那样身子怎么经得住！你将我的责任一股脑儿担负了去，压死了你；我如何对得起你！

你为我的捞什子书也费了不少神；第一回让你父亲的男佣人从家乡捎到上海去。他说了几句闲话，你气得在你父亲面前哭了。第二回是带着逃难，别人都说你傻子。你有你的想头："没有书怎么教书？况且他又爱这个玩意儿。"其实你没有晓得，那些书丢了也并不可惜；不过教你怎么晓得，我平常从来没有和你谈过这些个！总而言之，你的心是可感谢的。这十二年里你为我吃的苦真不少，可是没有过几天好日子。我们在一起住，算来也还不到五个年头。无论日子怎么坏，无论是离是合，你从来没对我发过脾气，连一句怨言也没有。——别说怨我，就是怨命也没有过。老实说，我的脾气可不大好，迁怒的事儿有的是。那些时候你往往抽噎着流眼泪，从不回嘴，也不号啕。不过我也只信得过你一个人，有些话我只和你一个人说，因为世界上只你一个人真关心我，真同情我。你不但为我吃苦，更为我分苦；我之有我现在的精神，大半是你给我培养着的。这些年来我很少生病。但我最不耐烦生病，生了病就呻吟不绝，闹那伺候病的人。你是领教过一回的，那回只一两点钟，可是也够麻烦了。你常生病，却总不开口，挣扎着起来；一来怕搅我，二来怕没人做你那份儿事。我有一个坏脾气，怕听人生病，也是真的。后来你天天发烧，自己还以为南方带来的疟疾，一直瞒着我。明明躺着，听见我的脚步，一骨碌就坐起来。我渐渐有些奇怪，让大夫一瞧，这可糟了，你的一个肺已烂了一个大窟窿了！大夫劝你到西山去静养，你丢不下孩子，又舍不得钱；劝你在家里躺着，你也丢不下那份儿家务。越看越不行了，这才送你回去。明知凶多吉少，想不到只一个月工夫你就完了！本来盼望还见得着你，这一来可拉倒了。你也何尝想到这个？父亲告诉我，你回家独住着一所小住宅，还嫌没有客厅，怕我回去不便哪。

前年夏天回家，上你坟上去了。你睡在祖父母的下首，想来还不孤单的。只是当年祖父母的坟太小了，你正睡在圹底下。这叫做"抗圹"，在生人看来是不安心的；等着想办法吧。那时圹上圹下密密地长着青草，朝露浸湿了我的布鞋。你刚埋了半年多，只有圹下多出一块土，别的全然看不出新坟的样子。我和隐今夏回去，本想到你的坟上来；因为她病了没来成。我们想告诉你，五个孩子都好，我们一定尽心教养他们，让他们对得起死了的母亲——你！谦，好好儿放心安睡吧，你。

1932 年 10 月

赏析

这是作者悼念亡妻武钟谦的一篇书信体散文，他们于1917年结婚，共生了六个孩子，1929年11月武氏病逝。结婚12年间，他们夫妻恩爱，感情甚笃。作者在《择偶记》、《儿女》、《笑的历史》、《荷塘月色》、《冬天》、《残信》等作品里多次写到她，并在悼念她的诗篇里写下"相从十余载，耿耿一心存"的诗句。在这篇至情文字里，他集中叙述了亡妻的无私的母爱和妻情，字里行间浸透着作者深切的哀思和怀念。

写家务事、儿女情的文字最忌讳矫揉造作，最讲究朴素真实。《给亡妇》这篇至情名文，它的感情是极其朴实真诚的，它的结构、它的语言也是非常朴实自然的。文章一开始就点出亡妻最惦记的是孩子和"我"，接着就很自然地顺着这一感情线索展开叙述。首先一一交代六个孩子的情况，以慰亡灵。在交代中很自然地过渡到集中写她为孩子的种种操劳和无私的爱，直到自己的毁灭。写完她与孩子的关系，顺理成章"便轮着我"。集中写她对"我"的恩爱，从物质上的资助到精神上的培养，直到诀别。最后一段凭吊亡灵，与开篇首尾呼应，自然结束。纵观全文，各段之间的衔接转换，水到渠成，自然绵密，没有一点斧凿痕迹。

全文的语言，几乎找不到任何华丽的藻饰，一色的口语白话，自然贴切，生动凝练，达到了醇美的境界。有的文字可以说白到再不能白了，也精练到再不能精练了，它充分表现出她那无私的奉献和母爱，同时也表明他对她的深刻了解，在赞扬中有惋惜，在疼爱中有哀怨，把感情发挥到淋漓尽致的地步，朴实、真诚、自然是真正至情的美文。

（杨占升）

瑞士

到了那里，才知无处不是好风景，而且除了好风景似乎就没有什么别的。

瑞士有"欧洲的公园"之称。起初以为有此好风景而已；到了那里，才知无处不是好风景，而且除了好风景似乎就没有什么别的。这大半由于天然，小半也是人工。瑞士人似乎是靠游客活的，只看很小的地方也有若干若干的旅馆就知道。他们拚命地筑铁道通轮船，让爱逛山的爱游湖的都有落儿；而且车船两便，票在手里，爱怎么走就怎么走。瑞士是山国，铁道依山而筑，隧道极少；所以老是高高低低，有时像差得很远的。还有一种爬山铁道，这儿特别多。狭狭的双轨之间，另加一条特别轨：有时是一个个方格儿，有时是一个个钩子；车底下带一种齿轮似的东西，一步步咬着这些方格儿，这些钩子，慢慢地爬上爬下。这种铁道不用说工程大极了；有些简直是笔陡笔陡的。

逛山的味道实在比游湖好。瑞士的湖水一例是淡蓝的，真正平得像镜子一样。太阳照着的时候，那水在微风里摇晃着，宛然是西方小姑娘的眼。若遇着阴天或者下小雨，湖上迷迷蒙蒙的，水天混在一块儿，人如在睡里梦里。也有风大的时候；那时水上便皱起粼粼的细纹，有点像颦眉的西子。可是这些变幻的光景在岸上或山上才能整个儿看见，在湖里倒不能领略许多。况且轮船走得究竟慢些，常觉得看来看去还是湖，不免也腻味。逛山就不同，一会儿看见湖，一会儿不看见；本来湖在左边，不知怎么一转弯，忽然挪到右边了。湖上固然可以看山，山上还可看山，阿尔卑斯有的是重峦叠嶂，怎么

◎ 电视剧《朱自清》剧照。

看也不会穷。山上不但可以看山，还可以看谷；稀稀疏疏错错落落的房舍，仿佛有鸡鸣犬吠的声音，在山肚里，在山脚下。看风景能够流连低徊固然高雅，但目不暇接地过去，新境界层出不穷，也未尝不淋漓痛快；坐火车逛山便是这个办法。

卢参（Luzerne）在瑞士中部，卢参湖的西北角上。出了车站，一眼就看见那汪汪的湖水和屏风般的青山，真有一股爽气扑到人的脸上。与湖连着的是劳思河，穿过卢参的中间。河上低低的一座古水塔，从前当作灯塔用；这儿称灯塔为"卢采那"，有人猜"卢参'这名字就是由此而出。这座塔低得有意思；依傍着一架曲了又曲的旧木桥，倒配了对儿。这架桥带顶，像廊子；分两截，近塔的一截低而窄，那一截却突然高阔起来，仿佛彼此不相干，可是看来还只有一架桥。不远儿另是一架木桥，叫龛桥，因上有神龛得名，曲曲的，也古。许多对柱子支着桥顶，顶底下每一根横梁上两面各钉着一大幅三角形的木板画，总名"死神的跳舞"。每一幅配搭的人物和死神跳舞的姿态都不相同，意在表现社会上各种人的死法。画笔大约并不算顶好，但这样上百幅的死的图画，看了也就够劲儿。过了河往里去，可以看见城墙的遗迹。墙依山而筑，蜿蜒如蛇；现在却只见一段一段的嵌在住屋之间。但九座望楼还好好的，和水塔一样都是多角锥形；多年的风吹日晒雨淋，颜色是黯淡得很了。

冰河公园也在山上。古代有一个时期北半球全埋在冰雪里，瑞士自然在内。阿尔卑斯山上积雪老是不化，越堆越多。在底下的渐渐地结成冰，最底下的一层渐渐地滑下来，顺着山势，往谷里流去。这就是冰河。冰河移动的时候，遇着夏季，便大量地溶化。这样溶化下来的一股大水，力量无穷；石头上一个小缝儿，在一个夏天里，可以让冲成深深的大潭。这个叫磨穴。有时大石块被带进潭里去，出不来，便只在那儿跟着水转。初起有棱角，将潭壁上磨了许多道儿；日子多了，棱角慢慢光了，就成了一个大圆球，还是转着。这个叫磨石。冰河公园便以这类遗迹得名。大大小小的石潭，大大小小的石球，现在是安静了；但那粗糙的样子还能教你想见多少万年前大自然的气力。可是奇怪，这些不言不语的顽石，居然背着多少万年的历史，比我们人类还老很多；要没人卓古证今地说，谁相信。这样讲，古诗人慨叹"磊磊涧中石"，似乎也很有些道理在里头了。这些遗迹本来一半埋在乱石堆里，一半埋在草地里，直到一八七二年秋天才偶然间被发现。还发现了两种化石：一种上是些蚌壳，足见阿尔卑斯脚下这一块土原来是滔滔的大海。另一种上是片棕叶，又足见此地本有热带的大森林。这两期都在冰河期前，日子虽然更杳茫，光景却还能在眼前描画得出，但我们人类与那种大自然一比，却未免太微细了。

立矶山（Rigi）在卢参之西，乘轮船去大约要一点钟。去时是个阴天，雨意很浓。四周陡峭的青山的影子冷冷地沉在水里。湖面儿光光的，像大理石一样。上岸的地方叫威兹老，山脚下一座小小的村落，疏疏散散遮遮掩掩的人家，静透了。上山坐火车，只一辆，走得可真慢，虽不像蜗牛，却像牛之至。一边是山，太近了，不好看。一边是湖，是湖上的山；从上面往下看，山像一片一片儿插着，湖也像只有一薄片儿。有时窗外一座大崖石来了，便什么都不见；有时一片树木来了，只好从枝叶的缝儿里张一下。山上和山下一样，静透了，常常听到牛铃儿叮儿当的。牛带着铃儿，为的是跑到那儿都好找。这些牛真有些"不知汉魏"，有一回居然挡住了火车；开车的还有山上的人帮着，吆喝了半天，才将它们哄走。但是谁也没有着急，只微微一笑就算了。山高五千九百零五英尺，顶上一块不大的平场。据说在那儿可以看见周围九百里的湖山，至少可以看见九个湖和无数的山峰。可是我们的运气坏，上山后云便越浓起来；到了山顶，什么都裹在云里，几乎连我们自己也在内。在不分远近的白茫茫里闷坐了一点钟，下山的车才来了。

交湖（Interlaken）在卢参的东南。从卢参去，要坐六点钟的火车。车子走过勃吕尼山峡。这条山峡在瑞士是最低的，可是最有名。沿路的风景实在太奇了。车子老是挨着一边儿山脚下走，路很窄。那边儿起初也只是山，青青青青的。越望上走，那些山越高了，也越远了，中间豁然开朗，一片一片的谷，是从来没看见过的山水画。车窗里直望下去，却往往只见一丛丛的树顶，到处是深的绿，在风里微微波动着。路似乎颇弯曲的样子，一座大山峰老是看不完；瀑布左一条右一条的，多少让山顶上的云掩护着，清淡到像一些声音都没有，不知转了多少转，到勃吕尼了。这儿高三千二百九十六英尺，差不多到了这条峡的顶。从此下山，不远便是勃利安湖的东岸，北岸就是交湖了。车沿着湖走。太阳出来了，隔岸的高山青得出烟，湖水在我们脚下百多尺，闪闪的像珐琅一样。

交湖高一千八百六十六英尺，勃利安湖与森湖交会于此。地方小极了，只有一条大街；四围让阿尔卑斯的群峰严严地围着。其中少妇峰最为秀拔，积雪皑皑，高出云外。街北有两条小径。一条沿河，一条在山脚下，都以幽静胜。小径的一端，依着座小山的形势参差地安排着些别墅般的屋子。街南一块平原，只有稀稀的几个人家，显得空旷得不得了。早晨从旅馆的窗子看，一片清新的朝气冉冉地由远而近，仿佛在古时的村落里。街上满是旅馆和铺子；铺子不外卖些纪念品，咖啡，酒饭等等，都是为游客预备的；还有旅行社，更是的。这个地方简直是游客的地方，不像属于瑞士人。纪念品以刻木为最多，大概是些小玩意儿；是一种涂紫色的木头，虽然刻得粗略，却有气力。在一家铺子门前看见一个美国人在说，"你们这些东西都没有用处；我不欢喜玩意儿。"买点纪念品而还要考较用处。此君真美国得可以了。

从交湖可以乘车上少妇峰，路上要换两次车。在老台勃鲁能换爬山电车，就是下面带齿轮的。这儿到万根，景致最好看。车子慢慢爬上去，窗外展开一片高山与平陆，宽旷到一眼望不尽。坐在车中，不知道车子如何爬法；却看那边山上也有一条陡峻的轨道，也有车子在上面爬着，就像一只甲虫。到万格那尔勃可见冰川，在太阳里亮晶晶的。到小夏代格再换车，轨道中间装上一排铁钩子，与车底下的齿轮好咬得更紧些。这条路直通到少妇峰前头，差不多整个儿是隧道；因为山上满积着雪，不得不打山肚里穿过去。这条路是欧洲最高的铁路，费了十四年工夫才造好，要算近代顶伟大的工程了。

在隧道里走没有多少意思，可是袁格望车站值得看。那前面的看廊是从山岩里硬凿出来的。三个又高又大又粗的拱门般的窗洞，教你觉得自己藐小。望出去很远；五千九百零四英尺下的格林德瓦德也可见。少妇峰站的看廊却不及这里；一眼尽是雪山，雪水从檐上滴下来；别的什么都没有。虽在一万一千三百四十二英尺的高处，而不能放开眼界，未免令人有些怅怅。但是站里有一架电梯，可以到山顶上去。这是小小一片高原，在明西峰与少妇峰之间，三百二十英尺长，厚厚地堆着白雪。雪上虽只是淡淡的日光，乍看竟耀得人睁不开眼。这儿可望得远了。一层层的峰峦起伏着，有戴雪的，有不戴的；总之越远越淡下去。山缝里躲躲闪闪一些玩具般的屋子，据说便是交湖了。原上一头插着瑞士白十字国旗，在风里飒飒地响，颇有些气势。山上不时地雪崩，沙沙沙沙流下来像水一般，远看很好玩儿。脚下的雪滑极，不走惯的人寸步都得留神才行。少妇峰的顶还在二千三百二十五英尺之上，得凭着自己的手脚爬上去。

下山还在小夏代格换车，却打这儿另走一股道，过格林德瓦德直到交湖，路似乎平多了。车子绕明西峰走了好些时候。明西峰比少妇峰低些，可是大。少妇峰秀美得好，明西峰雄奇得好。车子紧挨着山脚转，陡徒的山势似乎要向窗子里直压下来，像传说中的巨人。这一路有几条瀑布；瀑布下的溪流快极了，翻着白沫，老像沸着的锅子。早九点多在交湖上车，回去是五点多。

司皮也兹（Spiez）是玲珑可爱的一个小地方；临着森湖，如浮在湖上。路依山而建，共有四五层，台阶似的。街上常看不见人。在旅馆楼上待着，远处偶然有人过去，说话声音听得清清楚楚的。傍晚从露台上望湖，山脚下的暮霭混在一抹轻蓝里，加上几星儿刚放的灯光，真有味。孟特罗（Montreux）的果子可可糖也真有味。日内瓦像上海，只湖中大喷水，高二百余英尺，还有卢梭岛及他出生的老屋，现在已开了古董铺的，可以看看。

赏析

游山逛水和写游记，都需要这么一种清明的心境。躲开尘世的喧嚣，淡泊人间的功利，一个人静静地在山水自然间信步沉吟，便可能超越种种局限，谛听到天籁地籁之音，吸收那山川灵秀之气。我读这篇《瑞士》，便能暂时将荣辱功利置之度外，进入文中那"物我两忘"的境界，自己似乎也刹那间变得干净聪明了起来。

一篇散文要营造出这么一种意境不容易。以朱先生这篇《瑞士》而言，是由这样一些因素孕育而成的：

一是作者平易亲切的态度。不拿架子，不说空话，不炫耀娇饰，不故作高深。和读者的心儿联结在一起。其次便是哲理。游记里的诗情哲理，我以为只宜意会，不宜言传。让读者读到那里时，此地此时地去触类旁通一番，独特地领悟回味一番为好，一经作者或旁人指出，便觉多余，便会走样，便是费力不讨好。朱先生此交谈到"磨穴"，"磨石"，"死神的跳舞"，"不言不语的顽石，居然背着多少万年的历史"，以及论及美国游客的实用价值观，都有哲理深意寓焉，然而却都是感性与理性天衣无缝的遇合，没有强加于人或刻意为之的痕迹。

第三便是文字的口语化，口语和美文相结合的一种大雅大俗的文体。精致游刃，简洁蕴藉，却不乏瑰丽的底色。

（宋遂良）

莱茵河

这中间住过英雄，住过盗贼，或据险自豪，
或纵横驰骤，也曾热闹过一番。

　　莱茵河（The Rhine）发源于瑞士阿尔卑斯山中，穿过德国东部，流入
北海，长约二千五百里。分上中下三部分。从马恩斯（Mayence, Mains）到
哥龙（Cologne）算是"中莱茵"；游莱茵河的都走这一段儿。天然风景并不
异乎寻常地好；古迹可异乎寻常地多。尤其是马恩斯与考勃伦兹（Koblenz）
之间，两岸山上布满了旧时的堡垒，高高下下的，错错落落的，斑斑驳驳的：
有些已经残破，有些还完好无恙。这中间住过英雄，住过盗贼，或据险自豪，
或纵横驰骤，也曾热闹过一番。现在却无精打采，任凭日晒风吹，一声儿不
响。坐在轮船上两边看，那些古色古香各种各样的堡垒历历的从眼前过去；
仿佛自己已经跳出了这个时代而在那些堡垒里过着无拘无束的日子。游这一
段儿，火车却不如轮船：朝日不如残阳，晴天不如阴天，阴天不如月夜——月
夜，再加上几点儿萤
火，一闪一闪的在寻
觅荒草里的幽灵似的。
最好还得爬上山去，
在堡垒内外徘徊徘徊。
　　这一带不但史迹
多，传说也多。最凄艳
的自然是脍炙人口的

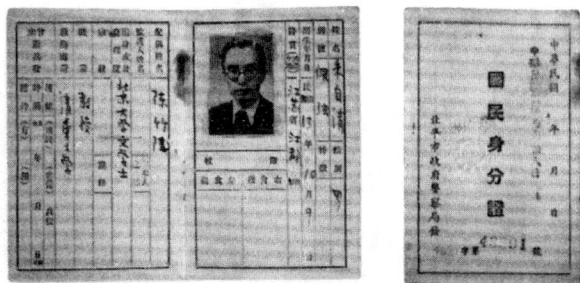

◎ 朱自清用过的国民身份证。

声闻岩头的仙女了。声闻岩在河东岸，高四百三十英尺，一大片暗淡的悬岩，嶙嶙峋峋的；河到岩南，向东拐个小湾，这里有顶大的回声，岩因此得名。相传往日岩头有个仙女美极，终日歌唱不绝。一个船夫傍晚行船，走过岩下。听见她的歌声，仰头一看，不觉忘其所以，连船带人都撞碎在岩上。后来又死了一位伯爵的儿子。这可闯下大祸来了。伯爵派兵遣将，给儿子报仇。他们打算捉住她，锁起来，从岩顶直摔下河里去。但是她不愿死在他们手里，她呼唤莱茵母亲来接她；河里果然白浪翻腾，她便跳到浪里。从此声闻岩下听不见歌声，看不见倩影，只剩晚霞在岩头明灭。德国大诗人海涅有诗咏此事；此事传播之广，这篇诗也有关系的。友人淦克超先生曾译第一章云：

> 传闻旧低徊，我心何悒悒。
>
> 两峰隐夕阳，莱茵流不息。
>
> 峰际一美人，灿然金发明，
>
> 清歌时一曲，余音响入云。
>
> 凝听复凝望，舟子忘所向。
>
> 怪石耿中流，人与舟俱丧。

这座岩现在是已穿了隧道通火车了。

　　哥龙在莱茵河西岸，是莱茵区最大的城，在全德国数第三。从甲板上看教堂的钟楼与尖塔这儿那儿都是的。虽然多么繁华一座商业城，却不大有俗尘扑到脸上。英国诗人柯勒列治说：

> 人知莱茵河，洗净哥龙市；
>
> 水仙你告我，今有何神力，
>
> 洗净莱茵水？

　　那些楼与塔镇压着尘土，不让飞扬起来，与莱茵河的洗刷是异曲同工的。哥龙的大教堂是哥龙的荣耀；单凭这个，哥龙便不死了。这是戈昔式，是世界上最宏大的戈昔式教堂之一。建筑在一二四八年，到一八八零年才全部落成。欧洲教堂往往如此，大约总是钱不够之故。教堂门墙伟丽，尖拱和直棱，特意繁密，又雕了些小花，小动物，和《圣经》人物，零星点缀着；近前细看，其精工真令人惊叹。门墙上两尖塔，高五百十五英尺，直入云霄。戈昔式要的是高而灵巧，让灵魂容易上通于天。这也是月光里看好。淡蓝的天干干净净的，只有两条尖尖的影子映在上面；像是人天仅有的通路，又像是人类祈祷的一双胳膊。森严肃穆，不说一字，抵得千言万语。教堂里非常宽大，顶高一百六十英尺。大石柱一行行的，高的一百四十八英尺，低的也六十英尺，都可合抱；在里面走，就像在大森林里，和世界隔绝。尖塔可以上去，玲珑剔透，有凌云之势。塔下通回廊。廊中向下看教堂里，觉得别人小得可怜，自己高得可怪，真是颠倒梦想。

赏析

　　这篇记游，确如作家所说"绝无胜义"，虽然文中的古迹和尺寸道里都从旅游指南抄出，但它还不是指南的译本，文中对"中莱茵"沿岸的古迹、传说和哥龙城大教堂的描述，毕竟是作家目睹过的风景古迹，是他亲临其境之所见，加之他在记述时还在文字上费些心思，不仅中学生看，成年人看，也仿佛是走马观花地游了一次"中莱茵"，这算是达到了作家让读者"目游"莱茵河的目的了。

　　由于作家只是走马看花地游了一次莱茵河，平素不熟悉欧洲情形，又有语言隔阂，文中的所见所闻，就难免不会给人以新闻报道的印象。作家有意识地避免"我"的出现，这也是他藏拙之所需，文中根本没有抒写作家的真情实感，更缺乏一定的哲理思考。若用现代的审美尺度来衡量，不能不说此文的思想意义大受影响。作家十年后才对此有所意识："记游也许还是让'我'出现，随便些的好；但是我已经来不及了。"

　　这篇记游散文的语言文字颇有艺术魅力，其语言不仅处处闪烁着干净利落、流畅自然的光泽，而且节奏感强、音律铿锵有着音乐美的浓郁色彩。记述"中莱茵"两岸山上的旧堡垒时，除了用"布满"强调其"多"外，还使用一系列的重叠词语和排比句式：高高下下的、错错落落的、斑斑驳驳的，来突出旧堡垒的严整布局和格式的多样。在描述游览这段莱茵河的感受时，认为坐船观赏那些古色古香的各式各样的堡垒历历的从眼前过去，那种感受是坐火车游览观赏时所无法得到的。写到此，作家浮想联翩地畅想起来："朝日不如残阳，晴天不如阴天，阴天不如月夜——月夜，再加上几点萤火，一闪一闪的在寻觅荒草里的幽灵似的。最好还得爬上山去，在堡垒内外徘徊徘徊。"

这些干净利落的语言，整齐对偶，音乐感强，极适合于表现作家富于变化的跳跃性思维，霎时将读者引入亦虚亦实的幻美境界中去。真有点儿"神游"的味道了。

在叙说最凄艳的仙女传说时，语言之简洁，大有中国古代散文语言的精练美。最后引海涅咏此传说的诗作结。前后照应，相得益彰，给人留下深刻印象。

作家对"中莱茵"两岸山上错落的堡垒是粗线条的勾勒，而对哥龙城荣耀的戈昔式大教堂，则是精雕细刻的描绘。一个是远眺，一个是近观。从它雕了小花、小动物、《圣经》人物的精工细部，到门墙上的尖塔的森严肃穆，到教堂里的大理石柱，再到尖塔的玲珑剔透，以及月光里看那好看而神秘的影子，都给以笔笔落到实处的细腻描绘。让读者"目游"到实实在在的哥龙大教堂，唤起我们心中对它庄严肃穆的敬意。

（贾焕亭）

三家书店

开铺子少不了生意经，福也尔的却颇高雅。

伦敦卖旧书的铺子，集中在切林克拉斯路（Charing CrossRoad）；那是热闹地方，顶容易找。路不宽，也不长，只这么弯弯的一段儿；两旁不短的是书，玻璃窗里齐整整排着的，门口摊儿上乱哄哄摆着的，都有。加上那徘徊在窗前的，围绕着摊儿的，看书的人，到处显得拥拥挤挤，看过去路便更窄了。摊儿上看最痛快，随你翻，用不着"劳驾""多谢"；可是让风吹日晒的到底没什么好书，要看好的还得进铺子去。进去了有时也可随便看，随便翻，但用得着"劳驾""多谢"的时候也有；不过爱买不买，决不至于遭白眼。说是旧书，新书可也有的是；只是来者多数为的旧书罢了。

最大的一家要算福也尔（Foyle），在路西；新旧大楼隔着一道小街相对着，共占七号门牌，都是四层，旧大楼还带地下室——可并不是地窖子。店里按着书的性质分二十五部；地下室里满是旧文学书。这爿店二十八年前本是一家小铺子，只用了一个店员；现在店员差不多到了二百人，藏书到了二百万种，伦敦的《晨报》称为"世界最大的新旧书店"。两边店门口也摆着书摊儿，可是比别家的大。我的一本《袖珍欧洲指南》，就在这儿从那穿了满染着书尘的工作衣的店员手里，用半价买到的。在摊儿上翻书的时候，往往看不见店员的影子；等到选好了书四面找他，他却从不知那一个角落里钻出来了。但最值得流连的还是那间地下室；那儿有好多排书架子，地上还东一堆西一堆的。乍进去，像掉在书海里；慢慢地才找出道儿来。屋里不够亮，土

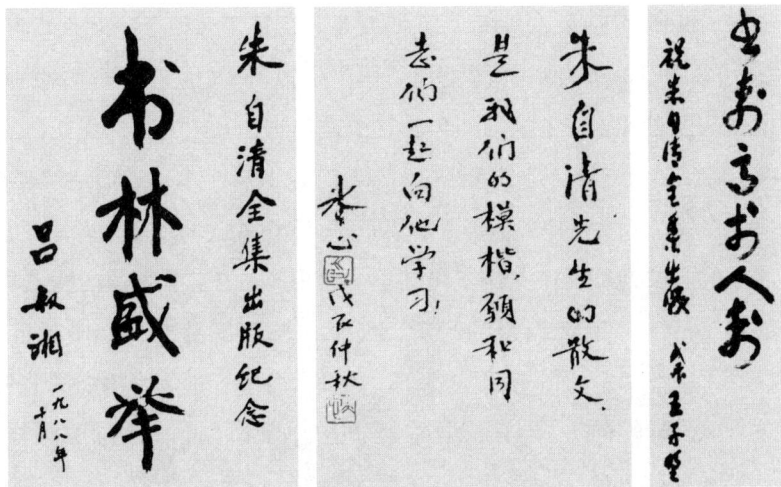

◎ 朱自清生前友好和名家在《朱自清全集》发布会上题字纪念。

又多，离窗户远些的地方，白日也得开灯。可是看得自在；他们是早七点到晚九点，你待个几点钟不在乎，一天去几趟也不在乎。只有一件，不可着急。你得像逛庙会逛小市那样，一半玩儿，一半当真，翻翻看看，看看翻翻；也许好几回碰不见一本合意的书，也许霎时间到手了不止一本。

开铺子少不了生意经，福也尔的却颇高雅。他们在旧大楼的四层上留出一间美术馆，不时地展览一些画。去看不花钱，还送展览目录；目录后面印着几行字，告诉你要买美术书可到馆旁艺术部去。展览的画也并不坏，有卖的，有不卖的。他们又常在馆里举行演讲会，讲的人和主席的人当中，不缺少知名的。听讲也不用花钱；只每季的演讲程序表下，"恭请你注意组织演讲会的福也尔书店"。还有所谓文学午餐会，记得也在馆里。他们请一两个小名人做主角，随便谁，纳了餐费便可加入；英国的午餐很简单，费不会多。假使有闲工夫，去领略领略那名隽的谈吐，倒也值得的，不过去的却并不怎样多。

牛津街是伦敦的东西通衢，繁华无比，街上呢绒店最多；但也有一家大书铺，叫做彭勃思（Bumpus）的便是。这铺子开设于一七九〇年左右，原在别处；一八五〇年在牛津街开了一个分店，十九世纪末便全挪到那边去了，维多利亚时代，店主多马斯彭勃思很通声气，来往的有迭更斯，兰姆，麦考莱，威治威斯等人；铺子就在这时候出了名。店后本连着旧法院，有看守所，守卫室等，十几年来都让店里给买下了。这点古迹增加了人对于书店的趣味。法院的会议圆厅现在专作书籍展览会之用；守卫室陈列插图的书，看守所变成新书的货栈。但当日的光景还可从一些画里看出：如十八世纪罗兰生（Rowlandson）所画守卫室内部，是晚上各守卫提了灯准备去查监的情形，瞧着很忙碌的样子。再有一个图，画的是一七二九的一个守卫，神气够凶的。看守所也有一幅画，砖砌的一重重大拱门，石板铺的地，看守室的厚木板门严严锁着，只留下一个小方窗，还用十字形的铁条界着；真是铜墙铁壁，插翅也飞不出去。

　　这家铺子是五层大楼，却没有福也尔家地方大。下层卖新书，三楼卖儿童书，外国书，四楼五楼卖廉价书；二楼卖绝版书，难得的本子，精装的新书，还有《圣经》，祈祷书，书影等等，似乎是菁华所在。他们有初印本，精印本，著者自印本，著者签字本等目录，搜罗甚博，福也尔家所不及。新书用小牛皮或摩洛哥皮（山羊皮——羊皮也可仿制）装订，烫上金色或别种颜色的立体派图案；稀疏的几条平直线或弧线，还有"点儿"，错综着配置，透出干净，利落，平静，显豁，看了心目清朗。装订的书，数这儿讲究，别家书店里少见。书影是仿中世纪的抄本的一叶，大抵是祷文之类。中世纪抄本用黑色花体字，文首第一字母和叶边空处，常用蓝色金色画上各样花饰，典丽乔皇，穷极工巧，而又经久不变；仿本自然说不上这些，只取其也有一点古色古香罢了。

　　一九三一年里，这铺子举行过两回展览会，一回是剑桥书籍展览，一回是近代插图书籍展览，都在那"会议厅"里。重要的自然是第一回。牛津剑桥是英国最著名的大学；各有印刷所，也都著名。这里从前展览过牛津书籍，现在再展览剑桥的，可谓无遗憾了。这一年是剑桥目下的辟特印刷所（The Pitt Press）奠基百年纪念，展览会便为的庆祝这个。展览会由鼎鼎大名的斯密兹将军（General Smuts）开幕，到者有科学家詹姆士金斯（James Jeans），亚特爱丁顿（Arthru

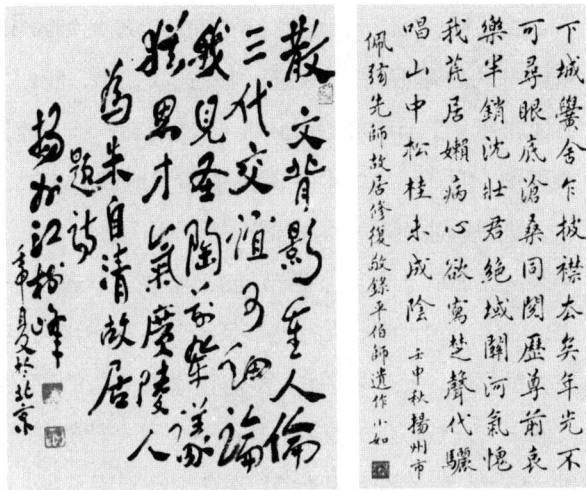

◎朱自清生前友好和学生为朱自清故居题字。

Eddington），还有别的人。展览分两部，现在出版的书约莫四千册是一类；另一类是历史部分。剑桥的书字型清晰，墨色匀称，行款合式，书扉和书衣上最见功夫；尤其擅长的是算学书，专门的科学书。这两种书需要极精密的技巧，极仔细的校对；剑桥是第一把手。但是这些东西，还有他们印的那些冷僻的外国语书，都卖得少，赚不了钱。除了是大学印刷所，别家大概很少愿意承印。剑桥又承印《圣经》；英国准印《圣经》的只剑桥牛津和王家印刷人。斯密兹说剑桥就靠《圣经》和教科书赚钱。可是《泰晤士报》社论中说现在印《圣经》的责任重大，认真地考究地印，也只能够本罢了。——一五八八年英国最早的《圣经》便是由剑桥承印的。

英国印第一本书，出于伦敦威廉甲克司登（William Caxton）之手，那是一四七七年。到了一五二一，约翰席勃齐（John Siberch）来到剑桥，一年内印了八本书；剑桥印刷事业才创始。八年之后，大学方面因为有一家书纸店与异端的新教派勾结，怕他们利用书籍宣传，便呈请政府，求英王核准在剑桥只许有三家书铺，让他们宣誓不卖未经大学检查员审定的书。那时英王是亨利第八；一五三四年颁给他们敕书，授权他们选三家书纸店兼印刷人，或书铺，"印行大学校长或他的代理人等所审定的各种书籍"。这便是剑桥印书的法律根据。不过直到一五八三年，他们才真正印起书来。那时伦敦各家书纸店有印书的专利权，任意抬高价钱。他们妒忌剑桥印书，更恨的是卖得贱。恰好一六二〇年剑桥翻印了他们一本文法书，他们就在法庭告了一状。剑桥师生老早不乐意他们抬价钱，这一来更愤愤不平；大学副校长第二年乘英王詹姆士第一上新市场去，半路上就递上一件呈子，附了一个比较价目表。这样小题大做，真有些书呆子气。王和诸大臣商议了一下，批道，我们现在事情很多，没工夫讨论大学与诸家书纸店的权益；但准大学印刷人出售那些文法书，以救济他的支绌。这算是碰了个软钉子，可也算是胜利。那呈子，那批，和上文说的那本《圣经》都在这一回展览中。席勃齐印的八本书也有两种在这里。此外还有一六二九年初印的定本《圣经》，书扉雕刻繁细，手艺精工之极。又密尔顿《力息达斯》(Lycidas) 的初本也在展览着，那是经他亲手校改过的。

近代插图书籍展览，在圣诞节前不久，大约是让做父母的给孩子们多买

○电视剧《朱自清》剧照.

点节礼吧。但在一个外国人，却也值得看看。展览的是七十年来的作品，虽没有什么系统，在这里却可以找着各种美，各种趋势。插图与装饰画不一样，得吟味原书的文字，透出自己的机锋。心要灵，手要熟，二者不可缺一。或实写，或想象，因原书情境，画人性习而异。——童话的插图却只得凭空着笔，想象更自由些；在不自由的成人看来，也许别有一种滋味。看过赵译《阿丽思漫游奇境记》里谭尼尔（John Tenniel）的插画的，当会有同感吧。——所展览的，幽默，秀美，粗豪，典重，各擅胜场，琳琅满目；有人称为"视觉的音乐"，颇为近之。最有味的，同一作家，各家插画所表现的却大不相同。譬如我默枷亚漠（Omar Khayyam），莎士比亚，几乎在一个人手里一个样子；展览会里书多，比较着看方便，可以扩充眼界。插图有"黑白"的，有彩色的；"黑白"的多，为的省事省钱。就黑白画而论，从前是雕版，后来是照相；照相虽然精细，可是失掉了那种生力，只要拿原稿对看就会觉出。这儿也展览原稿，或是侯笔画，或是水彩画；不但可以"对看"，也可以让那些艺术家更和我们接近些。《观察报》记者记这回展览会，说插图的书，字往往印得特别大，意在和谐；却实在不便看。他主张书与图分开，字还照寻常大小印。他自然指大本子而言。但那种"和谐"其实也可爱；若说不便，这种书原是让你慢慢玩赏的，那能像读报一样目下数行呢？再说，将配好了的对儿生生拆开，不但大小不称，怕还要多花钱。

诗籍铺（The Poetry Bookshop）真是米米小，在一个大地方的一道小街上。"叫名"街，实在一条小胡同吧。门前不大见车马，不说；就是行人，一天也只寥寥几个。那道街斜对着无人不知的大英博物院；街口钉着小小的一块字号木牌。初次去时，人家教在博物院左近找。问院门口守卫，他不知道有这个铺子，问路上戴着常礼帽的老者，他想没有这么一个铺子；好容易才找着那块小木牌，真是"远在天边，近在眼前"。这铺子从前在另一处，那才冷僻，连装罗克的地图上都没名字，据说那儿是一所老宅子，才真够诗味，挪到现在这样平常的地带，未免太可惜。那时候美国游客常去，一个原因许是美国看不见那样老宅子。

诗人赫洛德孟罗（Harold Monro）在一九一二年创办了这爿诗籍铺。用意在让诗与社会发生点切实的关系。孟罗是二十多年来伦敦文学生涯里一个要紧角色。从一九一一给诗社办《诗刊》（Poetry Review）起知名。在第一期里，他说，"诗与人生的关系得再认真讨论，用于别种艺术的标准也该用于诗。"他觉得能做诗的该做诗，有困难时该帮助他，让他能做下去；一般人也该念诗，受用诗。为了前一件，他要自办杂志，为了后一件，他要办读诗会；为了这两件，他办了诗籍铺。这铺子印行过《乔治诗选》（Georgian Poetry），乔治是现在英王的名字，意思就是当代诗选，所收的都是代表作家。第一册出版，一时风靡，买诗念诗的都多了起来；社会确乎大受影响。诗选共五册；出第五册时在一九二二，那时乔治诗人的诗兴却渐渐衰了。一九一九到二五年铺子里又印行《市本》月刊（The Chapbook）登载诗歌，评论，木刻等，颇多新进作家。

读诗会也在铺子里；星期四晚上准六点钟起，在一间小楼上。一年中也有些时候定好了没有。从创始以来，差不多没有间断过。前前后后著名的诗人几乎都在这儿读过诗：他们自己的诗，或他们喜欢的诗。入场券六便士，在英国算贱，合四五毛钱。在伦敦的时候，也去过两回。那时孟罗病了，不大能问事，铺子里颇为黯淡。两回都是他夫人爱立达克莱曼答斯基（Alida Klementaski）读，说是找不着别人。那间小楼也容得下四五十位子，两回去，人都不少；第二回满了座，而且几乎都是女人——还有挨着墙站着听的。屋内只读诗的人小桌上一盏蓝罩子的桌灯亮着，幽幽的。她读济兹和别人的诗，读得很好，口齿既清楚，又有顿挫，内行说，能表出原诗的情味。英国诗有两种读法，将每个重音咬得清清楚楚，顿挫的地方用力，和说话的调子不相像，约翰德林瓦特（John Drinkwater）便主张这一种。他说，读诗若用说话的调子，太随便，诗会跑了。但是参用一点儿，像克莱曼答斯基女士那样，也似乎自然流利，别有味道。这怕要看什么样的诗，什么样的读诗人，不可一概而论。但英国读诗，除不吟而诵，与中国根本不同之外，还有一件：他们按着文气停顿，不按着行，也不一定按着韵脚。这因为他们的诗以轻重为节奏，文句组织又不同，往往一句跨两行三行，却非作一句读不可，韵脚便只得轻轻地滑过去。读诗是一种才能，但也需要训练；他们注重这个，训练的机会多，所以是诗人都能来一手。

　　铺子在楼下，只一间，可是和读诗那座楼远隔着一条甬道。屋子有点黑，四壁是书架，中间桌上放着些诗歌篇子（Sheets），木刻画。篇子有宽长两种，印着诗歌，加上些零星的彩画，是给大人和孩子玩儿的。犄角儿上一张账桌子，坐着一个戴近视眼镜的，和蔼可亲的，圆脸的中年妇人。桌前装着火炉，炉旁蹲着一只大白狮子猫，和女人一样胖。有时也遇见克莱曼答斯基女士，匆匆地来匆匆地去。孟罗死在一九三二年三月十五日。第二天晚上到铺子里去，看见两个年轻人在和那女司账说话；说到诗，说到人生，都是哀悼孟罗的。话音很悲伤，却如清泉流泻，差不多句句像诗；女司账说不出什么，唯唯而已。孟罗在日最尽力于诗人文人的结合，他老让各色的才人聚在一块儿。又好客，家里炉旁（英国终年有用火炉的时候）常有许多人聚谈，到深夜才去。这两位青年的伤感不是偶然的。他的铺子可是赚不了钱；死后由他夫人接手，勉强张罗，现在许还开着。

赏析

　　《三家书店》，文界早有口碑。但评家论列，多粗线条勾勒，如选材如何精湛，剪裁如何惬当，结构如何整饬，记叙如何绝妙；其实从细微处赏识，更见匠心。拿第一自然段为例（仅求方便，并非典型），便足知作者功力深厚。全段210个字，有29处句读。停顿多，意思却不见阻隔，语气也不见中断：读来连贯如流水，应和如鸟鸣，流利潇洒，原因何在？我看一有赖于思路致密，二有赖于词语照应。说思路致密，可证。作者从书到路，从路到人，从人到买，从买再到书，一路记叙下来，无隙可乘；说词语照应，有例。先说呼应：如"路不宽"与"路便更窄了"相接，"摊儿上看最痛快，随你翻"与"……有时也可随便看，随便翻"交映，"卖旧书的铺子"与"来者多数为的旧书"遥呼。再说对应：如"玻璃窗里齐整整排着的，门口摊儿乱哄哄摆着的"相比，"用不着'劳驾''多谢'"与"用得着'劳驾''多谢'"对照，"说是旧书，新书可也有的是"互衬。还有扣合蝉联。如"风吹日晒的到底没什么好书"与"要看好的还得进铺子"，再与"进去了有时也可随便看"，鱼贯相衔，就是蝉联；"加上那徘徊在窗前的，围绕着摊儿的"与"玻璃窗里齐整整排着的，门口摊儿上乱哄哄摆着的"，前后应接，就是扣合。此外是连词，承启继续，流转自如。如"便""也"，表示顺连，"还""更"表示继进，"可是""但"表示转折，"不过""只是"表示补充，都运用得贴切匀称。总之，思路凭词句精工而严丝合缝，词句借思路流贯而顾盼生姿。读者口诵心维，只觉自然天成，浑然一体，殊不知其中语言功力，早将百炼钢化为绕指柔了。

　　朱自清散文语言的审美特征，当然不只这些。试读下面一段："你待个几点钟不在乎，一天去几趟也不在乎。只有一件，不可着急。你得像逛庙会逛小市那样，一半玩儿，一半当真，翻翻看看，看看翻翻；也许好几回碰不见一本合意的书，也许霎时间到手了不止一本。"这氛围是多么地无拘无束，这情境是多么地自由自在，为把这种感受传达给你，短短一段中，作者使用了反复、比喻、回环、对称的辞格，采取了京腔、口语、交谈、嘱告的声气，安排了短、整、散、并列句交错的语式，利用语言形式产生的魅力，将安和、温敦、洒脱、轻松的意境带给你，让你未临其地而得其貌，不睹其形而获其神。

　　《三家书店》的语言精华，有可言传的一面，也有不可言传的一面。比如文章结束处的话，伤感么？不完全是；怀念么？不尽然是；感叹么？不一定是；希冀么？也不保准儿是。带些空落，但不失望，不无怅意，但心存温馨。

　　《三家书店》的语言特征，有繁复而尽致之处，也有疏朗而传神之处。比如写在大英博物馆前找"诗籍铺"吧，仅写了两次问道并用"远在天边，近在眼前"作结，那事之情，那街之景，那在场人的一颦一笑，一开口一投足之音容言貌便勾勒如画，实在有《史记》之风。

　　总括说来，《三家书店》的语言，代表了朱自清语言风格中成熟的类型。凡人、凡事，经作者娓娓道来，如歌如乐，如诉如慕，无不亲切动听，令人微醺如醉。其格调、其意境，有吴侬软语的柔美，有炉边夜话的温煦，其时而轻婉、时而庄穆、时而从容、时而流动的文采，真是风情万种，余韵悠然。不过，通过分析，我们知道，所有这些毫无斧凿痕迹的美，都表现出一种语言功底的渊深。

（朱文衡）

房东太太

"维多利亚时代"的上流妇人，
这世界已经不是她的了。

　　歇卜士太太（Mrs, Hibbs）没有来过中国，也并不怎样喜欢中国，可是我们看，她有中国那老味儿。她说人家笑她母女是维多利亚时代的人，那是老古板的意思；但她承认她们是的，她不在乎这个。

　　真的，圣诞节下午到了她那间黯淡的饭厅里，那家具，那人物，那谈话，都是古气盎然，不像在现代。这时候她还住在伦敦北郊芬乞来路（Finchley

◎1932年与英国友人摄于伦敦，二排右二为朱自清。

Road)。那是一条阔人家的路；可是她的房子已经抵押满期，经理人已经在她门口路边上立了一座木牌，标价召买，不过半年多还没人过问罢了。那座木牌，和篮球架子差不多大，只是低些；一走到门前，准看见。晚餐桌上，听见厨房里尖叫了一声，她忙去看了，回来说，火鸡烤枯了一点，可惜，二十二磅重，还是卖了几件家具买的呢。她可惜的是火鸡，倒不是家具；但我们一点没吃着那烤枯了的地方。

　　她爱说话，也会说话，一开口滔滔不绝；押房子，卖家具等等，都会告诉你。但是只高高兴兴地告诉你，至少也平平淡淡地告诉你，决不垂头丧气，决不唉声叹气。她说话是个趣味，我们听话也是个趣味（在她的话里，她死了的丈夫和儿子都是活的，她的一些住客也是活的）；所以后来虽然听了四个多月，倒并不觉得厌倦。有一回早餐时候，她说有一首诗，忘记是谁的，可以作她的墓铭，诗云：

> 这儿一个可怜的女人，
> 她在世永没有住过嘴。
> 上帝说她会复活，
> 我们希望她永不会。

其实我们倒是希望她会的。

　　道地的贤妻良母，她是；这里可以看见中国那老味儿。她原是个阔小姐，从小送到比利时受教育，学法文，学钢琴。钢琴大约不熟，法文可生疏了。她说街上如有法国人向她问话，她想起答话的时候，那人怕已经拐了弯儿了。结婚时得着她姑母一大笔遗产；靠着这笔遗产，她支持了这个家庭二十多年。歇卜士先生在剑桥大学毕业，一心想做诗人，成天住在云里雾里。他二十年只在家里待着，偶然教几个学生。他的诗送到剑桥的刊物上去，原稿却寄回了，附着一封客气的信。他又自己花钱印了一小本诗集，封面上注明，希望出版家采纳印行，但是并没有什么回响。太太常劝先生删诗行，譬如说，四行中可以删去三行罢；但是他不肯割爱，于是乎只好敝帚自珍了。

歇卜士先生却会说好几国话。大战后太太带了先生小姐，还有一个朋友去逛意大利；住旅馆雇船等等，全交给诗人的先生办，因为他会说意大利话。幸而没出错儿。临上火车，到了站台上，他却不见了。眼见车就要开了，太太这一急非同小可，又不会说给别人，只好教小姐去张看，却不许她远走。好容易先生钻出来了，从从容容的，原来他上"更衣室"来着。

太太最伤心她的儿子。他也是大学生，长得一表人才。大战时去从军；训练的时候偶然回家，非常爱惜那庄严的制服，从不教它有一个摺儿。大战快完的时候，却来了恶消息，他尽了他的职务了。太太最伤心的是这个时候的这种消息；她在举世庆祝休战声中，迷迷糊糊过了好些日子。后来逛意大利，便是解闷儿去的。她那时甚至于该领的恤金，无心也不忍去领——等到限期已过，即使要领，可也不成了。

小姐现在是她唯一的亲人；她就为这个女孩子活着。早晨一块儿拾掇拾掇屋子，吃完了早饭，一块儿上街散步，回来便坐在饭厅里，说说话，看看通俗小说，就过了一天。晚上睡在一屋里。一星期也同出去看一两回电影。小姐大约有二十四五了，高个儿，总在五英尺十寸左右；蟹壳脸，露牙齿，脸上倒是和和气气的。爱笑，说话也天真得像个十二三岁小姑娘。先生死后，他的学生爱利斯（Ellis）很爱歇卜士太太，几次想和她结婚，她不肯。爱利斯是个传记家，有点小名气。那回诗人德拉梅在伦敦大学院讲文学的创造，曾经提到他的书。他很高兴，在歇卜士太太晚餐桌上特意说起这个。但是太太说他的书干燥无味，他送来，她们只翻了三五页就撂在一边儿了。她说最恨猫怕狗，连书上印的狗都怕，爱利斯却养着一大堆。她女儿最爱电影，爱利斯却瞧不起电影。她的不嫁，怎么穷也不嫁，一半为了女儿。

这房子招徕住客，远在歇卜士先生在世时候。那时只收一个人，每日供早晚两餐，连宿费每星期五镑钱，合八九十元，够贵的。广告登出了，第一个来的是日本人，他们答应下了。第二天又来了个西班牙人，却只好谢绝了。从此住这所房的总是日本人多；先生死了，住客多了，后来竟有"日本房"的名字。这些日本人有一两个在外边有女人，有一个还让女人骗了，他们都回来在饭桌上报告，太太也同情地听着。有一回，一个人忽然在饭桌上谈论自由恋爱，而且似乎是冲着小姐说的。这一来太太可动了气。饭后就告诉那个人，请他另外找房住。这个人走了，可是日本人有个俱乐部，他大约在俱乐部里报告了些什么，以后日本人来住的便越来越少了。房间老是空着，太太的积蓄早完了；还只能在房子上打主意，这才抵押了出去。那时自然盼望赎回来，可是日子一天一天过去，情形并不见好。房子终于标卖，而且圣诞节后不久，便卖给一个犹太人了。她想着年头不景气，房子且没人要呢，那知犹太人到底有钱，竟要了去，经理人限期让房。快到期了，她直说来不及。经理人又向法院起诉，法院出传票教她去。她去了，女儿搀扶着；她从来没上过堂，法官说欠钱不让房，是要坐牢的。她又气又怕，几乎昏倒在堂上；结果只得答应了加紧找房。这种种也都是为了女儿，她可一点儿不悔。

她家里先后也住过一个意大利人，一个西班牙人，都和小姐做过爱，那西班牙人并且和小姐定过婚，后来不知怎样解了约。小姐倒还惦着他，说是"身架真好看"！太太却说，"那是个坏家伙"！后来似乎还有个"坏家伙"，那是太太搬到金树台的房子里才来住的。他是英国人，叫凯德，四十多了。先是做公司兜售员，沿门兜售电气扫除器为生。有一天撞到太太旧宅里去了，他要表演扫除器给太太看，太太拦住他，说

◎1931 年留学英国时与友人合影，右为朱自清。

不必，她没有钱；她正要卖一批家具，老卖不出去，烦着呢。凯德说可以介绍一家公司来买；那一晚太太很高兴，想着他定是个大学毕业生。没两天，果然介绍了一家公司，将家具买去了。他本来住在他姊姊家，却搬到太太家来了。他没有薪水，全靠兜售的佣金；而电气扫除器那东西价钱很大，不容易脱手。所以便干搁起来了。这个人只是个买卖人，不是大学毕业生。大约穷了不止一天，他有个太太，在法国给人家看孩子，没钱，接不回来；住在姊姊家，也因为穷，让人家给请出来了。搬到金树台来，起初整付了一回房饭钱，后来便零碎的半欠半付，后来索性付不出了。不但不付钱，有时连午饭也要叨光。如是者两个多月，太太只得将他赶了出去。回国后接着太太的信，才知道小姐却有点喜欢凯德这个"坏蛋"，大约还跟他来往着。太太最提心这件事，小姐是她的命，她的命决不能交在一个"坏蛋"手里。

小姐在芬乞来路时，教着一个日本太太英文。那时这位日本太太似乎非常关心歇卜士家住着的日本先生们，老是问这个问那个的；见了他们，也很亲热似的。歇卜士太太瞧着不大顺眼，她想着这女人有点儿轻狂。凯德的外甥女有一回来了，一个摩登少女。她照例将手绢掖在袜带子上，去拿出来用时，让太太看在眼里。后来背地里议论道，"这多不雅相"！太太在小事情上是很敏锐的。有一晚那爱尔兰女仆端菜到饭厅，没有戴白帽沿儿。太太很不高兴，告诉我们，这个侮辱了主人，也侮辱了客人。但那女仆是个社会主义的贪婪的人，也许匆忙中没想起戴帽沿儿；压根儿她怕就觉得戴不戴都是无所谓的。记得那回这女仆带了男朋友到金树台来，是个失业的工人。当时刚搬了家，好些零碎事正得一个人。太太便让这工人帮帮忙，每天给点钱。这原是一举两得，各相情愿的。不料女仆却当面说太太揩了穷小子的油。太太听说，简直有点莫名其妙。

太太不上教堂去，可是迷信。她虽是新教徒，可是有一回丢了东西，却照人家传给的法子，在家点上一枝蜡，一条腿跪着，口诵安东尼圣名，说是这么着东西就出来了。拜圣者是旧教的花样，她却不管。每回做梦，早餐时

◎1931 年 8 月，朱自清游览松花江太阳岛。

总翻翻占梦书。她有三本占梦书；有时她笑自己，三本书说的都不一样，甚至还相反呢。喝碗茶，碗里的茶叶，她也爱看；看像什么字头，便知是姓什么的来了。她并不盼望访客，她是在盼望住客啊。到金树台时，前任房东太太介绍一位英国住客继续住下。但这位半老的住客却嫌客人太少，女客更少，又嫌饭桌上没有笑，没有笑话；只看歇卜士太太的独角戏，老母亲似的唠唠叨叨，总是那一套。他终于托故走了，搬到别处去了。我们不久也离开英国，房子于是乎空空的。去年接到歇卜士太太来信，她和女儿已经做了人家管家老妈了；"维多利亚时代"的上流妇人，这世界已经不是她的了。

赏析

　　《房东太太》是《伦敦杂记》中以写人为特点的散文佳作。《伦敦杂记》主要是记叙英国的文化、人情、风物的，写人物的性格，写人物命运的变化，《房东太太》也许是仅有的一篇了。文章头一句就把主人公歇卜士太太性格的主导面呈现在我们面前。她"没有来过中国，也并不怎样喜欢中国，可是我们看，她有中国那老味儿。她说人家笑她母女是维多利亚时代的人，那是老古板的意思；但她承认她们是的，她不在乎这个。"文章第4自然段开头说："道地的贤妻良母，她是；这里可以看见中国那老味儿"。可以说，全篇围绕"中国那老味儿"多侧面的对房东太太的性格进行了具体而生动的描画。她饭厅的摆设，她滔滔不绝的谈吐，她带规律性的近于封闭式的生活方式，她待人接物竟有那么多的繁文缛礼，她的守旧的婚姻观，她对子女的严格约束，以至在细小问题上她的敏感和多心，等等，这些方面写尽了，写活了她的迂腐气，古板味，但她性格中还有另一面，她面临家庭巨大的变故（丧夫失子）和经济急速破败，她内心充满了痛苦，但不绝望，她在挣扎中坚忍地支撑着这个家。"押房子，卖家具等等，都会告诉你。但是只高高兴兴地告诉你，至少也平平淡淡地告诉你，决不垂头丧气，决不唉声叹气。"这是何等的坦诚，岂止于坦诚，坦诚中包含着带有苦味的生活信念！她唯一心爱的儿子死于大战快完的时候，无疑是她"最伤心的"。她先是"迷迷糊糊过了好些日子"，后是全家逛意大利旨在"解闷儿去"，特别令人震动的是"该领的恤金，无心也不忍去领"！她对于儿子的死所表现的刻骨钻心的悲痛，是如此不露声色，如此深入内心！歇卜士太太的古板中还蕴含着丰厚的人情味。圣诞节晚上，照例该吃火鸡。她手头颇窘，却卖了几件旧家具，买了一只二十二磅重的大火鸡来过节。晚餐桌上"听见厨房里尖叫了一声，她忙去看了，回来说，火鸡烤枯了一点，可惜，……她可惜的是火鸡，倒不是家具；但我们一点没吃着那烤枯了的地方。"这里，她想的是圣诞之夜让客人吃烤枯了的火鸡多不好！这段充满风趣的描写，活现出她为人的真诚，一点马虎不得。作品以更多的篇幅叙写她同女儿相依为命的种种情景。丈夫和儿子死后，"小姐现在是她唯一的亲人；她就为这个女孩子活着。"她把全部的爱给了自己的女儿。先生死后，她的学生爱利斯很爱她，几次想与她结婚。可她执意不嫁，这固然是他们之间的兴趣爱好不一样，但还有一个重要原因是为了女儿，她有充分的思想准备，无论怎么穷也不嫁了。她对女儿婚恋的"提心"，也是从这种爱心派生出来的。

朱自清在1943年3月回忆《伦敦杂记》的写作时提到：歇卜士太太是他的"忘年朋友"，她的风趣增加了作者在异国旅居的意味。由于作者了解她，喜欢她，对她保持着鲜活的记忆，因此一个有人情味的有性格的房东太太的形象被逼真地刻画出来。

我们初读《房东太太》可能会感到它写得不集中，有些散了。但是只要您细读两遍以后，就体味到作者作为散文大家的功力了。全文十一自然段，直接写房东太太的篇幅与间接写她丈夫、儿子、女儿，写她的女仆，写她的形形色色的房客的篇幅相比，后者多得多，但绝不是可有可无的笔墨。这就是常说的形散神不散。作者在《房东太太》中既放得开，又收得拢，间接所写，都是为了刻画主人公的性格，或从侧面丰富主人公的精神世界。

《房东太太》成为散文佳作，同作者的有意追求"谈话风"的艺术表现是分不开的。

我们读《房东太太》，如同听他说话一样感到自然、活泼、质朴、亲切，富有现代口语的韵味。

（蒋心焕）

春

春天像刚落地的娃娃，从头到脚都是新的，它生长着。

盼望着，盼望着，东风来了，春天的脚步近了。

一切都像刚睡醒的样子，欣欣然张开了眼。山朗润起来了，水长起来了，太阳的脸红起来了。

小草偷偷地从土里钻出来，嫩嫩的，绿绿的。园子里，田野里，瞧去，一大片一大片满是的。坐着，躺着，打两个滚，踢几脚球，赛几趟跑，捉几回迷藏。风轻悄悄的，草绵软软的。

桃树、杏树、梨树，你不让我，我不让你，都开满了花赶趟儿。红的像火，粉的像霞，白的像雪。花里带着甜味，闭了眼，树上仿佛已经满是桃儿、杏儿、梨儿。花下成千成百的蜜蜂嗡嗡地闹着，大小的蝴蝶飞来飞去。野花遍地是：杂样儿，有名字的，没名字的，散在花丛里，像眼睛，像星星，还眨呀眨的。

"吹面不寒杨柳风"，不错的，像母亲的手抚摸着你。风里带来些新翻的泥土的气息，混着青草味，还有各种花的香，都在微微润湿的空气里酝酿。鸟儿将窠巢安在繁花嫩叶当中，高兴起来了，呼朋引伴地卖弄清脆的喉咙，唱出宛转的曲子，与轻风流水应和着。牛背上牧童的短笛，这时候也成天在嘹亮地响。

雨是最寻常的，一下就是三两天。可别恼。看，像牛毛，像花针，像细丝，密密地斜织着，人家屋顶上全笼着一层薄烟。树叶子却绿得发亮，小草也青得逼你的眼。傍晚时候，上灯了，一点点黄晕的光，烘托出一片这安静而和平的夜。乡下去，小路上，石桥边，撑起伞慢慢走着的人；还有地里工作的农夫，披着蓑，戴着笠的。他们的草屋，稀稀疏疏的在雨里静默着。

天上风筝渐渐多了，地上孩子也多了。城里乡下，家家户户，老老小小，他们也赶趟儿似的，一个个都出来了。舒活舒活筋骨，抖擞抖擞精神，各

◎ 1947年游香山碧云寺，右一为朱自清，右二为朱自清夫人陈竹隐。

做各的一份事去，"一年之计在于春"；刚起头儿，有的是工夫，有的是希望。

春天像刚落地的娃娃，从头到脚都是新的，它生长着。

春天像小姑娘，花枝招展的，笑着，走着。

春天像健壮的青年，有铁一般的胳膊和腰脚，他领着我们上前去。

　　《春》是一篇满贮诗意的散文。它以诗的笔调，描绘了我国南方春天特有的景色：绿草如茵，花木争荣，春风拂煦，细雨连绵，呈现一派生机和活力；在春境中的人，也精神抖擞，辛勤劳作，充满希望。《春》是一幅春光秀丽的画卷，《春》是一曲赞美青春的颂歌。

　　《春》是一篇描写自然风光的出色散文，将它与此前的同类题材《荷塘月色》、《桨声灯影里的秦淮河》相比，使人感到它有两点突出的变异：一是感情格调有所不同；二是语言风格的变化。读《荷塘月色》、《桨声灯影里的秦淮河》，使人感到其中流露出作者淡淡的哀愁，而《春》的感情基调则轻松愉快、充满活力。何以会如此？我猜想至少有这样两个原因：一是本文系朱自清应约为中学撰写的语文教材，从培养青年进取向上出发，作者采用了相应的积极、乐观的感情基调。二是作品的青春活力，反映了作者写作时的心境。《春》大概写于1932年下半年或1933年初。1932年8月，朱自清漫游欧洲回国不久，便与陈竹隐女士结为美满夫妻，并于同年9月出任清华大学中国文学系主任，1933年4月，又喜得贵子。朱自清生活中的顺境与幸事，不能不对《春》的抒情格调产生影响。作者乐观感情的倾注，使得作品情景交融、诗情与画意结合。再从语言方面看，《春》的语言简朴、活脱、口语化。是从生活中提炼出来的，生动活泼，节奏明快，语短意丰，表现力强。作者为了更好地描写春天，还采用比喻、拟人等多种修辞方法，使春天形象化、人格化。前面引用的文章的结尾部分，便是这方面最好的例证。朱自清不愧是语言大师，他用文笔把短暂的春天从自然界拉回到书面上，使其四季常驻，随时可睹。

（蔡清富）

冬 天

无论怎么冷，大风大雪，想到这些，我心上总是温暖的。

　　说起冬天，忽然想到豆腐。是一"小洋锅"（铝锅）白煮豆腐，热腾腾的。水滚着，像好些鱼眼睛，一小块一小块豆腐养在里面，嫩而滑，仿佛反穿的白狐大衣。锅在"洋炉子"（煤油不打气炉）上，和炉子都熏得乌黑乌黑，越显出豆腐的白。这是晚上，屋子老了，虽点着"洋灯"，也还是阴暗。围着桌子坐的是父亲跟我们哥儿三个。"洋炉子"太高了，父亲得常常站起来，微微地仰着脸，觑着眼睛，从氤氲的热气里伸进筷子，夹起豆腐，一一地放在我们的酱油碟里。我们有时也自己动手，但炉子实在太高了，总还是坐享其成的多。这并不是吃饭，只是玩儿。父亲说晚上冷，吃了大家暖和些。我们都喜欢这种白水豆腐；一上桌就眼巴巴望着那锅，等着那热气，等着热气里从父亲筷子上掉下来的豆腐。

　　又是冬天，记得是阴历十一月十六晚上，跟S君P君在西湖里坐小划子。S君刚到杭州教书，事先来信说："我们要游西湖，不管它是冬天。"那晚月色真好，现在想起来还像照在身上。本来前一晚是"月当头"；也许十一月的月亮真有些特别吧。那时九点多了，湖上似乎只有我们一只划子。有点风，月光照着软软的水波；当间那一溜儿反光，像新斫的银子。湖上的山只剩了淡淡的影子。山下偶尔有一两星灯火。S君口占两句诗道："数星灯火认渔村，淡墨轻描远黛痕。"我们都不大说话，只有均匀的桨声。我渐渐地快睡着了。P君"喂"了一下，才抬起眼皮，看见他在微笑。船夫问要不要上净寺去；

◎ 1978年秋，清华大学为纪念朱自清逝世30周年，将原清华园内的古亭命名为"自清亭"，亭旁为碑文。

是阿弥陀佛生日，那边蛮热闹的。到了寺里，殿上灯烛辉煌，满是佛婆念佛的声音，好像醒了一场梦。这已是十多年前的事了，S君还常常通着信，P君听说转变了好几次，前年是在一个特税局里收特税了，以后便没有消息。

在台州过了一个冬天，一家四口子。台州是个山城，可以说在一个大谷里。只有一条二里长的大街。别的路上白天简直不大见人；晚上一片漆黑。偶尔人家窗户里透出一点灯光，还有走路的拿着的火把；但那是少极了。我们住在山脚下。有的是山上松林里的风声，跟天上一只两只的鸟影。夏末到那里，春初便走，却好像老在过着冬天似的；可是即便真冬天也并不冷。我们住在楼上，书房临着大路；路上有人说话，可以清清楚楚地听见。但因为走路的人太少了，间或有点说话的声音，听起来还只当远风送来的，想不到就在窗外。我们是外路人，除上学校去之外，常只在家里坐着。妻也惯了那寂寞，只和我们爷儿们守着。外边虽老是冬天，家里却老是春天。有一回我上街去，回来的时候，楼下厨房的大方窗开着，并排地挨着她们母子三个；三张脸都带着天真微笑地向着我。似乎台州空空的，只有我们四人；天地空空的，也只有我们四人。那时是民国十年，妻刚从家里出来，满自在。现在她死了快四年了，我却还老记着她那微笑的影子。

无论怎么冷，大风大雪，想到这些，我心上总是温暖的。

赏析

　　提起冬天，人们自然会想起北国茫茫雪野的世界，灰蒙蒙的天空罩着冷飕飕的寒气，透着冰冷。然而朱自清笔下的冬天，带来的却是一股暖流，一种人间温暖的热流充盈其间。

　　散文《冬天》超前地运用了当今摄影艺术手法，用变幻的镜头摇出了三幅冬日的大特写，主画面中又重现出若干连动的小画面，大中套小，大小衔接黏合，主次相间补充，形成一组冬天里独有的不同景观，别有一番韵味。

　　第一幅画面：古老的房子，昏暗的"洋灯"，乌黑的锅炉，父子四人围坐在一起就着氤氲的热气吃着白水煮豆腐。热流在老屋里滚动，驱走寒潮，给这地冻天寒的夜晚带来了如春的暖意。温馨中父子之间尽情品味难得的天伦之乐。

　　第二幅画面叠印出另一番情韵：静静的冬夜，"我"和友人泛舟西湖，头上一弯明月，远处一抹湖山，山下一星灯火，身边一阵桨声。我们无言相视，荡着飘着，似醒非醒，似梦非梦。与第一幅画面比，这里少了黑白反差，少了动的知觉，少了喧闹和音色，强化渲染了清幽宁静，映衬出友情的源远流长。平和冲淡才是一种永恒。这是一幅无声的画面，却胜似有声的世界，在艺术创意上作者玩味出一种佳境。

　　第三幅画面推出一个空寂的山城峡谷——台州。画面跳出了喧嚣的尘缘，进入松风鸟影的情境。在作者笔端摇曳出一组新的视觉形象，"白天不见人"，"夜晚点火把"的长街，好似"老在过冬天"，临街的"大方窗"时时闪现出母子三人的微笑迎着"我"归来。这组画面取像上采取了对比的技法，外空内实。外在景观是"天地空空", 一片寂寥, 而内心世界既隐含着作者难以言表的孤寞, 又流露出对妻子的无限满足和怀念, 对比中幻化出母子微笑的特写镜头定格在整幅画面上, 醒目清晰, 难以忘怀。

《冬天》运用蒙太奇的方法, 将长焦、广角、短镜头揉在一起对准一幅幅不同的冬景, 推出、摇近、定格、幻化, 使画面中的景色与人物深浅有致, 远近相间, 动静结合, 虚实掩映, 营造出"冬天里的春天"的意境和氛围, 展现了人间亲情、友情、爱情永恒这一主题, 是文与画合一的佳作。

（耿光怡）

择偶记

自己是长子长孙，所以不到十一岁就说起媳妇来了。

自己是长子长孙，所以不到十一岁就说起媳妇来了。那时对于媳妇这件事简直茫然，不知怎么一来，就已经说上了。是曾祖母娘家人，在江苏北部一个小县分的乡下住着。家里人都在那里住过很久，大概也带着我；只是太笨了，记忆里没有留下一点影子。祖母常常躺在烟榻上讲那边的事，提着这个那个乡下人的名字。起初一切都像只在那白腾腾的烟气里。日子久了，不知不觉熟悉起来了，亲昵起来了。除了住的地方，当时觉得那叫做"花园庄"的乡下实在是最有趣的地方了。因此听说媳妇就定在那里，倒也仿佛理所当然，毫无意见。每年那边田上有人来，蓝布短打扮，衔着旱烟管，带好些大麦粉，白薯干儿之类。他们偶然也和家里人提到那位小姐，大概比我大四岁，个儿高，小脚；但是那时我热心的其实还是那些大麦粉和白薯干儿。

记得是十二岁上，那边捎信来，说小姐痨病死了。家里并没有人叹惜；大约他们看见她时她还小，年代一多，也就

◎1933年，朱自清与陈竹隐摄于清华园。

◎ 1932 年 8 月 4 日，朱自清与陈竹隐在上海结婚。

想不清是怎样一个人了。父亲其时在外省做官，母亲颇为我亲事着急，便托了常来做衣服的裁缝做媒。为的是裁缝走的人家多，而且可以看见太太小姐。主意并没有错，裁缝来说一家人家，有钱，两位小姐，一位是姨太太生的；他给说的是正太太生的大小姐。他说那边要相亲。母亲答应了，定下日子，由裁缝带我上茶馆。记得那是冬天，到日子母亲让我穿上枣红宁绸袍子，黑宁绸马褂，戴上红帽结儿的黑缎瓜皮小帽，又叮嘱自己留心些。茶馆里遇见那位相亲的先生，方面大耳，同我现在年纪差不多，布袍布马褂，像是给谁穿着孝。这个人倒是慈祥的样子，不住地打量我，也问了些念什么书一类的话。回来裁缝说人家看得很细：说我的"人中"长，不是短寿的样子，又看我走路，怕脚上有毛病。总算让人家看中了，该我们看人家了。母亲派亲信的老妈子去。老妈子的报告是，大小姐个儿比我大得多，坐下去满满一圈椅；二小姐倒苗苗条条的，母亲说胖了不能生育，像亲戚里谁谁谁；教裁缝说二小姐。那边似乎生了气，不答应，事情就推了。

母亲在牌桌上遇见一位太太，她有个女儿，透着聪明伶俐。母亲有了心，回家说那姑娘和我同年，跳来跳去的，还是个孩子。隔了些日子，便托人探探那边口气。那边做的官似乎比父亲的更小，那时正是光复的前年，还讲究这些，所以他们乐意做这门亲。事情已经到了九成九，忽然出了岔子。本家叔祖母用的一个寡妇老妈子熟悉这家子的事，不知怎么教母亲打听着了。叫她来问，她的话遮遮掩掩的。到底问出来了，原来那小姑娘是抱来的，可是她一家很宠她，和亲生的一样。母亲心冷了。过了两年，听说她已生了痨病，吸上鸦片烟了。母亲说，幸亏当时没有定下来。我已懂得一些事了，也这末想着。

光复那年，父亲生伤寒病，请了许多医生看。最后请着一位武先生，那便是我后来的岳父。有一天，常去请医生的听差回来说，医生家有位小姐。父亲既然病着，母亲自然更该担心我的事。一听这话，便追问下去。听差原只顺口谈天，也说不出个所以然。母亲便在医生来时，教人问他轿夫，那位小姐是不是他家的。轿夫说是的。母亲便和父亲商量，托舅舅问医生的意思。那天我正在父亲病榻旁，听见他们的对话。舅舅问明了小姐还没有人家，便说，像×翁这样人家怎末样？医生说，很好呀。话到此为止，接着便是相亲；还是母亲那个亲信的老妈子去。这回报告不坏，说就是脚大些。事情这样定局，母亲教轿夫回去说，让小姐裹上点儿脚。妻嫁过来后，说相亲的时候早躲开了，看见的是另一个人。至于轿夫捎的信儿，却引起了一段小小风波。岳父对岳母说，早教你给她裹脚，你不信；瞧，人家怎末说来着！岳母说，偏偏不裹，看他家怎末样！可是到底采取了折衷的办法，直到妻嫁过来的时候。

二十三年三月作

赏析

作家凭着他的老实和真诚，向人们诉说他四次择偶的往事。这平和、宁静、温婉的诉说，没有一处对当时心绪的追忆，也没有点点滴滴的感情抒发，仅简单记下四次择偶经过。作家有意避免把自己写进去，极冷静地、毫不动声色地记下四次择偶的简单经过，是表现复杂社会的一角？批评不尽如人意的生活？解释丰富的人生？文章的丰富意蕴埋藏在哪里？作家在《背影·序》里肯定他写散文是因为有话要说，在《择偶记》中，他要说的话，要表白自己观念的话，要批评、解释人生的话，是什么呢？

作家32岁，原配夫人武钟谦病逝；34岁，与北平艺术学院毕业的陈竹隐恋爱并订婚；35岁，与小他7岁的陈竹隐结婚，并去普陀度蜜月。37岁，作《择偶记》。作家一生有五次择偶经历，两次婚姻史，可是他在《择偶记》中，却只记下了前四次择偶经历，唯独舍去最后一次不记，何故？他是把少年的四次择偶经历，看做是能反射出时代折光的个人经历，它附丽着一定的历史内涵，看做是中国封建婚姻陋俗的一种现象，他跨越了"身边琐事"的樊篱作《择偶记》。所以，从中我们看到了作家对人生社会的一面，除了有所表现，也有所解释和批评。

在记述四次择偶的经历时，作家极力摆脱现实我的思绪干扰，努力追寻与捕捉早已逝去的少年我的心态影子。字里行间，时不时跳荡着孩童的心声：一个单纯、稚气、憨态可掬、对长辈的苦心又能领略一二、有点儿老成的少年，展现在我们面前，仿佛我们也被带回那逝去已久的悠远年代。那是充满陈腐衰败封建气息的岁月，但渴求幸福、自由和美好的愿望，却激励着人们顽强地生活着、奋斗着，其中的甜蜜蜜、酸溜溜，有着抹不去的"美"的色彩。这就是作家心目中的历史，所以他要作《择偶记》。

《择偶记》之所以如此立意、构思和表现，并营造了一个含蓄隽永的意境，诚然，有作家的刻意追求和苦心经营，但是，也跟作家的性格气质大有关系。鲁迅与朱安的婚姻是母命包办下的产物，鲁迅完婚后匆匆赶回日本，对许寿裳沉重地说："母亲娶媳妇。"而朱自清在《择偶记》中，却没有直接说出过"母亲择偶"的话，尽管两者雷同。孙伏园在《悼佩弦》中说："佩弦有一个和平中正的性格，他从来不用猛烈刺激的言词，也从来没有感情冲动的语调。虽然那时我们都在二十岁左右的年龄。"从《择偶记》的行文中，我们所感到的作家，不就是这样一位温文尔雅的文人吗。

（贾焕亭）

潭柘寺 戒坛寺

要用批文章的成语，这两竿竹子足称得起
"天外飞来之笔"。

早就知道潭柘寺，戒坛寺。在商务印书馆的《北平指南》上，见过潭柘的铜图，小小的一块，模模糊糊的，看了一点没有想去的意思。后来不断地听人说起这两座庙；有时候说路上不平静，有时候说路上红叶好。说红叶好的劝我秋天去；但也有人劝我夏天去。有一回骑驴上八大处，赶驴的问逛过潭柘没有，我说没有。他说潭柘风景好，那儿满是老道，他去过，离八大处七八十里地，坐轿骑驴都成。我不大喜欢老道的装束，尤其是那满蓄着的长头发，看上去罗里罗唆，腌里腌臢的。更不想骑驴走七八十里地，因为我知道驴子与我都受不了。真打动我的倒是"潭柘寺"这个名字。不懂不是？就是不懂的妙。躲懒的人念成"潭拓寺"，那更莫名其妙了。这怕是中国文法的花样；要是来个欧化，说是"潭和柘的寺"，那就用不着咬嚼或吟味了。还有在一部诗话里看见

◎1936 年，游北平潭柘寺留影。

◎ 散文集《你我》，1936年3月商务印书馆出版。

近人咏戒台松的七古，诗腾挪夭矫，想来松也如此。所以去。但是在夏秋之前的春天，而且是早春；北平的早春是没有花的。

这才认真打听去过的人。有的说住潭柘好，有的说住戒坛好。有的人说路太难走，走到了筋疲力尽，再没兴致玩儿；有人说走路有意思。又有人说，去时坐了轿子，半路上前后两个轿夫吵起来，把轿子搁下，直说不抬了。于是心中暗自决定，不坐轿，也不走路；取中道，骑驴子。又按普通说法，总是潭柘寺在前，戒坛寺在后，想着戒坛寺一定远些；于是决定住潭柘，因为一天回不来，必得住。门头沟下车时，想着人多，怕雇不着许多驴，但是并不然——雇驴的时候，才知道戒坛去便宜一半，那就是说近一半。这时候自己忽然逞起能来，要走路。走吧。

这一段路可够瞧的。像是河床，怎么也挑不出没有石子的地方，脚底下老是绊来绊去的，教人心烦。又没有树木，甚至于没有一根草。这一带原是煤窑，拉煤的大车往来不绝，尘土里饱和着煤屑，变成黯淡的深灰色，教人看了透不出气来。走一点钟光景。自己觉得已经有点办不了，怕没有走到便筋疲力尽；幸而山上下来一条驴，如获至宝似地雇下，骑上去。这一天东风特别大。平常骑驴就不稳，风一大真是祸不单行。山上东西都有路，很窄，下面是斜坡；本来从西边走，驴夫看风势太猛，将驴拉上东路。就这么着，有一回还几乎让风将驴吹倒；若走西边，没有准儿会驴我同归哪。想起从前人画风雪骑驴图，极是雅事；大概那不是上潭柘寺去的。驴背上照例该有些诗意，但是我，下有驴子，上有帽子眼镜，都要照管；又有迎风下泪的毛病，常要掏手巾擦干。当其时真恨不得生出第三只手来才好。

东边山峰渐起，风是过不来了；可是驴也骑不得了，说是坎儿多。坎儿可真多。这时候精神倒好起来了：崎岖的路正可以练腰脚，处处要眼到心到脚到，不像平地上。人多更有点竞赛的心理，总想走上最前头去，再则这儿的山势虽然说不上险，可是突兀，丑怪，巉刻的地方有的是。我们说这才有点儿山的意思；老像八大处那样，真教人气闷闷的。于是一直走到潭柘寺后门；这段坎儿路比风里走过的长一半，小驴毫无用处，驴夫说："咳，这不过给您做个伴儿！"

墙外先看见竹子，且不想进去。又密，又粗，虽然不够绿。北平看竹子，真不易。又想到八大处了，大悲庵殿前那一溜儿，薄得可怜，细得也可怜，比起这儿，真是小巫见大巫了。进去过一道角门，门旁突然亭亭地矗立着两竿粗竹子，在墙上紧紧地挨着；要用批文章的成语，这两竿竹子足称得起"天外飞来之笔"。

正殿屋角上两座琉璃瓦的鸱吻，在台阶下看，值得徘徊一下。神话说殿基本是青龙潭，一夕风雨，顿成平地，涌出两鸱吻。只可惜现在的两座太新鲜，与神话的朦胧幽秘的境界不相称。但是还值得看，为的是大得好，在太阳里嫩黄得好，闪亮得好；那拴着的四条黄铜链子也映衬得好。寺里殿很多，层层折折高上去，走起来已经不平凡，每殿大小又不一样，塑像摆设也各出心裁。看完了，还觉得无穷无尽似的。正殿下延清阁是待客的地方，远处群山像屏障似的。屋子结构甚巧，穿来穿去，不知有多少间，好像一所大宅子。可惜尘封不扫，我们住不着。话说回来，这种屋子原也不是预备给我们这么多人挤着住的。寺门前一道深沟，上有石桥；那时没有水，若是现在去，倚在桥上听潺潺的水声，倒也可以忘我忘世。过桥四株马尾松，枝枝覆盖，叶叶交通，另成一个境界。西边小山上有个古观音洞。洞无可看，但上去时在山坡上看潭柘的侧面，宛如仇十洲的《仙山楼阁图》；往下看是陡峭的沟岸，越显得深深无极，潭柘简直有海上蓬莱的意味了。寺以泉水著名，到处有石槽引水长流，倒也涓涓可爱。只是流觞亭雅得那样俗，在石地上楞刻着蚯蚓般的槽；那样流觞，怕只有孩子们愿意干。现在兰亭的"流觞曲水"也和这儿的一鼻孔出气，不过规模大些。晚上因为带的铺盖薄，冻得睁着眼，却听了一夜的泉声；心里想要不冻着，这泉声够多清雅啊！寺里并无一个老道，但那几个和尚，满身铜臭，满眼势利，教人老不能忘记，倒也麻烦的。

第二天清早，二十多人满雇了牲口，向戒坛而去，颇有浩浩荡荡之势。我的是一匹骡子，据说稳得多。这是第一回，高高兴兴骑上去。这一路要翻罗喉岭。只是土山，可是道儿窄，又曲折；虽不高，老那么凸凸凹凹的。许多处只容得一匹牲口过去。平心说，是险点儿。想起古来用兵，从间道袭敌人，许也是这种光景吧。

戒坛在半山上，山门是向东的。一进去就觉得平旷；南面只有一道低低的砖栏，下边是一片平原，平原尽处才是山，与众山屏蔽的潭柘气象便不同。进二门，更觉得空阔疏朗，仰看正殿前的平台，仿佛汪洋千顷。这平台东西很长，是戒坛最胜处，眼界最宽，教人想起"振衣千仞冈"的诗句。三株名松都在这里。"卧龙松"与"抱塔松"同是偃仆的姿势，身躯奇伟，鳞甲苍然，有飞动之意。"九龙松"老干槎桠，如张牙舞爪一般。若在月光底下，森森然的松影当更有可看。此地最宜低回流连，不是匆匆一览所可领略。潭柘以层折胜，戒坛以开朗胜；但潭柘似乎更幽静些。戒坛的和尚，春风满面，却远胜于潭柘的；我们之中颇有悔不该住潭柘的。戒坛后山上也有个观音洞。洞宽大而深，大家点了火把嚷嚷闹闹地下去；半里光景的洞满是油烟，满是声音。洞里有石虎，石龟，上天梯，海眼等等，无非是凑凑人的热闹而已。

还是骑骡子。回到长辛店的时候，两条腿几乎不是我的了。

赏析

最初接触到朱自清的散文，是在中学阶段。那时，除了对《春》、《荷塘月色》中极其美丽、极其动人的词句的偏爱外，最弄不懂的是他游记中的"唠唠叨叨"与当时被指责为"流水账"的作文有什么不同。

成年后，再读朱自清，他笔下独有的那种自然，那种平淡和那种家常，却每每令人感怀不已。对于这种心灵的震颤，很难解释得清，似乎倒是应了一首流行歌曲："平平淡淡是最真。"

《潭柘寺 戒坛寺》似乎没有什么刻意的安排，一切都随游踪自然而然地展开，脉络了了可寻。潭柘清幽，山重水复，戒坛平旷，柳暗花明。一次游览，两种风情。在看似漫不经心的讲述中，却体现了作者的匠心独运：先整体后局部，由远及近，先外而内，层层叠叠，疏密相间，清晰可寻。

两寺的抒写描摹都是心口如一地娓娓道来，没有一点雕琢的痕迹，极尽平易自然之能事。作者所使用的语言，清淡娴雅，大方得体而又气韵生动，恰似一个天生丽质的大家闺秀，这种风范是浓妆艳抹所永远不可比拟的。朱自清先生的平淡，是平淡中出奇崛，平淡中知匠心，平淡中见功底的。他经心地去发现，然后把体味到的游览的意趣，平实自然地传给你，不是空发议论，也不是造作地抒几句情，而只是把真切的感受写出来，让你从字里行间去揣摩其中的意蕴。潭柘难解，险路骑驴，戒坛奇松，夜半听泉……作者没有追求浓墨丽彩，更没有以描绘得千姿百态、风情万种取胜，而仅仅把这些奇景、雅趣放在一个大的环境中，点到为止，让你自己去体

会，去遐想，去回味，让你在不知不觉中就已 似乎

夜半听泉的是你，崎岖山路上爬行的也是你。这就是朱自清的平淡。这

醇却不浮泛，丰实而不浅薄，朴素又不乏味。这正是朱先生独有的"从朴素中来"的

风华，"从忠厚中来"的幽默，"从平淡中来"的腴厚。

　　因此，朱自清先生的平淡是传输了熔铸着深厚的思绪和丰富的情味的平淡。这是上乘的平淡，成熟的平淡。正如清人薛雪在《一瓢诗话》之中所言："古人作诗到平淡处，令人吟绎不尽，是陶熔气质，消尽渣滓，纯是清真蕴藉，造峰极顶事也。"宋人梅尧臣在一首诗里这样认为："作诗无古今，唯造平淡难。"朱自清先生能把"平淡"这如此之极顶事，这如此之难事，点化得如此的自自然然，不露斧凿，如此的轻而易举，似不费力。这确为大巧之朴，大浓之淡。看来，对于"平淡"的理解，需要有一个过程，这不只是一个逐步提高的审美能力的过程，更是与人生和阅历相关的一个变化发展着的过程。

　　这算不算真正懂得了《潭柘寺 戒坛寺》里朱自清先生的平淡呢？恐怕还不敢说。不如亲自去看看潭柘、戒坛，或许能有更多、更新的感受。

（丁洋　叶子）

南京

从前读《桃花扇》、《板桥杂记》一类书，颇有沧桑之感。

　　南京是值得留连的地方，虽然我只是来来去去，而且又都在夏天。也想夸说夸说，可惜知道得太少；现在所写的，只是一个旅行人的印象罢了。

　　逛南京像逛古董铺子，到处都有些时代侵蚀的遗痕。你可以摩挲，可以凭吊，可以悠然遐想；想到六朝的兴废，王谢的风流，秦淮的艳迹。这些也许只是老调子，不过经过自家一番体贴，便不同了。所以我劝你上鸡鸣寺去，最好选一个微雨天或月夜。在朦胧里，才酝酿着那一缕幽幽的古味。你坐在一排明窗的豁蒙楼上，吃一碗茶，看面前苍然蜿蜒着的台城。台城外明净荒寒的玄武湖就像大涤子的画。豁蒙楼一排窗子安排得最有心思，让你看的一点不多，一点不少。寺后有一口灌园的井，可不是那陈后主和张丽华躲在一堆儿的"胭脂井"。那口胭脂井不在路边，得破费点工夫寻觅。井栏也不在井上；要看，得老远地上明故宫遗址的古物保存所去。

　　从寺后的园地，拣着路上台城；没有垛子，真像平台一样。踏在茸茸的草上，说不出的静。夏天白昼有成群的黑蝴蝶，在微风里飞；这些黑蝴蝶上下旋转地飞，远看像一根粗的圆柱子。城上可以望南京的每一角。这时候若有个熟悉历代形势的人，给你指点，隋兵是从这角进来的，湘军是从那角进来的，你可以想象异样装束的队伍，打着异样的旗帜，拿着异样的武器，汹汹涌涌地进来，远远仿佛还有哭喊之声。假如你记得一些金陵怀古的诗词，趁这时候暗诵几回，也可印证印证，许更能领略作者当日的情思。

从前可以从台城爬出去，到玄武湖边；若是月夜，两三个人，两三个零落的影子，歪歪斜斜地挪移下去，够多好。现在可不成了，得出寺，下山，绕着大弯儿出城。七八年前，湖里几乎长满了苇子，一味地荒寒，虽有好月光，也不大能照到水上；船又窄，又小，又漏，教人逛着愁着。这几年大不同了，一出城，看见湖，就有烟水苍茫之意；船也大多了，有藤椅子可以躺着。水中岸上都光光的；亏得湖里有五个洲子点缀着，不然便一览无余了。这里的水是白的，又有波澜，俨然长江大河的气势，与西湖的静绿不同。最宜于看月，一片空蒙，无边无界。若在微醺之后，迎着小风，似睡非睡地躺在藤椅上，听着船底汩汩的波响与不知何方来的萧声，真会教你忘却身在那里。五个洲子似乎都局促无可看，但长堤宛转相通，却值得走走。湖上的樱桃最出名。据说樱桃熟时，游人在树下现买，现摘，现吃，谈着笑着，多热闹的。

清凉山在一个角落里，似乎人迹不多。扫叶楼的安排与豁蒙楼相仿佛，但窗外的景象不同。这里是滴绿的山环抱着，山下一片滴绿的树；那绿色真是扑到人眉宇上来。若许我再用画来比，这怕像王石谷的手笔了。在豁蒙楼上不容易坐得久，你至少要上台城去看看。在扫叶楼上却不想走；窗外的光景好像满为这座楼而设，一上楼便什么都有了。夏天去确有一股"清凉"味。这里与豁蒙楼全有素面吃，又可口，又贱。

莫愁湖在华严庵里。湖不大，又不能泛舟，夏天却有荷花荷叶。临湖一带屋子，凭栏眺望，也颇有远情。莫愁小像，在胜棋楼下，不知谁画的，大约不很古罢；但脸子开得秀逸之至，衣褶也柔活之至，大有"挥袖凌虚翔"的意思；若让我题，我将毫不踌躇的写上"仙乎仙乎"四字。另有石刻的画像，也在这里，想来许是那一幅画所从出；但生气反而差得多。这里虽也临湖，因为屋子深，显得明暗些；可是古色古香，阴暗得好。诗文联语当然多，只记得王湘绮的半联云："莫轻他北地胭脂，看艇子初来，江南儿女无颜色，"气概很不错。所谓胜棋楼，相传是明太祖与徐达下棋，徐达胜了，太祖便赐给他这一所屋子。太祖那样人，居然也会做出这种雅事来了。

秦淮河我已另有记。但那文里所说的情形，现在已大变了。从前读《桃花扇》、《板桥杂记》一类书，颇有沧桑之感；现在想到自己十多年前身历的情形，怕也会有沧桑之感了。前年看见夫子庙前旧日的画舫，那样狼狈的样子，又在老万全酒栈看秦淮河水，差不多全黑了，加上巴掌大，透不出气的所谓秦淮小公园，简直有些厌恶，再别提做什么梦了。贡院原也在秦淮河上，现在早拆得只剩一点儿了。民国五年父亲带我去看过，已经荒凉不堪，号舍里草都长满了。父亲曾经办过江南闱差，熟悉考场的情形，说来头头是道。他说考生入场时，都有送场的，人很多，门口闹嚷嚷的。天不亮就点名，搜夹带。大家都归号。似乎直到晚上，头场题才出来，写在灯牌上，由号军扛着在各号里走。所谓"号"，就是一条狭长的胡同，两旁排列着号舍，口儿上写着什么天字号，地字号等等的。每一号舍之大，恰好容一个人坐着；从前人说是像轿子，真不错。几天里吃饭，睡觉，做文章，都在这轿子里；坐的伏的各有一块硬板，如是而已。官号稍好一些，是给达官贵人的子弟预备的，但得补褂朝珠地入场，那时是夏秋之交，天还热，也够受的。父亲又说，乡试时场外有兵巡逻，防备通关节。场内也竖起黑幡，叫鬼魂们有冤报冤，有仇报仇；我听到这里，有点毛骨悚然。现在贡院已变成碎石路；在路上走的人，怕很少想起这些事情的了罢？

明故宫只是一片瓦砾场，在斜阳里看，只感到李太白《忆秦娥》的"西风残照，汉家陵阙"二语的妙。午门还

◎朱自清摄于1948年。

残存着，遥遥直对洪武门的城楼，有万千气象。古物保存所便在这里，可惜规模太小，陈列得也无甚次序。明孝陵道上的石人石马，虽然残缺零乱，还可见泱泱大风；享殿并不巍峨，只陵下的隧道，阴森袭人，夏天在里面歹着，凉风沁人肌骨。这陵大概是开国时草创的规模，所以简朴得很；比起长陵，差得真太远了。然而简朴得好。

雨花台的石子，人人皆知；但现在怕也捡不着什么了。那地方毫无可看。记得刘后村的诗云："昔日讲师何处在，高台犹以'雨花'名。有时宝向泥寻得，一片山无草敢生。"我所感的至多也只如此。还有，前些年南京枪决囚人都在雨花台下，所以洋车夫遇见别的车夫和他争先时，常说："忙什么！赶雨花台去！"这和从前北京车夫说"赶菜市口儿"一样。现在时移势异，这种话渐渐听不见了。

燕子矶在长江里看，一片绝壁，危亭翼然，的确惊心动魄。但到了上边，逼窄污秽，毫无可以盘桓之处。燕山十二洞，去过三个。只三台洞层层折折，由幽入明，别有匠心，可是也年久失修了。

南京的新名胜，不用说，首推中山陵。中山陵全用青白两色，以象征青天白日，与帝王陵寝用红墙黄瓦的不同。假如红墙黄瓦有富贵气，那青琉璃瓦的享堂，青琉璃瓦的碑亭却有名贵气。从陵门上享堂，白石台阶不知多少级，但爬得够累的；然而你远看，决想不到会有这么多的台阶儿。这是设计的妙处。德国波慈达姆无愁宫前的石阶，也同此妙。享堂进去也不小；可是远处看，简直小得可以，和那白石的飞阶不相称，一点儿压不住，仿佛高个儿戴着小尖帽。近处山角里一座阵亡将士纪念塔，粗粗的，矮矮的，正当着一个青青的小山峰，让两边儿的山紧紧抱着，静极，稳极。——谭墓没去过，听说颇有点丘壑。中央运动场也在中山陵近处，全仿外洋的样子。全国运动会时，也不知有多少照相与描写登在报上；现在是时髦的游泳的地方。

若要看旧书，可以上江苏省立图书馆去。这在汉西门龙蟠里，也是一个角落里。这原是江南图书馆，以丁丙的善本书室藏书为底子；词曲的书特别多。此外中央大学图书馆近年来也颇有不少书。中央大学是个散步的好地方。宽大，干净，有树木；黄昏时去兜一个或大或小的圈儿，最有意思。后面有个梅庵，是那会写字的清道人的遗迹。这里只是随宜的用树枝搭成的小小的屋子。庵前有一株六朝松，但据说实在是六朝桧；桧阴遮住了小院子，真是不染一尘。

南京茶馆里干丝很为人所称道。但这些人必没有到过镇江扬州，那儿的干丝比南京细得多，又从来不那么甜。我倒是觉得芝麻烧饼好，一种长圆的，刚出炉，既香，且酥，又白，大概各茶馆都有。咸板鸭才是南京的名产，要热吃，也是香得好；肉要肥要厚，才有咬嚼。但南京人都说盐水鸭更好，大约取其嫩，其鲜；那是冷吃的，我可不知怎样，老觉得不大得劲儿。

1934 年 10 月

赏析

　　《南京》在朱自清的散文作品中，也许比不得《背影》、《荷塘月色》、《桨声灯影里的秦淮河》等篇什那样有名，但你如果细细读过，再用心品味一下，你会发现这也是一篇颇值得称道的散文佳作。

　　你可以先看看它的构思和写法。《南京》该算是一篇游记，但它与一般游记又略显不同：它不是某一次游览过程的实录，而是综合作者多次游历所得印象写成，在内容构成上，作品以史迹描写介绍为主，纯自然景观和现实世俗人情所写较少较略，作者描写介绍各处景观，行文跳跃，彼此之间多无过渡和勾连。然而，你读《南京》，却不会有支离零散之感；呈现在你面前的，是一幅浑然一体的彩色画卷。其所以如此，奥秘之一就在于作家整体构思的独具匠心。朱自清多次游历南京，作为一个具有深厚史学素养的学者型艺术家，他对这个六朝古都特具的"神髓"，有着准确而深刻的体察与把握。因此，他写作《南京》，便把以多见广、充分展示南京的"史城"品格和风貌，作为作品着笔行文并聚散珠为玉盘的整体艺术构思的内在线索。

　　在作品里倾注浓郁真挚的感情，是朱自清一贯的创作追求，也是他的许多作品所以能够拨动读者心弦，引起读者感情共鸣的重要原因之一。《南京》虽然在内容上是一篇写景记游之文，但你读作品，在领略一处处山水之胜的同时，也同样能深切感受到字里行间潺潺流动着作者的感情溪流。实际上，也正是作者的这股感情溪流，构成了《南京》一以贯之的内在血脉及其律动。所以，你读《南京》，既是在作观光旅行，也是在随作者一起进行一次"发思古之幽情"的感情体验。

　　《南京》写于1934年10月，是朱自清散文艺术的成熟之作。所以，你在作品的其他一些方面，也都可发现极其精彩之处。如：朋友谈话似的语体风格，使人读来颇觉亲切和自然；历史掌故、古典诗词在文中恰到好处地嵌入与使用，既显示出作者文史修养的深厚，又与描写对象南京的古都风格极为协调，相得益彰，增强了作品的表现力；作者在遣词造句上达到的精确凝炼，也使作品具有着极高的语言艺术成就，等等。

（赵存茂）

松堂游记

若是一个秋夜，刮点西风也好。虽不是真松树，
但那奔腾澎湃的"涛"声也该得听吧。

　　去年夏天，我们和S君夫妇在松堂住了三日。难得这三日的闲，我们约好了什么事不管，只玩儿，也带了两本书，却只是预备闲得真没办法时消消遣的。

　　出发的前夜，忽然雷雨大作。枕上颇为怅怅，难道天公这么不作美吗！第二天清早，一看却是个大晴天。上了车，一路树木带着宿雨，绿得发亮，

○ 清华园内工字亭。朱自清的办公室就设在这里。

地下只有一些水塘，没有一点尘土，行人也不多。又静，又干净。

想着到还早呢，过了红山头不远，车却停下了。两扇大红门紧闭着，门额是国立清华大学西山牧场。拍了一会门，没人出来，我们正在没奈何，一个过路的孩子说这门上了锁，得走旁门。旁门上挂着牌子，"内有恶犬"。小时候最怕狗，有点趑趄。门里有人出来，保护着进去，一面吆喝着汪汪的群犬，一面只是说，"不碍不碍"。

过了两道小门，真是豁然开朗，别有天地。一眼先是亭亭直上，又刚健又婀娜的白皮松。白皮松不算奇，多得好，你挤着我我挤着你也不算奇，疏得好，要像住宅的院子里，四角上各来上一棵，疏不是？谁爱看？这儿就是院子大得好，就是四方八面都来得好。中间便是松堂，原是一座石亭子改造的，这座亭子高大轩敞，对得起那四围的松树，大理石柱，大理石栏杆，都还好好的，白，滑，冷。白皮松没有多少影子，堂中明窗净几，坐下来清清楚楚觉得自己真太小，在这样高的屋顶下。树影子少，可不热，廊下端详那些松树灵秀的姿态，洁白的皮肤，隐隐的一丝儿凉意便袭上心头。

堂后一座假山，石头并不好，堆叠得还不算傻瓜。里头藏着个小洞，有神龛，石桌，石凳之类。可是外边看，不仔细看不出。得费点心去发现。假山上满可以爬过去，不顶容易，也不顶难。后山有座无梁殿，红墙，各色琉璃砖瓦，屋脊上三个瓶子，太阳里古艳照人。殿在半山，岿然独立，有俯视八极气象。天坛的无梁殿太小，南京灵谷寺的太黯淡，又都在平地上。山上还残留着些旧碉堡，是乾隆打金川时在西山练健锐云梯营用的，在阴雨天或斜阳中看最有味。又有座白玉石牌坊，和碧云寺塔院前那一座一般，不知怎样，前年春天倒下了，看着怪不好过的。

可惜我们来的还不是时候，晚饭后在廊下黑暗里等月亮，月亮老不上，我们什么都谈，又赌背诗词，有时也沉默一会儿。黑暗也有黑暗的好处，松树的长影子阴森森的有点像鬼物拿土。但是这么看的话，松堂的院子还差得远，白皮松也太秀气，我想起郭沫若君《夜步十里松原》那首诗，那才够阴森森的味儿——而且得独自一个人。好了，月亮上来了，却又让云遮去了一半，老远的躲在树缝里，像个乡下姑娘，羞答答的。从前人说："千呼万唤始出来，犹抱琵琶半遮面"。真有点儿！云越来越厚，由他罢，懒得去管了。可是想，若是一个秋夜，刮点西风也好。虽不是真松树，但那奔腾澎湃的"涛"声也该得听吧。

西风自然是不会来的。临睡时，我们在堂中点上了两三支洋蜡。怯怯的焰子让大屋顶压着，喘不出气来。我们隔着烛光彼此相看，也像蒙着一层烟雾。外面是连天漫地一片黑，海似的。只有远近几声犬吠，教我们知道还在人间世里。

1935 年 5 月 15 日

赏析

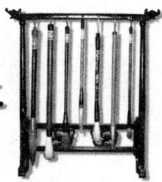

  朱自清爱读、喜作游记文学，他认为"旅行是刷新自己的一贴清凉剂"，对人们的身心健康极为有益。《松堂游记》表现的正是作者悠闲生活的一面。1934 年 6 月 30 日，朱自清、陈竹隐和石荪（即 S君）夫妇，到清华大学西山牧场旅游，目的是为了游玩消夏。朱自清在松堂住了三日，不仅达到了休息的目的，而且他还用生花妙笔描绘了松堂风景宜人的自然环境，为读者提供了一篇优秀的游记文学作品。

  《松堂游记》看似任意挥洒，没有什么严密的结构。其实不然，它始终以时间先后为序写自己游览的经过：从出发至达目的地，从松堂的建构到堂后的景物，从白

◎ 古月堂，当年的清华大学教师宿舍。朱自清初到清华时，便住在古月堂 6 号。

天的松堂到夜间的松堂，或细写，或略写，或实写，或渲染，或客观描述，或抒发主观感受，一切都随自己的游踪展开，层次清晰，条理井然，充分显示了作者的艺术匠心和巧妙安排。

朱自清认为，"人生的丰富的趣味，正在细端末节的千差万殊里。能显明这个千差万殊的个性的文艺，才是活泼的，真实的文艺"（《文艺的真实性》）。松堂是个很普通的旅游场所，但由于朱自清对它进行了细致入微的观察，并善于发现、描写其中的新异之处，所以他笔下的松堂便很有艺术魅力。朱自清在《山野掇拾》一文里，曾这样称赞优秀的文艺家："他们所以于每事每物，必要拆开来看，拆穿来看，无论锱铢之别，淄渑之辨，总要看出而后已，正如显微镜一样。这样可以辨别出许多新异的滋味，乃是他们独得的秘密！"这段话，可以说是朱自清创作甘苦的夫子自道，也是他的《松堂游记》之所以引人入胜的奥秘所在。

（蔡清富）

蒙自杂记

花开的时候真久。我们四月里去，它就开了，八月里走，它还没谢呢。

　　我在蒙自住过五个月，我的家也在那里住过两个月。我现在常常想起这个地方，特别是在人事繁忙的时候。

　　蒙自小得好，人少得好。看惯了大城的人，见了蒙自的城圈儿会觉得像玩具似的，正像坐惯了普通火车的人，乍踏上个碧石小火车，会觉得像玩具似的一样。但是住下来，就渐渐觉得有意思。城里只有一条大街，不消几趟就走熟了。书店，文具店，点心店，电筒店，差不多闭了眼可以找到门

◎ 朱自清（右一）与友人合影于蒙自南湖。

儿。城外的名胜去处，南湖，湖里的崧岛，军山，三山公园，一下午便可走遍，怪省力的。不论城里城外，在路上走，有时候会看不见一个人。整个儿天地仿佛是自己的：自我扩展到无穷远，无穷大。这教我想起了台州和白马湖，在那两处住的时候，也有这种静味。

　　大街上有一家卖糖粥的，带着卖煎粑粑。桌子凳子乃至碗匙等都很干净，

又便宜，我们联大师生照顾的特别多。掌柜是个四川人，姓雷，白发苍苍的。他脸上常挂着微笑，却并不是巴结顾客的样儿。他爱点古玩什么的，每张桌子上，竹器瓷器占着一半儿；糖粥和粑粑便摆在这些桌子上吃。他家里还藏着些"精品"，高兴的时候，会特地去拿来请顾客赏玩一番。老头儿有个老伴儿，带一个伙计，就这么活着，倒也自得其乐。我们管这个铺子叫"雷稀饭"，管那掌柜的也叫这名儿；他的人缘儿是很好的。

城里最可注意是人家的门对儿。这里许多门对儿都切合着人家的姓。别地方固然也有这么办的，但没有这里的多。散步的时候边看边猜，倒很有意思。但是最多的是抗战的门对儿。昆明也有，不过按比例说，怕不及蒙自的多；多了，就造成一种氛围气，叫在街上走的人不忘记这个时代的这个国家。这似乎也算利用旧形式宣传抗战建国，是值得鼓励的。眼前旧历年就到了，这种抗战春联，大可提倡一下。

蒙自的正式宣传工作，除党部的标语外，教育局的努力，也值得记载。他们将一座旧戏台改为演讲台，又每天张贴油印的广播消息。这都是有益民众的。他们的经费不多，能够逐步做去，是很有希望的。他们又帮忙北大的学生办了一所民众夜校。报名的非常踊跃，但因为教师和坐位的关系，只收了二百人。夜校办了两三个月，学生颇认真，成绩相当可观。那时蒙自的联大要搬到昆明来，便只得停了。教育局长向我表示很可惜；看他的态度，他说的是真心话。蒙自的民众相当的乐意接受宣传。联大的学生会曾经来过一次灭蝇运动。四五月间蒙自苍蝇真多。有一位朋友在街上笑了一下，一张口便飞进一个去。灭蝇运动之后，街上许多食物铺子，备了冷布罩子，虽然简陋，不能不说是进步。铺子的人常和我们说，"这是你们来了之后才有的呀。"可见他们是很虚心的。

蒙自有个火把节，四乡是在阴历六月二十四晚上，城里是二十五晚上。那晚上城里人家都在门口烧着芦秆或树枝，一处处一堆堆熊熊的火光，围着些男男女女大人小孩；孩子们手里更提着烂布浸油的火球儿晃来晃去的，跳

◎ 西南联大文、法商学院与1938年暂设蒙自分校。图为蒙自分校校门。

着叫着，冷静的城顿然热闹起来。这火是光，是热，是力量，是青年。四乡地方空阔，都用一棵棵小树烧；想象着一片茫茫的大黑暗里涌起一团团的热火，光景够雄伟的。四乡那些夷人，该更享受这个节，他们该更热烈的跳着叫着罢。这也许是个被除节，但暗示着生活力的伟大，是个有意义的风俗；在这抗战时期，需要鼓舞精神的时期，它的意义更是深厚。

　　南湖在冬春两季水很少，有一半简直干得不剩一点二滴儿。但到了夏季，涨得溶溶滟滟的，真是返老还童一般。湖堤上种了成行的由加利树；高而直的杆子，不差什么也有"参天"之势，细而长的叶子，像惯于拂水的垂杨，我一站到堤上禁不住想到北平的什刹海。再加上崧岛那一带田田的荷叶，亭亭的荷花，更像什刹海了。崧岛是个好地方，但我看还不如三山公园曲折幽静。这里只有三个小土堆儿，几个朴素小亭儿。可是回旋起伏，树木掩映，这儿那儿更点缀着一些石桌石墩之类；看上去也罢，走起来也罢，都让人有点余味可以咀嚼似的。这不能不感谢那位李崧军长。南湖上的路都是他的军士筑的，崧岛和军山也是他重新修整的；而这个小小的公园，更见出他的匠心。这一带他写的匾额很多。他自然不是书家。不过笔势瘦硬，颇有些英气。

联大租借了海关和东方汇理银行旧址，是蒙自最好的地方。海关里高大的由加利树，和一片软软的绿草是主要的调子，进了门不但心胸一宽，而且周身觉得润润的。树头上好些白鹭，和北平太庙里的"灰鹤"是一类，北方叫做"老等"。那洁白的羽毛，那伶俐的姿态，耐人看，一清早看尤好，在一个角落里有一条灌木林的甬道，夜里月光从叶缝里筛下来。该是顶有趣的。另一个角落长着些芒果树和木瓜树，可惜太阳力量不够，果实结得不肥，但沾着点热带味，也叫人高兴。银行里花多，遍地的颜色，随时都有，不寂寞。最艳丽的要数叶子花。花是浊浓的紫，脉络分明活像叶，一丛丛的，一片片的，真是"浓得化不开"。花开的时候真久。我们四月里去，它就开了，八月里走，它还没谢呢。

一九三九，四，三〇。

赏析

《蒙自杂记》属于那种兼色调浓重、又淡而有味于一体的作品。文章来的飘然，去的自如，像动人的小夜曲。作者在蒙自这地方，只待了五个月，可那里却给他留下了许多美好的记忆。他实在是喜欢那里的风情，那里的人们，在那里，"整个儿天地仿佛是自己的：自我扩展到无穷远，无穷大"。从蒙自人们的身上，朱自清感受到了国民身上纯正的美质。从文中所表露出的清朗明快的调子里，可以看出他因此而产生的自愉的心境。

朱自清从蒙自的平凡之中，看出了其中的别于他处的不平凡的因素。因而文章由平而深，意由简而繁。作者行文真是老到有味，普普通通的小镇，竟在他那里变得如此有滋有趣。那个人缘很好的卖糖粥的掌柜，那些有爱国意识的抗战门对儿，那些虚心接受启蒙的民众，那个迷人的火把节，以及南湖溶溶滟滟的水，"浓得化不开"的花儿，在作者笔下被完全神异化了。这令我想起了沈从文描写的湘西，那淳厚的民风，真让人透心的甜蜜。而朱自清眼里的蒙自，似乎比湘西要带有时代的气息。他从善良的人们那里，不仅看到了合于自然的散淡的风情，更主要是领略到其间所蕴含的正义精神。这大概是他久久感怀蒙自的因由吧。

最使我惊异的是作者的叙述情调。不像巴金等作家那样自我的投入，他处处显示出学者特有的那种审视、那种温和慈祥的神色。他从极普通的事物中，往往发掘出特有的东西来。《蒙自杂记》的风情真说不出有什么奇特的地方，可他偏偏从这里感受到一种妙意。美在于发现，此话我现在是相信了。

《蒙自杂记》不是一般意义上的记旧散文，它记录了朱自清在抗日时期的心态。文中几次提到了抗战，言谈里充满了对胜利的期待。如果我们从这个背景中去考察此文，就会发现，在国难当头的日子里，朱自清从未沉浸在世外桃源式的情境里。在漂泊的教书生活里，他的心，一直和民众，和民族的命运联在一起。蒙自的生活经历，可以说加深了他对国民的信心。没有这样一种爱，一种情感，《蒙自杂记》或许就不会具有这样美的境界。

　　我深深的敬佩朱自清，他委曲缜密的笔触，出奇制胜的方式，不是一般人学得来的。读他的散文，就像走入他的心灵之门一样，越走越觉得深广无穷。好的散文，是好的人格的标志，读《蒙自杂记》，都会有这种感觉吧。

（孙郁）

北平沦陷那一天

只要人心不死，最后的胜利终久是咱们的！

◎ 清华师生反对美国扶日大游行。

二十六年七月二十七日的下午，风声很紧，我们从西郊搬到西单牌楼左近胡同里朋友的屋子里。朋友全家回南，只住着他的一位同乡和几个仆人。我们进了城，城门就关上了。街上有点儿乱，但是大体上还平静。听说敌人有哀的美敦书给我们北平的当局，限二十八日答复，实在就是叫咱们非投降不可。要不然，二十八日他们便要动手。我们那时虽然还猜不透当局的意思，但是看光景，背城一战是不可免的。

二十八日那一天，在床上便听见隆隆的声音。我们想，大概是轰炸西苑兵营了。赶紧起来，到胡同口买报去。胡同口正冲着西长安街。这儿有西城到东城的电车道，可是这当儿两头都不见电车的影子。只剩两条电车轨在闪闪的发光。街上洋车也少，行人也少。那么长一条街，显得空空的，静静的。胡同口，街两边走道儿上却站着不少闲人，东望望，西望望，都不做声，像等着什么消息似的。街中间站着一个警察，沉着脸不说话。有一个骑车的警察，扶着车和他咬了几句耳朵，又匆匆上车走了。

报上看出咱们是决定打了。我匆匆拿着报看着回到住的地方。隆隆的声音还在稀疏的响着。午饭匆匆的吃了。门口接二连三的叫"号外！号外！"买进来抢着看，起先说咱们抢回丰台，抢回天津老站了，后来说咱们抢回廊坊了，最后说咱们打进通州了。这一下午，屋里的电话铃也直响。有的朋友报告消息，有的朋友打听消息。报告的消息有的从地方政府里得来，有的从外交界得来，都和"号外"里说的差不多。我们眼睛忙着看号外，耳朵忙着听电话，可是忙得高兴极了。

六点钟的样子，忽然有一架飞机嗡嗡的出现在高空中。大家都到院子里仰起头看，想看看是不是咱们中央的。飞机绕着弯儿，随着弯儿，均匀的撒着一搭一搭的纸片儿，像个长尾巴似的。纸片儿马上散开了，纷纷扬扬的像蝴蝶儿乱飞。我们明白了，这是敌人打得不好，派飞机来撒传单冤人了。仆人们开门出去，在胡同里捡了两张进来，果然是的。满纸荒谬的劝降的话。我们略看一看，便撕掉扔了。

天黑了，白天里稀疏的隆隆的声音却密起来了。这时候屋里的电话铃也响得密起来了。大家在电话里猜着，是敌人在进攻西苑了，是敌人在进攻南苑了。这是炮声，一下一下响的是咱们的，两下两下响的是他们的。可是敌人怎么就能够打到西苑或南苑呢？谁都在闷葫芦里！一会儿警察挨家通知，叫塞严了窗户跟门儿什么的，还得准备些土，拌上尿跟葱，说是夜里敌人的飞机许来放毒气。我们不相信敌人敢在北平城里放毒气。但是仆人们照着警察吩咐的办了。我们焦急的等着电话里的好消息，直到十二点才睡。睡得不坏，模糊的凌乱的做着胜利的梦。

二十九日天刚亮，电话铃响了。一个朋友用确定的口气说，宋哲元、秦德纯昨儿夜里都走了！北平的局面变了！就算归了敌人了！他说昨儿的好消息也不是全没影儿，可是说得太热闹些。他说我们现在像从天顶上摔下来了，可是别灰心！瞧昨儿个大家那么焦急的盼望胜利的消息，那么热烈的接受胜利的消息，可见北平的人心是不死的。只要人心不死，最后的胜利终究是咱们的！等着瞧罢，北平是不会平静下去的，总有那么一天，咱们会更热闹一下。那就是咱们得着决定的胜利的日子！这个日子不久就会到来的！我相信我的朋友的话句句都不错！

1939 年 6 月于昆明

赏析

　　事情已经是历史，但两年后道来，却"晴川历历"，如在目前。若不是有铭心刻骨的记忆，怎么能如此"点点滴滴在心头"。读这样的文字，读者自然感情投入。然而作者絮絮切切说到烂情处，却又一笔横断，冷冷写出下面的事实："宋哲元、秦德纯昨儿夜里都走了！北平的局面变了！就算归了敌人了！"实实直落千丈，一凉到底。打的决心、战的仇忾、盼的焦灼、胜的期待，怙恃顿失，白日的思牵、夜晚的梦回、频繁的传告、纷纭的消息，俱成泡影。行文至此，骤然有"山从人面起，云傍马头生"的突兀。当局这样，民心呢？接下去读到"他说昨儿的好消息也不是全没影儿，可是说得太热闹些"。便殊感悲慨！怆痛！——民心真诚到天真！掩卷沉思，微言大义，似在字里行间。到此，按说，文章就势打住，也无可无不可。至少可评说个"讽意俨然"吧。然而，是不是有些立意单薄，甚或草率无力呢？作者当然是自爱风流高格调、不作呢喃女儿语。他抖擞笔墨、"马跃澶溪"，洋洋溢溢写出一大段话："北平的人心是不死的。""总有那么一天，咱们会更热闹一下。""我相信我的朋友的话句句都不错！"把当局的阴影扫去，将民心的和声奏出，铿铿锵锵、慷慨豪迈。于跌宕起落之中，避仓促低回之失，收激扬响亮之效。行文尽管口语白话，所言尽管述旧忆往，但话旧而意不旧，言平而气不平，浅出而深致，界小而境大。

（朱文衡）

这一天

从前只是一大块沃土，一大盘散沙的死中国，现在是有血有肉的活中国了。

这一天是我们新中国诞生的日子。

从廿六年这一天以来，我们自己，我们的友邦，甚至我们的敌人开始认识我们新中国的面影。从前只知道我们是文化的古国，我们自己只能有意无意的夸耀我们的老，世界也只有意无意的夸奖我们的老。同时我们不能不自伤老大，自伤老弱：世界也无视我们这老大的老弱的中国。中国几乎成了一个历史上的或地理上的名词。

从两年前这一天起，我们惊奇我们也能和东亚的强敌抗战，我们也能迅速的现代化，迎头赶上去。世界也刮

◎1948年朱自清与陈竹隐及幼女朱蓉隽摄于颐和园。

目相看，东亚病夫居然奋起了，睡狮果然醒了。从前只是一大块沃土，一大盘散沙的死中国，现在是有血有肉的活中国了。从前中国在若有若无之间，现在确乎是有了。

从两年后的这一天看，我们不但有光荣的古代，而且有光荣的现代；不但有光荣的现代，而且有光荣的将来无穷的世代。新中国在血火中成长了。

双十是我们新中国孕育的日子，七·七是我们新中国诞生的日子。

1939年

赏析

这是朱自清于1939年为纪念"七·七"抗战两周年而写的短文。文章开篇，作者就提出："七·七"这一天"是我们新中国诞生的日子"。接着，文章围绕老、新、死、活、无、有六个字，将中国抗战前与抗战两年来的国家概况进行对比：抗战前的中国——"古"而"老"且"弱"；抗战以来，"我们自己，我们的友邦，甚至我们的敌人开始认识我们新中国的面影。"从我、友、敌三方面来确立中国的新生，新、老对比，充实了"诞生"的内蕴。"从前只是一大块沃土，一大盘散沙的死中国，现在是有血有肉的活中国了。从前中国在若有若无之间，现在确乎是有了。"死与活，无与有的对比，再次说明新中国确实是"诞生"了！展望未来，作者激情满怀："我们不但有光荣的古代，而且有光荣的现代；不但有光荣的现代，而且有光荣的将来无穷的世代。新中国在血火中成长了！"最后，作者强调："双十是我们新中国孕育的日子，七·七是我们新中国诞生的日子。"因为双十只成立了一个国民政府，七·七才是中华民族精神奋起、在列强面前显示自己力量的日子，这个日子催促了新中国的诞生！本文边叙边议，叙中情浓、议中血涌，看似平静，实则激烈，深切地表现了作者爱国家、爱民族的一腔赤诚。

(文成英)

重庆一瞥

只看去年秋天那回大轰炸以后，曾几何时，我们的陪都不是又建设起来了吗！

重庆的大，我这两年才知道。从前只知重庆是一个岛，而岛似乎总大不到那儿去的。两年前听得一个朋友谈起，才知道不然。他一向也没有把重庆放在心上。但抗战前二年走进夔门一看，重庆简直跟上海差不多；那时他确实吃了一惊。我去年七月到重庆时，这一惊倒是幸而免了。却是，住了一礼拜，跑的地方不算少，并且带了地图在手里，而离开的时候，重庆在我心上还是一座丈八金身，摸不着头脑。重庆到底好大，我现在还是说不出。

从前许多人，连一些四川人在内，都说重庆热闹，俗气，我一向信为定论。然而不尽然。热闹，不错，这两年更其是的；俗气，可并不然。我在南岸一座山头上住了几天。朋友家有一个小廊子，和重庆市面对面儿。清早江上雾蒙蒙的，雾中隐约着重庆市的影子。重庆市南北够狭的。东西却够长的，展开来像一幅扇面上淡墨轻描的山水画。雾渐渐消了，轮廓渐渐显了，扇上面着了颜色，但也只淡淡儿的，而且阴天晴天差不了多少似的。一般所说的俗陋的

◎ 朱自清20世纪40年代出版的部分书籍封面。

洋房,隔了一衣带水却出落得这般素雅,谁知道! 再说在市内,傍晚的时候,我跟朋友在枣子岚垭,观音岩一带散步,电灯亮了,上上下下,一片一片的是星的海,光的海。一盏灯一个眼睛,传递着密语。像旁边没有一个人。没有人,还哪儿来的俗气。

从昆明来,一路上想,重庆经过那么多回轰炸,景象该很惨罢。报上虽不说起,可是

◎ 朱自清20世纪40年代出版的《经典常谈》和《诗言志辨》。

想得到的。可是,想不到的! 我坐轿子,坐洋车,坐公共汽车,看了不少的街,炸痕是有的。瓦砾场是有的。可是,我不得不吃惊了。整个的重庆市还是堂皇伟丽的! 街上还是川流不息的车子和步行人,挤着挨着,一个垂头丧气的也没有。有一早上坐在黄家垭口那家宽敞的豆乳店里,街上开过几辆炮车。店里的人都起身看,沿街也聚着不少的人。这些人的眼里都充满了安慰和希望。只要有安慰和希望,怎么轰炸重庆市的景象也不会惨的,我恍然大悟了——只看去年秋天那回大轰炸以后,曾几何时,我们的陪都不是又建设起来了吗!

1941年

赏析

对于像重庆这样的大城市，仅以八百字的"一瞥"，能"瞥"出什么名堂呢？只能是浮光掠影地抓拍，而且要避实就虚，巧取材，妙布局，出奇制胜。

一说重庆，稍有常识的人立刻就会想到：它是山城。城在山中，山在城中。这就决定了建筑的格局，房屋的走向，决定了交通的异状。它是火炉。时当三伏，世人避之尤恐不远。它处在长江、嘉陵江两江会合处，这就带来水之隔，雾之浓。抗战时期它是陪都。政治中心，人才荟萃，是希望之所在。它历史悠久。据传记已有四千多年，有史记载也已三千年有余。这些都是常识。聪明的作者就不能在常识问题上浪费笔墨，要避免碰硬。

朱自清毕竟是斫轮老手，他克服困难的办法是：从别人怎么说重庆，因而自己在想象中怎么描绘重庆开始，再以实际的"一瞥"来印证：或证实，或修正，从而由表及里地认识重庆、了解重庆、热爱重庆。

有人说重庆热闹、俗气。"热闹，不错，这两年更其是的"，一句话就把"热闹"交代过去了。人人都承认的事实，就不必画蛇添足，费力不讨好。至于是否"俗气"，文章分两层，一远一近，稍加描写，谈自己的看法。一是从南岸山头眺望市中心区，在雾气蒙蒙之中，觉得它如一幅展开的扇面淡墨画，"出落得这般素雅"。山城之错落，水雾之迷蒙，均有说不尽的情致。二是在市区枣子岚垭、观音岩一带散步观灯，只见"上上下下，一片一片的是星的海，光的海"。不但看见了星与光构成的海，还仿佛听见了星与光的密语、对话。隔江远眺，登山俯看，都切在"瞥"字上，不离题；不管是像扇面上的山水画，还是如星的海、光的海，都落在"雅"字上，正好和"俗气"的皮相之见相对待；可远眺，可俯看，江上雾蒙蒙，全城灯火与星光交相辉映，这正是山城、雾都的特征，不专门去写特色，而在叙事与描写之中，又处处包含特色，显露特色。重庆的韵致就栖息在雾蒙蒙之中，孕育在星光汇成的海之中，它比那种平铺直叙、一览无遗的城市含蓄得多，富于葱茏的诗意。

《重庆一瞥》分三段，也就是三个层次。先虚写大与小，以大得"说不出"收笔，永远让读者去咀嚼、充实、回味；接着以比喻和描绘，精练而精致地论证雅与俗，以感情的形象，让读者接受雅的结论，最后写民心，落实在信心和希望上，在帝国主义的侵略面前，人民没有悲观和失望。有了这样的人民，胜利一定是属于中国的，将来一定比现在更美好。

朱自清不让古典散文专美于前，他有他的长处。他的散文是纯粹的口语，自然流畅，清新淡雅。他能极为细致地捉摸客观形象，无论是写景或纪游，都能提炼精髓，以见神韵；再辅以想象和比喻，即情景交融地表达出一种境界。

（张大明）

我是扬州人

"青灯有味是儿时"，其实不止青灯，儿时的一切都是有味的。

◎1912年，朱自清从安徽旅扬公学高小毕业后考入扬州两淮中学读书。图为两淮中学教室。

有些国语教科书里选得有我的文章，注解里或说我是浙江绍兴人，或说我是江苏江都人——就是扬州人。有人疑心江苏江都人是错了，特地老远的写信托人来问我。我说两个籍贯都不算错，但是若打官话，我得算浙江绍兴人。浙江绍兴是我的祖籍或原籍，我从进小学就填的这个籍贯；直到现在，在学校里服务快三十年了，还是报的这个籍贯。不过绍兴我只去过两回，每回只住了一天；而我家里除先母外，没一个人会说绍兴话。

我家是从先祖才到江苏东海做小官。东海就是海州，现在是陇海路的终点。我就生在海州。四岁的时候先父又到邵伯镇做小官，将我们接到那里。海州的情形我全不记得了，只对海州话还有亲热感，因为父亲的扬州话里夹着不少海州口音。在邵伯住了差不多两年，是住在万寿宫里。万寿宫的院子很大，很静，门口就是运河。河坎很高，我常向河里扔瓦片玩儿。邵伯有个铁牛湾，那儿有一条铁牛镇压着。父亲的当差常抱我去看它，骑它，抚摩它。镇里的情形我也差不多忘记了。只记住在镇里一家人家的私塾里读过书，在那里认识了一个好朋友叫江家振。我常到他家玩儿，傍晚和他坐在他家荒园里一根横倒的枯树干上说着话，依依不舍，不想回家。这是我第一个好朋友，可惜他未成年就死了；记得他瘦得很，也许是肺病罢？

六岁那一年父亲将全家搬到扬州。后来又迎养先祖父和先祖母。父亲曾到江西做过几年官，我和二弟也曾去过江西一年，但是老家一直在扬州住着。我在扬州读初等小学，没毕业；读高等小学，毕了业；读中学，也毕了业。我的英文得力于高等小学里一位黄先生，他已经过世了。还有陈春台先生，他现在是北平著名的数学教师。这两位先生讲解英文真清楚，启发了我学习的兴趣；只恨我始终没有将英文学好，愧对这两位老师。还有一位戴子秋先生，也早过世了，我的国文是跟他老人家学着做通了的。那是辛亥革命之后在他家夜塾里的时候。中学毕业，我是十八岁，那年就考进了北京大学预科，从此就不常在扬州了。

就在十八岁那年冬天，父亲母亲给我在扬州完了婚。内人武钟谦女士是杭州籍，其实也是在扬州长成的。她从不曾去过杭州；后来同我去是第一次。她后来因为肺病死在扬州，我曾为她写过一篇《给亡妇》。我和她结婚的时候，祖父已死了好几年了。结婚后一年祖母也死了。他们两老都葬在扬州，我家于是有祖莹在扬州了。后来亡妇也葬在这祖莹里。母亲在抗战前两年过去，父亲在胜利前四个月过去，遗憾的是我都不在扬州；他们也葬在那祖莹里。这中间叫我痛心的是死了第二个女儿！她性情好，爱读书，做事负责任，待朋友最好。已经成人了，不知什么病，一天半就完了！她也葬在祖莹里。我有九个孩子。除第二个女儿外，还有一个男孩不到一岁就死在扬州；其余亡妻生的四个孩子都曾在扬州老家住过多少年。这个老家直到今年夏初才解散了，但是还留着一位老年的庶母在那里。

　　我家跟扬州的关系，大概够得上古人说的"生于斯，死于斯，歌哭于斯"了。现在亡妻生的四个孩子都已自称为扬州人了；我比起他们更算是在扬州长成的，天然更该算是扬州人了。但是从前一直马马虎虎的骑在墙上，并且自称浙江人的时候还多些，又为了什么呢？这一半因为报的是浙江籍，求其一致；一半也还有些别的道理。这些道理第一桩就是籍贯是无所谓的。那时要做一个世界人，连国籍都觉得狭小，不用说省籍和县籍了。那时在大学里觉得同乡会最没有意思。我同住的和我来往的自然差不多都是扬州人，自己却因为浙江籍，不去参加江苏或扬州同乡会。可是虽然是浙江绍兴籍，却又没跟一个道地浙江人来往，因此也就没人拉我去开浙江同乡会，更不用说绍兴同乡会了。这也许是两栖或骑墙的好处罢？然而出了学校以后到底常常会到道地绍兴人了。我既然不会说绍兴话，并且除了花雕和兰亭外几乎不知道绍兴的别的情形，于是乎往往只好自己承认是假绍兴人。那虽然一半是玩笑，可也有点儿窘的。

　　还有一桩道理就是我有些讨厌扬州人；我讨厌扬州人的小气和虚气。小是眼光如豆，虚是虚张声势，小气无须举例。虚气例如已故的扬州某中央委员，坐包车在街上走，除拉车的外，又跟上四个人在车子边推着跑着。我曾经写这一篇短文，指出扬州人这些毛病。后来要将这篇文收入散文集《你我》里，商务印书馆不肯，怕再闹出"闲话扬州"的案子。这当然也因为他们总以为我是浙江人，而浙江人骂扬州人是会得罪扬州人的。但是我也并不抹煞扬州的好处，曾经写过一篇《扬州的夏日》，还有在《看花》里也提起扬州福缘庵的桃花。再说现在年纪大些了，觉得小气和虚气都可以算是地方气，绝不止是扬州人如此。从前自己常答应人说自己是绍兴人，一半又因为绍兴人有些蛮气，而扬州人似乎太聪明。其实扬州人也未尝没蛮气，我的朋友任中敏（二北）先生，办了这么多年汉民中学，不管人家理会不理会，难道还不够"蛮"的！绍兴人固然有蛮气，但是也许还有别的气我讨厌的，不过我不深知罢了。这也许是阿Q的想法罢？然而我对于扬州的确渐渐亲热起来了。

扬州真像有些人说的，不折不扣是个有名的地方。不用远说，李

◎朱自清故居的天井和客厅。

斗《扬州画舫录》里的扬州就够羡慕的。可是现在衰落了，经济上是一日千丈的衰落了，只看那些没精打采的盐商家就知道。扬州人在上海被称为江北老，这名字总而言之表示低等的人。江北老在上海是受欺负的，他们于是学些不三不四的上海话来冒充上海人。到了这地步他们可竟会忘其所以的欺负起那些新来的江北老了。这就养成了扬州人的自卑心理。抗战以来许多扬州人来到西南，大半都自称为上海人，就靠着那一点不三不四的上海话；甚至连这一点都没有，也还自称为上海人。其实扬州人在本地也有他们的骄傲的。他们称徐州以北的人为侉子，那些人说的是侉话。他们笑镇江人说话土气，南京人说话大舌头，尽管这两个地方都在江南。英语他们称为蛮话，说这种话的当然是蛮子了。然而这些话只好关着门在家里说，到上海一看，立刻就会矮上半截，缩起舌头不敢喷一声了。扬州真是衰落得可以啊！

我也是一个江北老，一大堆扬州口音就是招牌，但是我却不愿做上海人；上海人太狡猾了。况且上海对我太生疏，生疏的程度跟绍兴对我也差不多；因为我知道上海虽然也许比知道绍兴多些，但是绍兴究竟是我的祖籍，上海是和我水米无干的。然而年纪大起来了，世界人到底做不成，我要一个故乡。

俞平伯先生有一行诗，说"把故乡掉了"。其实他掉了故乡又找到了一个故乡；他诗文里提到苏州那一股亲热，是可羡慕的，苏州就算是他的故乡了。他在苏州度过他的童年，所以提起来一点一滴都亲亲热热的，童年的记忆最单纯最真切，影响最深最久；种种悲欢离合，回想起来最有意思。"青灯有味是儿时"，其实不止青灯，儿时的一切都是有味的。这样看，在那儿度过童年，就算那儿是故乡，大概差不多罢？这样看，就只有扬州可以算是我的故乡了。何况我的家又是"生于斯，死于斯，歌哭于斯"呢？所以扬州好也罢，歹也罢，我总该算是扬州人的。

1946年

赏析

  与朱自清早年的散文比较，《我是扬州人》的文字更加洗练和自然，丝毫不落雕琢斧凿的痕迹。全篇挥洒自如，兴之所至，一泻千里，随手拈来，皆成文章；像是面对着一个老友无拘无束地娓娓而谈，倾诉衷曲，给人以亲切、质朴和纯真的感觉。它既有浓郁的抒情，又有即兴的议论，而且将二者有机结合，使全文浑然一体。

  现代人不再固守家园，常常不停地流动与奔突，他们谈起故乡，既不是对郡望家世的炫耀，也没有倦游思归（要归，也只不过归来看看，绝大多数不是回乡定居）的意愿。油然而生的故乡情，来自对金色童年的无限眷恋，对那人生最初阶段的美好回忆。"在那儿度过童年，就算那儿是故乡"，一语道破了现代人思乡的秘密。作者对童年在邵伯镇和扬州城的回忆，像写意画似的寥寥几笔，貌似平淡，但感情的潜流却在字里行间奔实，攫住了人们的心田。童年，是蕴藏在每个人心底的一段柔情，遇到文字的媒介，便在作者和读者的心中泛滥开了。

  在我们这个讲面子、慕虚荣的国度，甚至籍贯也成为沽名钓誉的本钱，玷污了故乡情的纯真。北方人说南方人蛮，南方人说北方人侉；大地方瞧不起小地方，繁荣地区看不上闭塞地区。随意地臧否别人的籍贯，嘲笑他乡的习俗，这似乎有失厚道，江北佬到上海没几年，就冒充上海人，反过来欺侮自己的同乡新到上海的江北佬；这简直是市侩气、奴才气了。作者在即兴的议论中，鞭答了这些国民性的痼疾，颇发人猛省。作者自己虽对扬州因"生于斯，死于斯，歌哭于斯"而怀着深挚的感情，却能够对之作出客观的评论，无讳辞，不护短，这大概是因为作者曾经"要做一个世界人"的缘故吧；

　　情不逾理，理寓情中：情理交融！

（张华）

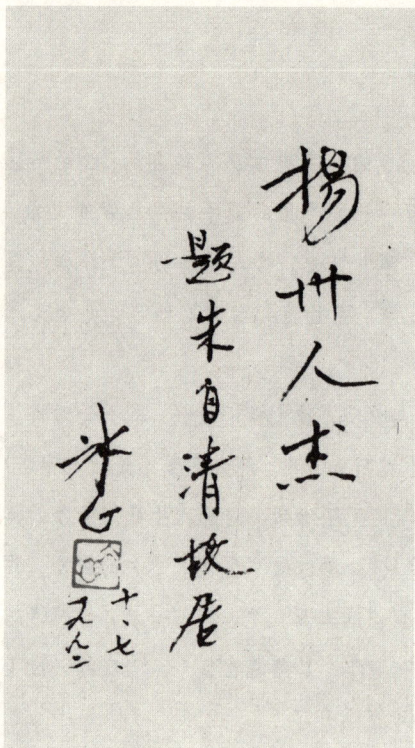

◎ 冰心为朱自清故居题词。

中国学术的大损失

—— 悼闻一多先生

闻先生的惨死尤其是中国文学方面一个不容易补偿的损失。

一

闻一多先生在昆明惨遭暗杀，激起全国的悲愤。这是民主运动的大损失，又是中国学术的大损失。关于后一方面，作者知道的比较多，现在且说个大概，来追悼这一位多年敬佩的老朋友。

大家都知道闻先生是一位诗人。他的《红烛》，尤其他的《死水》，读过

◎1947 年 7 月 20 日，闻一多死难周年纪念会后，部分与会者在清华大礼堂前合影。右四为朱自清。

的人很多。这些集子的特色之一，是那些爱国诗。在抗战以前他也许是唯一的爱国新诗人。这里可以看出他对文学的态度。新文学运动以来，许多作者都认识了文学的政治性和社会性而有所表现，可是闻先生认识得特别亲切，表现得特别强调。他在过去的诗人中最敬爱杜甫，就因为杜诗政治性和社会性最浓厚。后来他更进一步，注意原始人的歌舞；这是集团的艺术，也是与生活打成一片的艺术。他要的是热情，是力量，是火一样的生命。

但是他并不忽略语言的技巧，大家都记得他是提倡诗的新格律的人。也是创造诗的新格律的人。他创造自己的诗的语言，并且创造自己的散文的语言。诗大家都知道，不必细说；散文如《唐诗杂论》，可惜只有五篇，那经济的字句，那完密而短小的篇幅，简直是诗。我听他近来的演说，有两三回也是这么精悍，字字句句好似称量而出，却又那么自然流畅。他因此也特别能够体会古代语言的曲折处。当然，以上这些都得靠学力，但是更得靠才气，也就是想象。单就读古书而论，固然得先通文字声韵之学；可是还不够，要没有活泼的想象力，就只能做出点滴的饾饤的工作，决不能融会贯通的。这里需要细心，更需要大胆。闻先生能够体会到古代语言的表现方式，他的校勘古书，有些地方胆大得吓人，但却是细心吟味所得；平心静气读下去，不由人不信。校书本有死校活校之分；他自然是活校，而因为知识和技术的一般进步，他的成就骎骎乎驾活校的高邮王氏父子而上之。

他研究中国古代，可是他要使局部化了石的古代复活在现代的人心目中。因为这古代与现代究竟属于一个社会，一个国家，而历史是联贯的。我们要客观的认识古代；可是，是"我们"在客观的认识古代，现代的我们要能够在心目中想象古代的生活，要能够在心目中分享古代的生活，才能认识那活的古代，也许才是那真的古代——这也才是客观的认识古代。闻先生研究伏羲的故事或神话，是将这神话跟人们的生活打成一片；神话不是空想，不是娱乐，而是人民的生命力和生活力的表现。这是死活存亡的消息，是人与自然斗争的纪录，非同小可。他研究《楚辞》的神话，也是一样的态度。他看屈原，也将他放在整个时代整个社会里看。他承认屈原是伟大的天才；但天才是活人，不是偶像，只有这么看，屈原的真面目也许才能再现在我们心中。他研究《周易》里的故事，也是先有一整个社会的影像在心里。研究《诗经》也如此，他看出那些情诗里不少歌咏性生活的句子。他常说笑话，说他研究《诗经》，越来越"形而下"了——其实这正表现着生命的力量。

他是有幽默感的人，他的认识古代，有时也靠着这种幽默感。看《匡斋尺牍》里《狼跋》一篇，便知道他能够体会到别人从不曾体会到的古人的幽默感。而所谓"匡斋"本于匡衡说诗解人颐那句话，正是幽默的意思。他的《死水》里《闻一多先生的书桌》，也是一首难得的幽默的诗。他有着强大的生命力，常跟我们说要活到八十岁，现在还不满四十八岁，竟惨死在那卑鄙恶毒的枪下！有个学生曾瞻仰他的遗体，见他"遍身血迹，双手抱头，全身痉挛"。唉！他是不甘心的！我们也是不甘心的！

二

闻先生的惨死尤其是中国文学方面一个不容易补偿的损失。

闻先生的专门研究是《周易》，《诗经》，《庄子》，《楚辞》，唐诗，许多人都知道。他的研究工作至少有了二十年，发表的文字虽然不算太多，但积存的稿子却很多。这些并非零散的稿子，大都是成篇的，而且他亲手抄写得很工整。只是他总觉得还不够完密，要再加些工夫才愿意编写成书。这可见他对于学术忠实而谨慎的态度。

他最初在唐诗上多用力量。那时已见出

◎西南联大校门。

他是个考据家，并已见出他的考据的本领。他注重诗人的年代和诗的年代。关于唐诗的许多错误的解释与错误的批评，都由于错误的年代。他曾将唐代一部分诗人生卒年代可考者制成一幅图表，谁看了都会一目了然。他是学过图案画的，这帮助他在考据上发现了一种新技术；这新技术是值得发展的。但如一般所知，他又是个诗人，并且是个在领导地位的新诗人，他亲自经过创作的甘苦，所以更能欣赏诗人与诗。他的《唐诗杂论》虽然只有五篇，但都是精彩逼人之作。这些不但将欣赏和考据融化得恰到好处，并且创造了一种诗样精粹的风格，读起来句句耐人寻味。

后来他在《诗经》《楚辞》上多用力量。我们知道要了解古代文学，必须从语言下手，就是从文字声韵下手。但必须能够活用文字声韵的种种条例，才能有所创获。闻先生最佩服王念孙父子，常将《读书杂志》《经义述闻》当做消闲的书读着。他在古书通读上有许多惊人而确切的发明。对于甲骨文和金文，也往往有独到之见，他研究《诗经》，注重那时代的风俗和信仰等等；这几年更利用弗洛伊德以及人类学的理论得到一些深入的解释。他对《楚辞》的兴趣似乎更大，而尤集中于其中的神话。他的研究神话，实在给我们学术界开辟了一条新的大路。关于伏羲的故事，他曾将许多神话综合起来，头头是道，创见最多，关系极大。曾听他谈过大概，可惜写出来的还只是一小部分。他研究《周易》，是爱其中的片段的故事，注重的是社会生活经济生活的表现。近三四年他又专力研究《庄子》，探求原始道教的面目，并发见庄子一派政治上不合作的态度。以上种种都跟传统的研究不同：眼光扩大了，深入了，技术也更进步了，更周密了。所以贡献特别多，特别大。近年他又注意整个的中国文学史，打算根据经济史观去研究一番，可惜还没有动手就殉了道。

这真是我们一个不容易补偿的损失啊！

赏析

　　我认识闻一多的学术思想，是从朱自清先生这篇《中国学术的大损失》一文开始的。他稍后所写的《序〈闻一多全集〉》，《闻一多全集编后记》等，可以说为闻先生的人与学识画了一张动人的画像。这忧愤的调子、悲慨的情怀，以及对友人的真挚情感，真像一把火灼烤着我的心。

　　由朱自清先生来写闻一多的悼念文，是最合适不过的了。两位学者在许多方面，有着相似的地方。真正的学人，是深悟治学之道与为人之道的。《中国学术的大损失》一文，与其说是对闻一多的悼词，不如说是对这位学者和诗人的精神价值的评估。闻一多真是个奇才，其在诗的创作与古代文学的研究上，都堪称卓越超凡的。他的成功，在于脱离了传统学者的"匠气"，因为一方面深味创作的甘苦，另一方面具有现实主义精神和政治意识，所以常常将古代文化进行现代性的阐释。这种以现代人的目光重估历史，并且从历史寻找现代中国文化走向的忧患精神，是一般学者难以做到的。朱自清可以说是闻一多难得的知音。他从闻一多火一样的生命、幽默感、政治热情和超越古人的气质与品格中，看到了中国知识分子最可贵的东西。而这一切，是传统学者恰恰缺少的。

　　中国传统文人的悼念亡友的文字，多拘于私人之情，或有奇想，也多是叹人生之无常，命运之多厄。但"五四"以来的知识分子，思维空间显然是开阔得多了。鲁迅的悼章太炎，那宏大的视界，至今仍使人叹为观止。朱自清虽不及鲁迅的深刻，但那颇有现实精神的学者目光，亦为常人所难及的。朱自清本身是一个传统类型的文人，但从"三·一八"惨案和抗战以来，其思想日益成熟。尤其是闻一多事件，对他的震动是巨大的。他的社会责任感和使命感，显得十分强烈。评价别人，总是一种自我意识的表现。读罢此文，好像看到作为学者的朱自清的内心最纯真的东西。文章在感叹流转之中，多情高意远之味。人生太短，学涯有期，但大智者的人格与思想，是常留天地之间的。

我想，闻先生地下有知，会有知己之感的。而朱自清也因此文，无形中把自我的精神形象，雕塑了出来。读这样的作品，是很有收益的。

（孙郁）

回来杂记

这儿看出了时代的影子，北平是有点儿晃荡了。

回到北平来，回到原来服务的学校里，好些老工友见了面用道地的北京话道："你回来啦！"是的，回来啦。去年刚一胜利，不用说是想回来的。可是这一年来的情形使我回来的心淡了，想象中的北平，物价像潮水一般涨，整个的北平也像在潮水里晃荡着。然而我终于回来了。飞机过北平城上时，那棋盘似的房屋，那点缀着的绿树，那紫禁城，那一片黄琉璃瓦，在晚秋的夕阳里，真美。在飞机上看北平市，我还是第一次。这一看使我联带的想起北平的多少老好处，我忘怀一切，重新爱起北平来了。

在西南接到北平朋友的来信，说生活虽然艰难，还不至如传说之甚，说北平的街上还跟从前差不多的样子。是的，北平就是粮食贵得凶，别的还差不离儿。因为只有粮食贵得凶，所以从上海来的人，简直松了一大口气，只说"便

◎ 1933年，朱自清与友人在清华园居所前留影。

宜呀！便宜呀！"我们从重庆来的，却没有这样胃口。再说虽然只有粮食贵得凶，然而粮食是人人要吃日日要吃的。这是一个浓重的阴影，罩着北平的将来。但是现在谁都有点儿且顾眼前，将来，管得它呢！粮食以外，日常生活的必需品，大致看来不算少；不是必需而带点儿古色古香的那就更多。旧家具，小玩意儿，在小市里，地摊上，有得挑选的，价钱合适，有时候并且很贱。这是北平老味道，就是不大有耐心去逛小市和地摊的我，也深深在领略着。从这方面看，北平算得是"有"的都市，西南几个大城比起来真寒尘相了。再去故宫一看，赫，可了不得！虽然曾游过多次，可是从西南回来这是第一次。东西真多，小市和地摊儿自然不在话下。逛故宫简直使人不想买东西，买来买去，买多买少，算得什么玩意儿！北平真"有"，真"有"它的！

北平不但在这方面和从前一样"有"，并且在整个生活上差不多和从前一样闲。本来有电车，又加上了公共汽车，然而大家还是悠悠儿的。电车有时来得很慢，要等得很久。从前似乎不至如此，也许是线路加多，车辆并没有比例的加多吧？公共汽车也是来得慢，也要等得久。好在大家有的是闲工夫，慢点儿无妨，多等点时候也无妨。可是刚从重庆来的却有些不耐烦。别瞧现在重庆的公共汽车不漂亮，可是快，上车，卖票，下车都快。也许是无事忙，可是快是真的。就是在排班等着罢，眼看着一辆辆来车片刻间上满了客开了走，也觉痛快，比望眼欲穿的看不到来车的影子总好受些。重庆的公共汽车有时也挤，可是从来没有像我那回坐宣武门到前门的公共汽车那样，一面挤得不堪，一面卖票人还在中途站从容的给争着上车的客人排难解纷。这真闲得可以。

现在北平几家大型报都有几种副刊，中型报也有在拉人办副刊的。副刊的水准很高，学术气非常重。各报又都特别注重学校消息，往往专辟一栏登载。前一种现象别处似乎没有，后一种现象别处虽然有，却不像这儿的认真——几乎有闻必录。北平早就被称为"大学城"和"文化城"，这原是旧调重弹，不过似乎弹得更响了。学校消息多，也许还可以认为有点生意经；

也许北平学生多，这么着报可以多销些？副刊多却决不是生意经，因为有些副刊的有些论文似乎只有一些大学教授和研究院学生能懂。这种论文原应该出现在专门杂志上，但目前出不起专门杂志，只好暂时委屈在日报的余幅上：这在编副刊的人是有理由的。在报馆方面，反正可以登载的材料不多，

◎朱自清旧居——清华园北院 16 号。

北平的广告又未必太多，多来它几个副刊，一面配合着这古城里看重读书人的传统，一面也可以镇静镇静这多少有点儿晃荡的北平市，自然也不错。学校消息多，似乎也有点儿配合看重读书人的传统的意思。研究学术本来要悠闲，这古城里向来看重的读书人正是那悠闲的读书人。我也爱北平的学术空气，自己也只是一个悠闲的读书人，并且最近也主编了一个带学术性的副刊，不过还是觉得这么多的这么学术的副刊确是北平特有的闲味儿。

然而北平究竟有些和从前不一样了。说它"有"罢，它"有"贵重的古董玩器。据说现在主顾太少了。从前买古董玩器送礼，可以巴结个一官半职的。现在据说懂得爱古董玩器的就太少了。礼还是得送，可是上了句古话，什么人爱钞，什么人都爱钞了。这一来倒是简单明了，不过不是老味道了。古董玩器的冷落还不足奇，更使我注意的是中山公园和北海等名胜的地方，也萧条起来了。我刚回来的时候，天气还不冷，有一天带着孩子们去逛北海。大礼拜的，漪澜堂的茶座上却只寥寥的几个人。听隔家茶座的伙计在向一位

客人说没有点心卖，他说因为客人少，不敢预备。这些原是中等经济的人物常到的地方；他们少来，大概是手头不宽，心头也不宽了罢。

中等经济的人家确乎是紧起来了。一位老住北平的朋友的太太，原来是大家小姐，不会做家里粗事，只会做做诗，画画画。这回见了面，瞧着她可真忙。她告诉我，用人减少了，许多事只得自己干；她笑着说现在操练出来了。她帮忙我捆书，既麻利，也还结实；想不到她也真操练出来了。这固然也是好事，可是北平到底不和从前一样了。穷得没办法的人似乎也更多了。我太太有一晚九点来钟带着两个孩子走进宣武门里一个小胡同，刚进口不远，就听见一声"站住！"向前一看，十步外站着一个人，正在从黑色的上装里掏什么，说时迟那时快，顺着灯光一瞥，掏出来乃是一把明晃晃的尖刀！我太太大声怪叫，赶紧转身向胡同口跑，孩子们也跟着怪叫，跟着跑。绊了石头，母子三个都摔倒；起来回头一看，那人也转了身向胡同里跑。这个人穿得似乎不寒碜，白白的脸，年轻轻的。想来是刚走这个道儿，要不然，他该在胡同中间等着，等来人近身再喊"站住"！这也许真是到了无可奈何才来走险的。近来报上常见路劫的记载，想来这种新手该不少吧。从前自然也有路劫，可没有听说这么多。北平是不一样了。

电车和公共汽车虽然不算快，三轮车却的确比洋车快得多。这两种车子的竞争是机械和人力的竞争，洋车显然落后。洋车夫只好更贱卖自己的劳力。有一回雇三轮儿，出价四百元，三轮儿定要五百元。一个洋车夫赶上来说："我去，我去。"上了车他向我说要不是三轮儿，这么远这个价他是不干的。还有在雇三轮儿的时候常有洋车夫赶上来，若是不理他，他会说："不是一样吗？"可是，就不一样！三轮车以外，自行车也大大的增加了。骑自行车可以省下一大笔交通费。出钱的人少，出力的人就多了。省下的交通费可以帮补帮补肚子，虽然是小补，到底是小补啊。可是现在北平街上可不是闹着玩的，骑车不但得出力，有时候还得拼命。按说北平的街道够宽的，可是近来常出事儿。我刚回来的一礼拜，就死伤了五六个人。其中王振华律师就是在自行车上被撞死的。这种交通混乱情形，美国军车自然该负最大的责任。但是据报载，交通警察也很怕咱们自己的军车。警察却不怕自行车，更不怕洋车和三轮儿。他们对洋车和三轮儿倒是一视同仁，一个不顺眼就拳脚一齐来。曾在宣武门里一个胡同口看见一辆三轮儿横在口儿上和人讲价，一个警察走来，不问三七二十一，抓住三轮车夫一顿拳打脚踢。拳打脚踢倒从来如此，他却骂得怪，他骂道，"×你有民主思想的妈妈！"那车夫挨着拳脚不说话，也是从来如此。可是他也怪，到底三轮车夫吧，在警察去后，却向着背影责问道："你有权利打人吗？"这儿看出了时代的影子，北平是有点儿晃荡了。

　　别提这些了，我是贪吃得了胃病的人，还是来点儿吃的。在西南大家常谈到北京的吃食，这呀那的，一大堆。我心里却还惦记一样不登大雅的东西，就是马蹄儿烧饼夹果子。那是一清早在胡同里提着筐子叫卖的。这回回来却还没有吃到。打听住家人，也说少听见了。这马蹄儿烧饼用硬面做，用炉烤，薄薄的，却有点韧，夹果子（就是脆而细的油条）最是相得益彰，也脆，也有咬嚼，比起有心子的芝麻酱烧饼有意思得多。可是现在劈柴贵了，吊炉少了，做马蹄儿并不能多卖钱，谁乐意再做下去！于是大家一律用芝麻酱烧饼夹夹果子了。芝麻酱烧饼厚，倒更管饱些。然而，然而不一样了。

赏析

　　《回来杂记》写于抗战胜利后的1946年。朱自清携妻领子从大后方重庆回到了久别的北平。古老的都城，绿树掩映着红墙，紫禁城依然金碧辉煌。然而"物是人非"，京城虽古风依旧，但岁月的潮水已将其荡得褪了颜色，旧貌难原了。作者透过京城风俗时尚的实录，述说了北平已在"潮水中晃荡"的感受，表现出对北平未来前途的深切关注。

　　回顾历史，历朝历代，古老的京城始终处于不变与变的动荡之中。今天，重读四十几年前的文章，好似品尝到"老北京的述说"的味道。艺术的成熟与高超就在于其超前的特质。本文在记叙京城更迭的感觉上恰恰抓住了这种超越时空的时代感和历史感，故增强了文章的艺术审美价值。

　　老北京是一座封闭的文化古城，带有"天子脚下"的清高和自命不凡，悠闲地乘车、走路、逛古玩店、遛公园、泡茶座、吃点心，不慌不忙，不惊不扰，一副悠闲自得的"贵族"气派。对外来的文化习俗，一律不理不睬，绝没有广州与上海的"中西合璧"。这种民俗风范正是老北京固有的市民意识、民族特色、文化传统、道德规范的集中体现，重新审视这些风俗时尚，会发现这些"京粹"已经与当今北京的市民意识、文化传统共存、相融、延续、更迭、嬗变，凝聚成新的京城文化的氛围。

　　"京粹"还体现在文章中典型的京味语言，口语化特色，纯正的京腔京韵。读着这些语句，能使人一下子想起侯宝林的传统相声《夜行记》中那个与汽车"玩命""叫

劲"的愣小子，想起九十年代通俗文学最叫座的小说家王朔语言的调侃，尽管大的背景氛围不同，确乎有点前车后辙的感觉。这些已俨然被老百姓通俗化的北京口语，说起来蛮顺口，听起来怪有味。怨不得三毛女士久别回京，认为最令她感动得热泪盈眶的竟是北京人那一口纯正地道的京腔京韵，字正腔圆，好好听。如果从京味式语言风格上讲，论述朱自清汇同老舍先生一道奠定了当今京味文学的语言基础，实不为过。

(耿光怡)

论气节

这种党人，大家尊为气节之士。气是敢作敢为，
节是有所不为——有所不为也就是不合作。

◎ 1948年的朱自清。

气节是我国固有的道德标准，现代还用着这个标准来衡量人们的行为，主要的是所谓读书人或士人的立身处世之道。但这似乎只在中年一代如此，青年代倒像不大理会这种传统的标准，他们在用着正在建立的新的标准，也可以叫做新的尺度。中年代一般的接受这传统，青年代却不理会它，这种脱节的现象是这种变的时代或动乱时代常有的。因此就引不起什么讨论。直到近年，冯雪峰先生才将这标准这传统作为问题提出，加以分析和批判：这是在他的《乡风与市风》那本杂文集里。

冯先生指出"士节"的两种典型：一是忠臣，一是清高之士。他说后者往往因为脱离了现实，成为"为节而节"的虚无主义者，结果往往会变了节。他却又说"士节"是对人生的一种坚定的态度，是个人意志独立的表现。因此也可以成就接近人民的叛逆者或革命家，但是这种人物的造就或完成，只

◎1947年5月20日，清华、北大的三万多大中学生，在北平举行声势浩大的反内战、反饥饿的示威游行。

有在后来的时代，例如我们的时代。冯先生的分析，笔者大体同意；对这个问题笔者近来也常常加以思索，现在写出自己的一些意见，也许可以补充冯先生所没有说到的。

气和节似乎原是两个各自独立的意念。《左传》上有"一鼓作气"的话，是说战斗的。后来所谓"士气"就是这个气，也就是"斗志"；这个"士"指的是武士。孟子提倡的"浩然之气"，似乎就是这个气的转变与扩充。他说"至大至刚"，说"养勇"，都是带有战斗性的。"浩然之气"是"集义所生"，"义"就是"有理"或"公道"。后来所谓"义气"，意思要狭隘些，可也算是"浩然之气"的分支。现在我们常说的"正义感"，虽然特别强调现实，似乎也还可以算是跟"浩然之气"联系着的。至于文天祥所歌咏的"正气"，更显然跟"浩然之气"一脉相承。不过在笔者看来两者却并不完全相同，文氏似乎在强调那消极的节。

节的意念也在先秦时代就有了，《左传》里有"圣达节，次守节，下失节"的话。古代注重礼乐，乐的精神是"和"，礼的精神是"节"。礼乐是贵族生活的手段，也可以说是目的。他们要定等级，明分际，要有稳固的社会秩序，所以要"节"，但是他们要统治，要上统下，所以也要"和"。礼以"节"为主，可也得跟"和"配合着；乐以"和"为主，可也得跟"节"配合着。节跟和是相反相成的。明白了这个道理，我们可以说所谓"圣达节"等等的"节"，是从礼乐里引申出来成了行为的标准或做人的标准；而这个节其实也就是传统的"中道"。按说"和"也是中道，不同的是"和"重在合，"节"重在分；重在分所以重在不犯不乱，这就带上消极性了。

　　向来论气节的，大概总从东汉末年的党祸起头。那是所谓处士横议的时代。在野的士人纷纷的批评和攻击宦官们的贪污政治，中心似乎在太学。这些在野的士人虽然没有严密的组织，却已经在联合起来，并且博得了人民的同情。宦官们害怕了，于是乎逮捕拘禁那些领导人。这就是所谓"党锢"或"钩党"，"钩"是"勾连"的意思。从这两个名称上可以见出这是一种群众的力量。那时逃亡的党人，家家愿意收容着，所谓"望门投止"，也可以见出人民的态度，这种党人，大家尊为气节之士。气是敢作敢为，节是有所不为——有所不为也就是不合作。这敢作敢为是以集体的力量为基础的，跟孟子的"浩然之气"与世俗所谓"义气"只注重领导者的个人不一样。后来宋朝几千大学生请愿罢免奸臣，以及明朝东林党的攻击宦官，都是集体行动，也都是气节的表现。但是这种表现里似乎积极的"气"更重消极的"节"。

　　在专制时代的种种社会条件之下，集体的行动是不容易表现的，于是士人的立身处世就偏向了"节"这个标准。在朝的要做忠臣。这种忠节或是表现在冒犯君主尊严的直谏上，有时因此牺牲性命；或是表现在不做新朝的官甚至以身殉国上。忠而至于死，那是忠而又烈了。在野的要做清高之士，这种人表示不愿和在朝的人合作，因而游离于现实之外；或者更逃避到山林之中，那就是隐逸之士了。这两种节，忠节与高节，都是个人的消极的表现。忠节至多造就一些失败的英雄，高节更只能造就一些明哲保身的自了汉，甚至于一些虚无主义者。原来气是动的，可以变化。我们常说志气，志是心之所向，可以在四方，可以在千里，志和气是配合着的。节却是静的，不变的；所以要"守节"，要不"失节"。有时候节甚至于是死的，死的节跟活的现实脱了榫，于是乎自命清高的人结果变了节，冯雪峰先生论到周作人，就是眼前的例子。从统治阶级的立场看，"忠言逆耳利于行"，忠臣到底是卫护着这个阶级的，而清高之士消纳了叛逆者，也是有利于这个阶级的。所以宋朝人说"饿死事小，失节事大"，原先说的是女人，后来也用来说士人，这正是统治阶级代言人的口气，但是也表示着到了那时代士的个人地位的增高和责任的加重。

"士"或称为"读书人"，是统治阶级最下层的单位，并非"帮闲"。他们的利害跟君相是共同的，在朝固然如此，在野也未尝不如此。固然在野的处士可以不受君臣名分的束缚，可以"不事王侯，高尚其事，"但是他们得吃饭，这饭恐怕还得靠农民耕给他们吃，而这些农民大概是属于他们做官的祖宗的遗产的。"躬耕"往往是一句门面语，就是偶然有个把真正躬耕的如陶渊明，精神上或意识形态上也还是在负着天下兴亡之责的士，陶的《述酒》等诗就是证据。可见处士虽然有时横议，那只是自家人吵嘴闹架，他们生活的基础一般的主要的还是在农民的劳动上，跟君主与在朝的大夫并无两样，而一般的主要的意识形态，彼此也是一致的。

然而士终于变质了，这可以说是到了民国时代才显著。从清朝末年开设学校，教员和学生渐渐加多，他们渐渐各自形成一个集团；其中有不少的人参加革新运动或革命运动，而大多数也倾向着这两种运动。这已是气重于节了。等到民国成立，理论上人民是主人，事实上是军阀争权。这时代的教员和学生意识着自己的主人身份，游离了统治的军阀；他们是在野，可是由于军阀政治的腐败，却渐渐获得了一种领导的地位。他们虽然还不能和民众打成一片，但是已经在渐渐的接近民众。五四运动划出了一个新时代。自由主义建筑在自由职业和社会分工的基础上。教员是自由职业者，不是官，也不是候补的官。学生也可以选择多元的职业，不是只有做官一路。他们于是从统治阶级独立，不再是"士"或所谓"读书人"，而变成了"知识分子"，集体的就是"知识阶级"。残余的"士"或"读书人"自然也还有，不过只是些残余罢了。这种变质是中国现代化的过程的一段，而中国的知识阶级在这过程中也曾尽了并且还在想尽他们的任务，跟这时代世界上别处的知识阶级一样，也分享着他们一般的运命。若用气节的标准来衡量，这些知识分子或这个知识阶级开头是气重于节，到了现在却又似乎是节重于气了。

知识阶级开头凭着集团的力量勇猛直前，打倒种种传统，那时候是敢作敢为一股气。可是这个集团并不大，在中国尤其如此，力量到底有限，而与民众打成一片又不容易，于是碰到集中的武力，甚至加上外来的压力，就抵挡不住。而一方面广大的民众抬头要饭吃，他们也没法满足这些饥饿的民众。他们于是失去了领导的地位，逗留在这夹缝中间，渐渐感觉着不自由，闹了个"四大金刚悬空八只脚"。他们于是只能保守着自己，这也算是节罢；也想缓缓的落下地去，可是气不足，得等着瞧。可是这里的是偏于中年一代。青年代的知识分子却不如此，他们无视传统的"气节"，特别是那种消极的"节"，替代的是"正义感"，接着"正义感"的是"行动"，其实"正义感"是合并了"气"和"节"，"行动"还是"气"。这是他们的新的做人的尺度。等到这个尺度成为标准，知识阶级大概是还要变质的罢？

1947年

赏析

想到朱先生逝世后四十多年来中国知识分子的遭遇，再回头看这位最纯正的知识分子关于气节的议论，不禁百感交集，慨叹万端，恍如隔世！

气节是我们的民族精神，它渗透弥漫于全体民族成员之中，在奸邪当道、强敌入侵的艰难时世，就强烈地表现出来，迸发出灿烂的火花。气节尤其是士（读书人）立人处世的标准，在他们身上集中体现了民族的正气，也显示出个人坚贞不屈的独立人格。"五四"运动以来逐渐形成了有别于士的现代化知识阶层，他们以自己的知识直接为社会服务，又以自己的新意识引导社会前进，不一定再走学而优则仕的道路，因而对统治阶级的依附相对减弱。然而一个世纪以来中国知识分子始终没有成为强大的独立的社会力量，所以在我国走向现代化的复杂而迷惘的政治环境中，想效法鲁迅那样做一棵独立的大树，有所为，有所不为，也就是坚持气节，必定要付出很大的牺牲和经受很大的痛苦。

三十年代后出生的中国人，中学时代谁不曾被《匆匆》、《背景》、《荷塘月色》等名篇所陶醉呢？大家都赞扬朱自清是美文家，以抒情叙事见长。但到四十年代他的议论文字也十分出色，本文已相当接近于学术论文，但不是高头讲章，无学究气，可以称之为学术性杂文吧！

文如其人。朱自清自己就是一个注重气节、不阿权势、不随波逐流、有独立人格的人。他虽不是一个叱咤风云的强者，却严于操守，言行如一，忠于自己的信念。俞平伯在沦陷后北平的杂志上发表文章，他作为挚友多次去信劝阻；闻一多惨死之

○ 参加游行的学生同前来镇压的国民党军警搏斗。

后，他挺身而出抱病担当起编闻集的重任；他在四十年代后期，进一步走向人民，寻找民族的根，寻找我国走向现代化的坚实力量，揭露斥责了独裁者的暴政和侵略者的伪善。他的这些行为，维护了民族的尊严，维护了人格的独立，抨击了邪恶而伸张了正气，是《论气节》一文的最好注脚。

（张华）

论严肃

胜利突然而来，时代却越见沉重了。

新文学运动的开始，斗争的对象主要的是古文，其次是礼拜六派或鸳鸯蝴蝶派的小说，又其次是旧戏，还有文明戏。他们说古文是死了。旧戏陈腐，简单，幼稚，嘈杂，不真切，武场更只是杂耍，不是戏。而鸳鸯蝴蝶派的小说意在供人们茶余酒后消遣，不严肃，文明戏更是不顾一切的专迎合人们的低级趣味。白话总算打倒了古文，虽然还有些肃清的工作；话剧打倒了文明戏，可是旧戏还直挺挺的站着，新歌剧还在难产之中。鸳鸯蝴蝶派似乎也打倒了，但是又有所谓"新鸳鸯蝴蝶派"。这严肃与消遣的问题够复杂的，这里想特别提出来讨论。

照传统的看法，文章本是技艺，本是小道，宋儒甚至于说"作文害道"。新文学运动接受了西洋的影响，除了解放文体以白话代古文之外，所争取的就是这文学的意念，也就是文学的地位。他们要打倒那"道"，让文学独

◎抗战胜利后朱自清重返清华园。

◎1948年6月18日，朱自清在拒绝"美援"和"美援面粉"的声明上签名。图为平津报纸刊登朱自清等110名教师签名的严正声明。

立起来，所以对"文以载道"说加以无情的攻击。这"载道"说虽然比"害道"说温和些，可是文还是道的附庸。照这一说，那些不载道的文就是"玩物丧志"。玩物丧志是消遣，载道是严肃。消遣的文是技艺，没有地位；载道的文有地位了，但是那地位是道的，不是文的——若单就文而论，它还只是技艺，只是小道。新文学运动所争的是，文学就是文学，不干道的事，它是艺术，不是技艺，它有独立存在的理由。

在中国文学的传统里，小说和词曲（包括戏曲）更是小道中的小道，就因为是消遣的，不严肃。不严肃也就是不正经；小说通常称为"闲书"，不是正经书。词为"诗馀"，曲又是"词馀"；称为"馀"当然也不是正经的了。鸳鸯蝴蝶派的小说意在供人们茶余酒后消遣，倒是中国小说的正宗。中国小说一向以"志怪"、"传奇"为主。"怪"和"奇"都不是正经的东西。明朝人编的小说总集有所谓"三言二拍"。"二拍"是初刻和二刻的《拍案惊奇》，重在"奇"得显然。"三言"是《喻世明言》、《警世通言》、《醒世恒言》，虽然重在"劝俗"，但是还是先得使人们"惊奇"，才能收到"劝俗"的效果，所以后来有人从"三言二拍"里选出若干篇另编一集，就题为《今古奇观》，还是归到"奇"上。这个"奇"正是供人们茶余酒后消遣的。

明清的小说渊源于宋朝的"说话"，"说话"出于民间。词曲（包括戏曲）原也出于民间。民间文学是被压迫的人民苦中作乐，忙里偷闲的表现，所以常常扮演丑角，嘲笑自己或夸张自己，因此多带着滑稽和诞妄的气氛，这就不正经了。在中国文学传统自己的范围里，只有诗文（包括赋）算是正经的，严肃的，虽然放在道统里还只算是小道。词经过了高度的文人化，特别是清朝常州派的努力，总算带上一些正经面孔了，小说和曲（包括戏曲）直到新文学运动的前夜，却还是丑角打扮，站在不要紧的地位。固然，小说早就有劝善惩恶的话头，明朝人所谓"喻世"等等，更特别加以强调。这也是在想"载道"，然而"奇"胜于"正"，到底不成。明朝公安派又将《水浒》比《史记》，这是从文章的"奇变"上看；可是文章在道统里本不算什么，"奇变"怎么能扯得上"正经"呢？然而看法到底有些改变了。到了清朝末年，梁启超先生指出了"小说与群治之关系"，并提倡实践他的理论的创作。这更是跟新文学运动一脉相承了。

新文学运动以斗争的姿态出现，它必然是严肃的。他们要给白话文争取正宗的地位，要给文学争取独立的地位。而鲁迅先生的第一篇小说《狂人日记》里喊出了"吃人的礼教"和"救救孩子"，开始了反封建的工作。他的《随感录》又强烈的讽刺着老中国的种种病根子。一方面人道主义也在文学里普遍的表现着。文学担负起新的使命，配合了五四运动，它更跳上了领导的地位，虽然不是唯一的领导的地位。于是文学有了独立存在的理由，也有了新的意念。在这情形下，词曲升格为诗，小说和戏曲也升格为文学。这自然接受了"外国的影响"，然而这也未尝不是"载道"；不过载的是新的道，并且与这个新的道合为一体，不分主从。所以从传统方面看来，也还算是一脉相承的。一方面攻击"文以载道"，一方面自己也在载另一种道，这正是相反相成，所谓矛盾的发展。

创造社的浪漫的感伤的作风，在反封建的工作之下要求自我的解放，也是自然的趋势。他们强调"动的精神"，强调"灵肉冲突"，是依然在严肃的正视着人生的。然而礼教渐渐垮了，自我在第一次世界大战带给中国的暂时的繁荣里越来越大了，于是乎知识分子讲究生活的趣味，讲究个人的好恶，讲究身边琐事，文坛上就出现了"言志派"，其实是玩世派。更进一步讲究幽默，为幽默而幽默，无意义的幽默。幽默代替了严肃，文坛上一片空虚。一方面色情的作品也抬起了头，凭着"解放"的名字跨过了"健康"的边界，自然也跨过了"严肃"的边界。然而这空虚只是暂时的，正如那繁荣是暂时的。五卅事件掀起了反帝国主义的大潮，时代又沉重起来了。

接着是国民革命，接着是左右折磨；时代需要斗争，闲情逸致只好偷偷摸摸的。这时候鲁迅先生介绍了"一面是严肃与工作，一面是荒淫与无耻"这句话。这是时代的声音。可是这严肃是更其严肃了；单是态度的严肃，艺术的严肃不成，得配合工作，现实的工作。似乎就在这当儿有了"新鸳鸯蝴蝶派"的名目，指的是那些尽在那儿玩味自我的作家。他们自己并不觉得在消遣自己，跟旧鸳鸯蝴蝶派不同。更不同的是时代，是时代缩短了那"严肃"的尺度。这尺度还在争议之中，劈头来了抗战；一切是抗战，抗战自然是极度严肃的。可是八年的抗战太沉重了，这中间不免要松一口气，这一松，尺度就放宽了些；文学带着些消遣，似乎也是应该的。

胜利突然而来，时代却越见沉重了。"人民性"的强调，重行紧缩了"严肃"那尺度。这"人民性"也是一种道。到了现在，要文学来载这种道，倒也是"势有必至，理有固然"。不过太紧缩了那尺度，恐怕会犯了宋儒"作文害道"说的错误，目下黄色和粉色刊物的风起云涌，固然是动乱时代的颓废趋势，但是正经作品若是一味讲究正经，只顾人民性，不管艺术性，死板板的长面孔教人亲近不得，读者们恐怕更会躲向那些刊物里去。这是运用"严肃"的尺度的时候值得平心静气算计算计的。

赏析

　　"严肃"是新文学阵营树立的价值标准,用以判断文学创作趣味、态度和倾向是否得当、是否合理、是否健康。新派文学批评家在"五四"时期就开始使用"严肃"这一尺度评判文学现象。他们在两条战线同他们所认定的不良倾向作斗争,一是反对传统的"文以载道",认为"道"固然严肃,但那是旧式的严肃,僵硬的执着,甚至可能是假装的正经;二是反对新旧文学中共有的"消遣"倾向,因为它透着非人性的、消极的、不负责任和格调低下的味道。经过认真的工作,"严肃"为主流文学家所接受,成为一个有分量的范畴。然而,这个标准或尺度实际上相当复杂,时至四十年代后半,仍未得到完美的解释。朱自清意识到问题的复杂性,并且对抗战进行中和结束后的文学状况有些看法;他想得比较多,也比较深广,想从多个角度观察"严肃"问题。于是就有了《论严肃》的发表。

　　作者正确地指出,"严肃"既然是一种标准,那么它不是固定不变的铁尺,在不同时代,在不同思想倾向的人那里,它的意义也不尽相同。为了较好地理解它,运用它,必须从文学发展的线索上把握它的流变过程。由此,朱先生耐心地陈述了各种关于"严肃"的看法。它们或者形诸理论,或者诉诸实践。概括而言,古代有古代的"严肃",现代有现代的"严肃"。古代的"严肃"大致等于"雅"或"雅正",以别于"俗"和"邪"。正统的古代文人要求作文为人皆须雅正,做到不犯上、不忤物、不随俗、不悖道。

　　现代的"严肃"更复杂也更微妙。《论严肃》一文的关键实际上就在辨析现代意义上的"严肃"。按照他的有洞察力的分析，现代"严肃"其实有两种意思，两种用法。一是出于文学启蒙的设想，把向读者灌输新思想、新文化的工作认可为"严肃"的事业，与其相对的是消遣玩物的做派；二是争取文学独立的动作，相信文学就是文学，它是艺术，不是技艺，因此凡是贯彻文学独立精神的做法就是"严肃的"。前者可以说成是新式的载道，后者相形之下现代得更彻底一些。朱先生对两种方式都表示了宽容的理解，但对现代文学的争取文学独立、文学自觉的精神有更多的好感，更强的认同，因为它是在严肃地正视人生，要求着自我的表现和解放。

　　《论严肃》一文侧重于辨析和溯源，比较清楚地说明"严肃"标准的方方面面。至于什么样的"严肃"更合理，更值首肯，作者有提示，却不愿直截了当地评断。他这样做避免了给复杂现象下评判式的结论，那样易于导致独断，显得平和而客观。

（苏冰）

论不满现状

老百姓不满现状而忍下去，读书人不满现状而避开去，结局是维持现状，让统治者稳坐江山。

那一个时代事实上总有许许多多不满现状的人。现代以前，这些人怎样对付他们的"不满"呢？在老百姓是怨命，怨世道，怨年头。年头就是时代，世道由于气数，都是机械的必然；主要的还是命，自己的命不好，才生在这个世道里，这个年头上，怪谁呢！命也是机械的必然。这可以说是"怨天"，是一种定命论。命定了吃苦头，只好吃苦头，不吃也得吃。读书人固然也怨命，可是强调那"时世日非""人心不古"的慨叹，好像"人心不古"才"时世日非"的。这可以说是"怨天"而兼"尤人"，主要的是"尤人"。人心为什么会不古呢？原故是不行仁政，不施德教，也就是贤者不在位，统治者不好。这是一种唯心的人治论。可是贤者为什么不在位呢？人们也只会说"天实为之！"这就又归到定命论了。可是读书人比老百姓强，他们可以做隐士，啸傲山林，让老百姓养着；固然没有富贵荣华，却不至于吃着老百姓吃的那些苦头。做隐士可以说是不和统治者合作，也可以说是扔下不管。所谓"穷则独善其身"，一般就是这个意思。既然

◎《民主周刊》时评首页。

"独善其身"，自然就管不着别人死活和天下兴亡了。于是老百姓不满现状而忍下去，读书人不满现状而避开去，结局是维持现状，让统治者稳坐江山。

但是读书人也要"达则兼善天下"。从前时代这种"达"就是"得君行道"；真能得君行道，当然要多多少少改变那自己不满别人也不满的现状。可是所谓别人，还是些读书人；改变现状要以增加他们的利益为主，老百姓只能沾些光，甚至于只担个名儿。若是太多照顾到老百姓，分了读书人的利益，读书人会得更加不满，起来阻挠改变现状；他们这时候是宁可维持现状的。宋朝王安石变法，引起了大反动，就是个显明的例子。有些读书人虽然不能得君行道，可是一辈子憧憬着有这么一天。到了既穷且老，眼看着不会有这么一天了，他们也要著书立说，希望后世还可以有那么一天，行他们的道，改变改变那不满人意的现状。但是后世太渺茫了，自然还是自己来办的好，哪怕只改变一点儿，甚至于只改变自己的地位，也是好的。况且能够著书立说的究竟不太多；著书立说诚然渺茫，还是一条出路，连这个也不能，那一腔子不满向那儿发泄呢！于是乎有了失志之士或失意之士。这种读书人往往不择手段，只求达到目的。政府不用他们，他们就去依附权门，依附地方政权，依附割据政权，甚至于和反叛政府的人合作；极端的甚至于甘心去做汉奸，像刘豫、张邦昌那些人。这种失意的人往往只看到自己或自己的一群的富贵荣华，没有原则，只求改变，甚至于只求破坏——他们好在混水里捞鱼。这种人往往少有才，挑拨离间，诡计多端，可是得依附某种权力，才能发生作用；他们只能做俗话说的"军师"。统治者却又讨厌又怕这种人，他们是捣乱鬼！但是可能成为这种人的似乎越来越多，又杀不尽，于是只好给些闲差，给些干薪，来绥靖他们，吊着他们的口味。这叫做"养士"，为的正是维持现状，稳坐江山。

然而老百姓的忍耐性，这里面包括韧性和惰性，虽然很大，却也有个限度。"狗急跳墙"，何况是人！到了现状坏到怎么吃苦还是活不下去的时候，人心浮动，也就是情绪高涨，老百姓本能的不顾一切的起来了，他们要打破现状。他们不知道怎样改变现状，可是一股子劲先打破了它再说，想着打破了总有希望些。这种局势，规模小的叫"民变"，大的就是"造反"。农民是主力，他们有他们自己的领导人。在历史上这种"民变"或"造反"并不少，但是大部分都给暂时的压下去了，统治阶级的史官往往只轻描淡写的带几句，甚至于削去不书，所以看来好像天下常常太平似的。然而汉明两代都是农民打出来的天下，老百姓的力量其实是不可轻视的。不过汉明两代虽然是老百姓自己打出来的，结局却依然是一家一姓稳坐江山；而这家人坐了江山，早就失掉了农民的面目，倒去跟读书人一鼻孔出气。老百姓出了一番力，所得的似乎不多。是打破了现状，可又复原了现状，改变是很少的。至于权臣用篡弑，军阀靠武力，夺了政权，换了朝代，那改变大概是更少了罢。

过去的时代以私人为中心，自己为中心，读书人如此，老百姓也如此。所以老百姓打出来的天下还是归于一家一姓，落到读书人的老套里。从前虽然也常说"众擎易举"，"众怒难犯"，也常说"爱众"，"得众"，然而主要的是"一人有庆，万众赖之"的，"天与人归"的政治局势，那"众"其实是"一盘散沙"而已。现在这时代可改变了。不论叫"群众"，"公众"，"民众"，"大众"，这个"众"的确已经表现一种力量；这种力量从前固然也潜在着，

◎ 1947 年 5 月，清华、北大学生在北平举行反内战、反饥饿的游行示威。

但是非常微弱，现在却强大起来，渐渐足以和统治阶级对抗了，而且还要一天比一天强大。大家在内忧外患里增加了知识和经验，知道了"团结就是力量"，他们渐渐在扬弃那机械的定命论，也渐渐在扬弃那唯心的人治论。一方面读书人也渐渐和统治阶级拆伙，变质为知识阶级。他们已经不能够找到一个角落去不闻理乱的隐居避世，又不屑做也幸而已经没有地方去做"军师"。他们又不甘心做那被人"养着"的"士"，而知识分子又已经太多，事实上也无法"养"着这么大量的"士"。他们只有凭自己的技能和工作来"养"着自己。早些年他们还可以暂时躲在所谓象牙塔里。到了现在这年头，象牙塔下已经变成了十字街，而且这塔已经开始在拆卸了。于是乎他们恐怕只有走出来，走到人群里。大家一同苦闷在这活不下去的现状之中。如果这不满人意的现状老不改变，大家恐怕忍不住要联合起来动手打破它的。重要的是打破之后改变成什么样子？这真是个空前的危疑震撼的局势，我们得提高警觉来应付的。

赏析

1947年末，中国正处在激烈动荡变革的时期，一个新的时代正在孕育生成。《论不满现状》这篇政论散文随之而降生，面对苦闷的现状，呼唤出变革的心声。

每一个时代事实上总有许多不满现状的人。归纳起来无非有两种：一种是老百姓之怨，怨天怨命，怨世道不好乃气数尽，更怨命不好偏又生在这世道上，典型的宿命论；另一种是读书的文人之怨，"怨天"兼"尤人"，怨"人心不古"才"时世日非"，"尤"仁政德教失传，贤者匮乏，主张贤德之治。

百姓不满现状，可以忍下去，尽管忍耐有限度。而文人不满现状，则只有另外两条路：其一是逃避现实去做山林隐士，所谓"穷则独善其身"，以与统治者不合作的态度保持着自我的本质，至于天下兴亡只好弃之，其结果必然是统治者维持现状，稳坐江山。其二是所谓"达则兼善天下"。如何"兼善"？关键在"达"。"得君行道"为达。达了，便要改变文人的不满，但若太照顾老百姓，分了文人的利益，一部分文人就会阻挠变革，引起像王安石变法的大反动。一旦不能"得君行道"，或憧憬著书立说，寄希望于后世的一天；或失志失意，依附权门，做草莽中的"军师"或"帮闲"之辈，成为统治者豢的"养士"，结果仍旧是统治者维持现状，稳坐江山。由此观之，文人的不满，虽初时的选择不同，但殊途同归，后果皆然。

老百姓的忍耐也是有限的，活不下去就要"官逼民反""逼上梁山"，起来打破现状，破了再说，破了才有希望。历史上的农民"造反"大多如此。汉明两代都是农民打出来的天下，却让一家一姓坐了江山，失掉了农民的本色，跟读书人坐在了一条板凳上。老百姓卖力，得到的甚少。打破了的现状又恢复了原状。那些权臣用篡弑，军阀靠武力，夺了政权，换了朝代的，更无改变。归根结底，在于王权政治体系。作者一针见血地指出这种王权政治的核心在于其依赖的封建封闭式思想和思维模式的弊端。要变革，就必须扬弃机械的宿命论和唯心的人治论，靠"民众"，靠自己，靠"团结的力量"，这才是治国利民之本。作者的这些民主意识使我们联想到《国际歌》中"从来就没有救世主，也不靠神仙皇帝，要创造人类的幸福，全靠我们自己"的理想，二者竟如此的相形相似，耐人寻味。

议理的文章最忌平铺直叙，就事论事。本文恰恰丢弃了这一大忌，以"冷眼向洋看世界"的清醒，溯源历史，从传统文化的角度，即哲学思想和儒道精髓上评判中国人不满现状的种种现实，追寻探求朝代常更迭，变革无从新的本质原因，具有极强烈的审视现实，反思历史，评判社会的批判精神。如果将本文与作者几乎同时写下的另一篇政论散文《论且顾眼前》相比较，就会发现本文呼唤变革的思想更迫切更浓重，批判现实的意识更突出更强烈，从传统文化的角度反思历史更深刻更透彻，的确不失为一篇反思历史，呼唤变革的檄文。

（耿光怡）

论且顾眼前

"及时"也就是把握现在；"行乐"要把握现在，努力也得把握现在。

　　俗语说："火烧眉毛，且顾眼前。"这句话大概有了年代，我们可以说是人们向来如此。这一回抗战，火烧到了每人的眉毛，"且顾眼前"竟成了一般的守则，一时的风气，却是向来少有的。但是抗战时期大家还有个共同的"胜利"的远景，起初虽然朦胧，后来却越来越清楚。这告诉我们，大家且顾眼前也不妨，不久就会来个长久之计的。但是惨胜了，战祸起在自己家里，动乱比抗战时期更甚，并且好像没个完似的。没有了共同的远景；有些人简直没有远景，有些人有远景，却只是片段的，全景是在一片朦胧之中。可是火烧得更大了，更快了，能够且顾眼前就是好的，顾得一天是一天，谁还想到什么长久之计！可是这种局面能以长久的拖下去吗？我们是该警觉的。

　　且顾眼前，情形差别很大。第一类是只顾享乐的人，所谓"今朝有酒今朝醉"。这种人在抗战中大概是些发国难财的人，在胜利后大概是些发接收财或胜利财的人。他们巧取豪夺得到财富，得来的快，花的也就快。这些人虽然原来未必都是贫儿，暴富却是事实。时势老在动荡，物价老在上涨，觉来的财富若是不去运用或花销，转眼就会两手空空儿的！所谓运用，大概又趋向投机一路；这条路是动荡的，担风险的。在动荡中要把握现在，自己不吃亏，就只有享乐了。享乐无非是吃喝嫖赌，加上穿好衣服，住好房子。传统的享乐方式不够阔的，加上些买办文化，洋味儿越多越好，反正有的是钱。这中间自然有不少人享乐一番之后，依旧还我贫儿面目，再吃苦头。但是也有少数豪门，凭借特殊的权位，浑水里摸鱼，越来越富，越花越有。财富集中在他们手里，享乐也集中在他们手里。于是富的富到三十三天之上，贫的贫到十八层地狱之下。现在的穷富悬殊是史无前例的；现在的享用娱乐也是史无前例的。但是大多数在饥饿线上挣扎的人能以眼睁睁白供养着这班骄奢淫逸的人尽情的自在的享乐吗？有朝一日——唉，让他们且顾眼前罢！

第二类是苟安旦夕的人。这些人未尝不想工作，未尝不想做些事业，可是物质环境如此艰难，社会又如此不安定，谁都贪图近便，贪图速成，他们也就见风使舵，凡事一混了之。"混事"本是一句老话，也可以说是固有文化；不过向来多半带着自谦的意味，并不以为"混"是好事，可以了此一生。但是目下这个"混"似乎成为原则了。困难太多，办不了，办不通，只好马马虎虎，能推就推，不能推就拖，不能拖就来个偷工减料，只要门面敷衍得过就成，管它好坏，管它久长不久长，不好不要紧，只要自己不吃亏！从前似乎只有年纪老资格老的人这么混。现在却连许多青年人也一道同风起来。这种不择手段，只顾眼前，已成风气。谁也说不准明天的事儿，只要今天过去就得了，何必认真！认真又有什么用！只有一些书呆子和准书呆子还在他们自己的岗位上死气白赖的规规矩矩的工作。但是战讯接着战讯，越来越艰难，越来越不安定，混的人越来越多，靠这一些书呆子和准书呆子能够撑得住吗？大家老是这么混着混着，有朝一日垮台完事。蝼蚁尚且贪生，且顾眼前，苟且偷生，这心情是可以了解的；然而能有多长久呢？只顾眼前的人是不想到这个的。

第三类是穷困无告的人。这些人在饥饿线上挣扎着，他们只能顾到眼前的衣食住，再不能够顾到别的；他们甚至连眼前的衣食住都顾不周全，哪有工夫想别的呢？这类人原是历来就有的，正和前两类人也是历来就有的一样，但是数量加速的增大，却是可忧的也可怕的。这类人跟第一类人恰好是两极端，第一类人增大的是财富的数量，这一类人增大的是人员的数量——第二类人也是如此。这种分别增大的数量也许终于会使历史变质的罢？历史上主

◯朱自清书斋一角。

持国家社会长久之计或百年大计的原只是少数人；可是在比较安定的时代，大部分人都还能够有个打算，为了自己的家或自己。有两句古语说："一年之计在于春，一日之计在于晨"，这大概是给农民说的。无论是怎样的穷打算，苦打算，能有个打算，总比不能有打算心里舒服些。现在确是到了人人没法打算的时候；"一日之计"还可以有，但是显然和从前的"一日之计"不同了，因为"今日不知明日事"，这"一日"恐怕真得限于一日了。在这种局面下"百年大计"自然更谈不上。不过那些豪门还是能够有他们的打算的，他们不但能够打算自己一辈子，并且可以打算到子孙。因为即使大变来了，他们还可以溜到海外做寓公去。这班人自然是满意现状的。第二类人虽然不满现状，却也害怕破坏和改变，因为他们觉着那时候更无把握。第三类人不用说是不满现状的。然而除了一部分流浪型外，大概都信天任命，愿意付出大的代价取得那即使只有丝毫的安定；他们也害怕破坏和改变。因此"且顾眼前"就成了风气，有的豪夺着，有的鬼混着，有的空等着。然而还有一类顾眼前而又不顾眼前的人。

我们向来有"及时行乐"一句话，但是陶渊明《杂诗》说："及时当勉励，岁月不待人"，同是教人"及时"，态度却大不一样。"及时"也就是把握现在；"行乐"要把握现在，努力也得把握现在。陶渊明指的是个人的努力，目下急需的是大家的努力。在没有什么大变的时代，所谓"百世可知"，领导者努力的可以说是"百年大计"；但是在这个动乱的时代，"百年"是太模糊太空洞了，为了大家，至多也只能几年几年的计划着，才能够踏实的努力前去。这也是"及时"，把握现在，说是另一意义的"且顾眼前"也未尝不可；"且顾眼前"本是救急，目下需要的正是救急，不过不是各人自顾自的救急，更不是从救急转到行乐上罢了。不过目下的中国，连几年计划也谈不上。于是有些人，特别是青年代，就先从一般的把握现在下手。这就是努力认识现在，暴露现在，批评现在，抗议现在。他们在试验，难免有错误的地方。而在前三类人看来，他们的努力却难免向着那可怕的可忧的破坏与改变的路上去，那是不顾眼前的！但是，这只是站在自顾自的立场上说话，若是顾到大家，这些人倒是真正能够顾到眼前的人。

赏析

《论且顾眼前》写于 1948 年初。作为政论散文，作品体现出强烈的批判意识和求实精神。在艺术风格上，文章已由作者一贯奉行的唯美主义艺术观转移到现实主义写实上来，表现了变革时代作者世界观、艺术观的全方向的移位。

作者在文中认真冷静地剖析了三种"且顾眼前"之人：一是只顾享乐，"今朝有酒今朝醉"。这类人大都是抗战中发国难之财或是抗战后靠接收聚财的人。他们投机取巧，浑水摸鱼，巧取豪夺，暴富了即吃喝嫖赌去享乐，转眼间两手空空也无妨。当然也有富上加富，越花越有的享乐者。二是苟安旦夕，混一天算一天。贪图近利，得过且过，见风使航，凡事一混了之。"混事"的结果必然是"搬起石头砸自己的脚"。三是穷苦无告的人，"今朝不知明朝事"，听天由命。这类人的阵营在加速的增大，倒可忧可怕。这三类人的构成，使"且顾眼前"成风，有的豪夺，有的鬼混，有的空等，这正是时代的悲哀。纵观历史发展，凡是社会处于激烈变革的时代，都会出现这些"且顾眼前"之人，古今同在。这也便是文章所具有的历史审美价值。

（耿光怡）

论雅俗共赏

单就玩艺儿而论，"雅俗共赏"虽然是以雅化的标准
为主，"共赏"着却以俗人为主。

　　陶渊明有"奇文共欣赏，疑义相与析"的诗句，那是一些"素心人"的乐事，"素心人"当然是雅人，也就是士大夫。这两句诗后来凝结成"赏奇析疑"一个成语，"赏奇析疑"是一种雅事，俗人的小市民和农家子弟是没有份儿的。然而又出现了"雅俗共赏"这一个成语，"共赏"显然是"共欣赏"的简化，可是这是雅人和俗人或俗人跟雅人一同在欣赏，那欣赏的大概不会还是"奇文"罢。这句成语不知道起于什么时代，从语气看来，似乎雅人多少得理会到甚至迁就着俗人的样子，这大概是在宋朝或者更后罢。

　　原来唐朝的安史之乱可以说是我们社会变迁的一条分水岭。在这之后，门第迅速的垮了台，社会的等级不像先前那样固定了，"士"和"民"这两个等级的分界不像先前的严格和清楚了，彼此的分子在流通着，上下着。而上去的比下来的多，士人流落民间的究竟少，老百姓加入士流的却渐渐多起来。王侯将相早就没有种了，读书人到了这时候也没有种了；只要家里能够勉强供给一些，自己有些天分，又肯用功，就是个"读书种子"；去参加那些公开的考试，考中了就有官做，至少也落个绅士。这种进展经过唐末跟五代的长期的变乱加了速度，到宋朝又加上印刷术的发达，学校多起来了，士人也多起来了，士人的地位加强，责任也加重了。这些士人多数是来自民间的新的分子，他们多少保留着民间的生活方式和生活态度。他们一面学习和享受那些雅的，一面却还不能摆脱或蜕变那些俗的。人既然很多，大家是这样，也

就不觉其寒碜；不但不觉其寒碜，还要重新估定价值，至少也得调整那旧来的标准与尺度。"雅俗共赏"似乎就是新提出的尺度或标准，这里并非打倒旧标准，只是要求那些雅士理会到或迁就些俗士的趣味，好让大家打成一片。当然，所谓"提出"和"要求"，都只是不自觉的看来是自然而然的趋势。

中唐的时期，比安史之乱还早些，禅宗的和尚就开始用口语记录大师的说教。用口语为的是求真与化俗，化俗就是争取群众。安史乱后，和尚的口语记录更其流行，于是乎有了"语录"这个名称，"语录"就成为一种著述体了。到了宋朝，道学家讲学，更广泛的留下了许多语录；他们用语录，也还是为了求真与化俗，还是为了争取群众。所谓求真的"真"，一面是如实和直接的意思。禅家认为第一义是不可说的，语言文字都不能表达那无限的可能，所以是虚妄的。然而实际上语言文字究竟是不免要用的一种"方便"，记录文字自然越近实际的、直接的说话越好。在另一面这"真"又是自然的意思，自然才亲切，才让人容易懂，也就是更能收到化俗的功效，更能获得广大的群众。道学主要的是中国的正统的思想，道学家用了语录做工具，大大的增

◎1946年朱自清返回清华园后，与友人作"桥戏"。

强了这种新的文体的地位，语录就成为一种传统了。比语录体稍稍晚些，还出现了一种宋朝叫做"笔记"的东西。这种作品记述有趣味的杂事，范围很宽。一方面发表作者自己的意见，所谓议论，也就是批评，这些批评往往也很有趣味。作者写这种书，只当做对客闲谈，并非一本正经，虽然以文言为主，可是很接近说话。这也是给大家看的，看了可以当做"谈助"，增加趣味。宋朝的笔记最发达，当时盛行，流传下来的也很多。目录家将这种笔记归在"小说"项下，近代书店汇印这些笔记，更直题为"笔记小说"；中国古代所谓"小说"，原是指记述杂事的趣味作品而言的。

那里我们得特别提到唐朝的"传奇"。"传奇"据说可以见出作者的"史才、诗、笔、议论"，是唐朝士子在投考进士以前用来送给一些大人先生看，介绍自己，求他们给自己宣传的。其中不外乎灵怪、艳情、剑侠三类故事，显然是以供给"谈助"，引起趣味为主。无论照传统的意念，或现代的意念，这些"传奇"无疑的是小说，一方面也和笔记的写作态度有相类之处。照陈寅恪先生的意见，这种"传奇"大概起于民间，文士是仿作，文字里多口语化的地方。陈先生并且说唐朝的古文运动就是从这儿开始。他指出古文运动的领导者韩愈的《毛颖传》，正是仿"传奇"而作。我们看韩愈的"气盛言宜"的理论和他的参差错落的文句，也正是多多少少在口语化。他的门下的"好难"、"好易"两派，似乎原来也都是在试验如何口语化。可是"好难"的一派过分强调了自己，过分想出奇制胜，不管一般人能够了解欣赏与否，终于被人看做"诡"和"怪"而失败，于是宋朝的欧阳修继承了"好易"的一派的努力而奠定了古文的基础——以上说的种种，都是安史乱后几百年间自然的趋势，就是那雅俗共赏的趋势。

宋朝不但古文走上了"雅俗共赏"的路，诗也走向这条路。胡适之先生说宋诗的好处就在"做诗如说话"，一语破的指出了这条路。自然，这条路上还有许多曲折，但是就像不好懂的黄山谷，他也提出了"以俗为雅"的主张，并且点化了许多俗语成为诗句。实践上"以俗为雅"，并不从他开始，梅圣俞、苏东坡都是好手，而苏东坡更胜。据记载梅和苏都说过"以俗为雅"这句话，可是不大靠得住；黄山谷却在《再次杨明叔韵》一诗的"引"里郑重的提出"以低为雅，以故为新"，说是"举一纲而张万目"。他将"以俗为雅"放在第一，因为这实在可以说是宋诗的一般作风，也正是"雅俗共赏"的路。但是加上"以故为新"，路就曲折起来，那是雅人自赏，黄山谷所以终于不好懂了。不过黄山谷虽然不好懂，宋诗却终于回到了"做诗如说话"的路，这"如说话"，的确是条大路。

雅化的诗还不得不回向俗化，刚刚来自民间的词，在当时不用说自然是"雅俗共赏"的。别瞧黄山谷的有些诗不好懂，他的一些小词可够俗的。柳耆卿更是个通俗的词人。词后来虽然渐渐雅化或文人化，可是始终不能雅到诗的地位，它怎么着也只是"诗馀"。词变为曲，不是在文人手里变，是在民间变的；曲又变得比词俗，虽然也经过雅化或文人化，可是还雅不到词的地位，它只是"词馀"。一方面从晚唐和尚的俗讲演变出来的宋朝的"说话"就是说书，乃至后来的平话以及章回小说，还有宋朝的杂剧和诸宫调等等转变成功的元朝的杂剧和戏文，乃至后来的传奇，以及皮簧戏，更多半是些"不登大雅"的"俗文学"。这些除元杂剧和后来的传奇也算是"词馀"以外，在过去的文学传统里简直没有地位；也就是说这些小说和戏剧在过去的文学传统里多半没有地位，有些有点地位，也不是正经地位。可是虽然俗，大体上却"俗不伤雅"，虽然没有什么地位，却总是"雅俗共赏"的玩艺儿。

"雅俗共赏"是以雅为主的，从宋人的以"以俗为雅"以及常语的"俗不伤雅"，更可见出这种宾主之分。起初成群俗士蜂拥而上，固然逼得原来的雅士不得不理会到甚至迁就着他们的趣味，可是这些俗士需要摆脱的更多。他们在学习，在享受，也在蜕变，这样渐渐适应那雅化的传统，于是乎新旧打成一片，传统多多少少变了质继续下去。前面说过的文体和诗风的种种改变，就是新旧双方调整的过程，结果迁就的渐渐不觉其为迁就，学习的也渐渐习惯成了自然，传统的确稍稍变了质，但还是以文言或雅言为主，就算跟民众近了些，近得也不太多。

至于词曲，算是新起于俗间，实在以音乐为重，文辞原是无关轻重的；"雅俗共赏"，正是那音乐的作用。后来雅士们也曾分别将那些文辞雅化，但是因为音乐性太重，使他们不能完成那种雅化，所以词曲终于不能达到诗的地位。而曲一直配合着音乐，雅化更难，地位也就更低，还低于辞一等。可是词曲到了雅化的时期，那"共赏"的人却就雅多而俗少了。真正"雅俗共赏"的是唐、五代、北宋的词，元朝的散曲和杂剧，还有平话和章回小说以及皮簧戏等。皮簧戏也是音乐为主，大家直到现在都还在哼着那些粗俗的戏词，所以雅化难以下手，虽然一二十年来这雅化也已经试着在开始。平话和章回小说，传统里本来没有，雅化没有合适的榜样，进行就不易。《三国演义》虽然用了文言，却是俗化的文言，接近口语的文言，后来的《水浒》、《西游记》、《红楼梦》等就都用了白话了。不能完全雅化的作品在雅化的传统里不能有地位，至少不能有正经的地位。雅化程度的深浅，决定这种地位的高低或有没有，一方面也决定"雅俗共赏"的范围的小和大——雅化越深，"共赏"的人越少，越浅也就越多。所谓多少，主要的是俗人，是小市民和受教育的农家子弟。在传统里没有地位或只有低地位的作品，只算是玩艺儿；然而这些才接近民众，接近民众却还能叫"雅俗共赏"，雅和俗究竟有共通的地方，不是不想理会的两橛了。

单就玩艺儿而论，"雅俗共赏"虽然是以雅化的标准为主，"共赏"者却以俗人为主。固然，这在雅方得降低一些，在俗方也得提高一些，要"俗不伤雅"才成；雅方看来太俗，以至于"俗不可耐"的，是不能"共赏"的。但是在什么条件之下才会让俗人所"赏"的，雅人也能来"共赏"呢？我们想起了"有目共赏"这句话。孟子说过"不知子都之姣者，无目者也"，"有目"是反过来说，"共赏"还是陶诗"共欣赏"的意思。子都的美貌，有眼睛的都容易辨别，良然也就能"共赏"了。孟子接着说："口之于味也，有同嗜焉；耳之于声也，有同听焉；目之于色也，有同美焉。"这说的是人之常情，也就是所谓人情不相远。但是这不相远似乎只限于一些具体的、常识的、现实的事物和趣味。譬如北平罢，故宫和颐和园，包括建筑，风景和陈列的工艺品，似乎是"雅俗共赏"的，天桥在雅人的眼中似乎就有些太俗了。说到文章，俗人所能"赏"的也只是常识的、现实的。后汉的王充出身是俗人，他多多少少代表俗人说话，反对难懂而不切实用的辞赋，却赞美公文能手。公文这东西关系雅俗的现实利益，始终是不曾完全雅化了的。再说后来的小说和戏剧，有的雅人说《西厢记》诲淫，《水浒传》诲盗，这是"高论"。实际上这一部戏剧和这一部小说都是"雅俗共赏"的作品。《西厢记》无视了传统的礼教，《水浒传》无视了传统的忠德，然而"男女"是"人之大欲"之一，"官逼民反"，也是人之常情，梁山泊的英雄正是被压迫的人民所想望的。俗人固然同情这些，一部分的雅人，跟俗人相距还不太远的，也未尝不高兴这两部书说出了他们想说而不敢说的。这可以说是一种快感，一种趣味，可并不是低级趣味；这是有关系的，也未尝不是有节制的。"诲淫""诲盗"只是代表统治者的利益的说话。

十九世纪二十世纪之交是个新时代，新时代给我们带来了新文化，产生了我们的知识阶级。这知识阶级跟从前的读书人不大一样，包括了更多的从民间来的分子，他们渐渐跟统治者拆伙而走向民间。于是乎有了白话正宗的新文学，词曲和小说戏剧都有了正经的地位。还有种种欧化的新艺术。这种文学和艺术却并不能让小市民来"共赏"，不用说农工大众。于是乎有人指出这是新绅士也就是新雅人的欧化，不管一般人能够了解欣赏与否。他们提倡"大众语"运动。但是时机还没有成熟，结果不显著。抗战以来又有"通俗化"运动，这个运动并已经在开始转向大众化。"通俗化"还分别雅俗，还是"雅俗共赏"的路，大众化却更进一步要达到那没有雅俗之分，只有"共赏"的局面。这大概也会是所谓由量变到质变罢。

赏析

朱自清在这篇文章中主要说的是"雅俗共赏"体现了"自然而然的趋势"。即雅俗两方如何不可避免地存异求同,在对峙的同时走到一起。

倘若简单划分,中国传统文化由两大块组成,一是雅文化,一是俗文化。前者是士大夫以上阶层的财富,后者是老百姓的家当。二者的对立和分离一直很明确,落实到文艺方面,就有了"阳春白雪"和"下里巴人"的隔阂。各时代的大致情况,朱先生有比较充分的介绍。用现代文化学的术语说,这叫做文化的"断裂"现象,即一种大文化中存在主流文化和非主流文化的对峙。

但是,文化的发展总是处于动态,不停地变化,不停地冲突,也不停地对流。不同文化之间会在碰撞过程中完成部分的融合。现代文化学把这种现象称为文化的传播和融汇。文艺领域的情况大

苹三川百美图

致相同。正如《论雅俗共赏》作者所指明的，雅文艺得时时俗化，向俗方让步，为的是争取群众，争取观众和读者，否则它除了被束之高阁以外没有其他出路；俗文艺要竭力向雅方靠拢、看齐，以得到正统和权威的认可，不然只能永远居于卑下地位。说到底，"雅俗共赏"的追求实为两种文艺的相互迁就，相互妥协，相互仿效，慢慢地走到一条道路上。当然，就这个说法本身来看，它由雅士们提出，是雅方处于主动地位时表示的宽宏大量，因此要伴随着"以雅为主"，"俗不伤雅"的条件限定。但这些条件并不能避免雅方有时被俗方所改造，更不会阻止俗方登堂入室，跻身于雅文艺之林。文化的交流与融合的确是不以人的意志为转移的自然趋势。

由于文化不断发展，雅俗方面相互融汇，所以雅文艺和俗文艺并非一成不变，相反会一再出现互易其位的结果。昨日之雅，可为今日之俗；今日之俗，可为明日之雅。每一轮雅俗对立而又雅俗趋同的局面，都是暂时现象，时间会改变它们的关系和位置。因此，在19世纪20世纪这个新时代，出现新一轮雅俗之别。新文化以及新文学尽管以平民化为方向，背叛了传统的贵族文化和贵族文学，但却形成了新的雅文化和雅文学，对大众来说，仍然属于"阳春白雪"一类。彼此之间有距离，甚至有隔膜，缺少共同语言。对立导向交融，新一轮文化融合开始进行，"雅俗共赏"、"通俗化"及"大众化"号召就是这种客观趋势的话语表现。作者希望看到在20世纪里完成前所未有的，高质量的雅俗结合的事业。

（苏冰）

附录

朱自清传略

朱自清，字佩弦，祖籍浙江绍兴，1898 年 11 月 22 日生于江苏东海，因父亲后来携全家定居扬州，祖父也迁去同住，所以自称"我是扬州人"。自幼受士大夫家庭的传统教育，1916 年，中学毕业后，考入北京大学哲学系，1920 年毕业，在江苏和浙江的多所中学任教。

大学时代即开始写作新诗，1922 年出版八人合集的《雪朝》，在读者中产生过影响。1923 年，发表名诗《毁灭》后，更受到当时诗坛的极大重视，被认为是文学研究会的重要诗人。同年又写成散文《桨声灯影里的秦淮河》，此文发表后被认为是"白话美术文的模范"。

1925 年，朱自清出任清华大学中国文学系教授，更多地撰写散文创作，陆续发表的《荷塘月色》、《背影》等散文，产生了风靡一时的影响。同时开始研究中国古典文学，著述颇丰。1930 年 9 月，因系主任杨振声出任青岛大学校长，他代理此项工作。1931 年 8 月，前往英国伦敦学习语言学和英国文学，后又游历欧洲大陆，1932 年暑期回国后，正式受命主持中国文学系工作，与闻一多同事并论学。1934 年，参加郑振铎主持《文学季刊》的编辑工作，参加陈望道主持《太白》的编辑工作。1935 年，编选《中国新文学大系·诗集》。

1937 年，抗日战争爆发后，朱自清随校南迁，辗转经长沙等地，于 1938 年抵达昆明，在西南联合大学任教，尽心讴歌抗战，并目睹和感受到国民党统治区的腐败，和人民大众所遭受的苦难。

1945年，抗日战争胜利后，国民党政府残杀反对内战和要求民主的教员与学生，造成"一二·一"惨案。朱自清前往联大灵堂，向牺牲的四烈士致敬，以后遂积极参加文化界多种激进的活动。1947年7月，李公朴、闻一多相继被特务暗杀，朱自清在一则日记中写道，"此诚惨绝人寰之事。自李公朴被刺后，余即时时为一多之安全担心。但绝未想到发生如此之突然，与手段如此之卑鄙！此成何世界！"21日，参加西南联大校友会主办之闻一多追悼会，并致词。8月16日，作成《挽一多先生》诗。说他是"一团火"，将于"遗烬里爆出个新中国"。18日，成都各界人士举行李闻惨案追悼大会，事先风闻特务将于会场捣乱肆虐，朱自清毅然出席讲演，不少听众于掌声雷动中纷纷落泪。当年10月，随校迁返北平。11月，受梅贻琦校长聘请，担任整理闻一多先生遗著委员会召集人，开始整理闻一多遗稿。

1947年2月，朱自清参加签名抗议北平国民党当局任意逮捕民众的宣言。5月24日，签名呼吁和平，并于二日后访问过几位同事征求签名。1948年4月12日，清华大学部分教授召开会议，决定为反对迫害学生于次日罢教一天，推朱自清参加宣言起草。6月18日，他又签名抗议美国扶植日本、拒领美援面粉宣言，事后于日记中说，"此事每月须损失六百万法币，影响家中甚大，但余仍决定签名。因余等既反美扶日，自应直接由己身做起，此虽只为精神上之抗议，但决不应逃避个人责任。"8月12日，因病逝世。

朱自清作品要目

1.《雪朝》（文学研究会丛书之一）

与人合集，商务印务馆1922年6月出版。

2.《踪迹》（诗歌、散文集）

亚东图书馆1924年12月出版。

3.《背影》（散文集）

开明书店1928年10月出版。

4.《欧游杂记》（散文集）

开明书店1934年9月出版。

5.《你我》（散文集）

商务印书馆1936年3月出版。

6.《精读指导举隅》（四川教育科学馆图文教学丛刊之一）

与叶绍钧合著，商务印书馆1942年3月出版。

7.《略读指导举隅》（四川教育科学馆图文教学丛刊之一）

与叶绍钧合著，商务印书馆1943年1月出版。

8.《伦敦杂记》（散文集）

开明书店1943年4月出版。

9.《国文教学》

与叶绍钧合著，开明书店1945年4月出版。

10. 《经典常谈》

   文光书店 1946 年 5 月出版。

11. 《诗言志辨》

   开明书店 1947 年 8 月出版。

12. 《新诗杂话》

   作家书屋 1947 年 12 月出版。

13. 《标准与尺度》

   文光书店 1948 年 4 月出版。

14. 《语文零拾》

   名山书局 1948 年 4 月出版。

15. 《论雅俗共赏》（观察丛书之七）

   观察社 1948 年 5 月出版。

16. 《中国歌谣》

   作家出版社 1957 年 9 月出版。

17. 《语文影及其他》

   中国文联出版公司 1985 年 10 月出版。

18. 《朱自清文集》（共 4 册）

   开明书店 1953 年 3 月出版，朱自清文集编委会编辑。

19. 《朱自清全集》（共 6 卷）

   江苏教育出版社 1988 年至 1990 年出版，朱乔森编。